대성
臺城

강 위에 비 흩뿌리고 강가의 풀은 가지런한데
육조의 영화는 꿈과 같고 새만 부질없이 울고 있다
무정한 것은 궁성에 늘어진 버드나무이건만
변함없이 연기처럼 십 리 제방을 감싸고 있다

江雨霏霏江草齊
六朝如夢鳥空啼
無情最是臺城柳
依舊煙籠十里堤

사 자 후
獅子 머리

사자후 2

설봉 新무협 판타지 소설

초판 1쇄 찍은 날 § 2004년 11월 25일
초판 1쇄 펴낸 날 § 2004년 12월 5일

지은이 § 설봉
펴낸이 § 서경석

편집장 § 문혜영
편집 § 장상수 · 서지현 · 한지윤
마케팅 § 정필 · 강양원 · 이선구 · 홍현경

펴낸곳 § 도서출판 청어람
등록번호 § 제1081-1-89호
등록일자 § 1999. 5. 31
어람번호 § 제2-0480호

주소 § 경기도 부천시 원미구 심곡1동 350-1 남성B/D 3F (우) 420-011
전화 § 032-656-4452 팩스 § 032-656-4453
http://www.chungeoram.com
E-mail § eoram99@chollian.net

ⓒ 설봉, 2004

ISBN 89-5831-333-1 04810
ISBN 89-5831-331-5 (SET)

※ 파본은 본사나 구입하신 서점에서 교환하여 드립니다.
※ 저자와 협의하여 인지를 붙이지 않습니다.

Fantastic Oriental Heroes

설봉 新무협 판타지 소설

사자후

獅 子 吼

2

잠룡개안(潛龍開眼)

도서출판 청어람

목차

第八章 시화타불도(是禍躲不掉) ... 7

第九章 전불파촌(前不巴村), 후불파점(後不巴店) ... 51

第十章 실지동우(失之東隅) ... 91

第十一章 변사흘하돈(拚死吃河豚) ... 139

第十二章 황제불급(皇帝不急), 급사태감(急死太監) ... 191

第十三章 천무절인지로(天無絶人之路) ... 227

第十四章 남아당자강(男兒當自强) ... 271

第八章
시화타불도(是禍躲不掉)
화라면 피할 수 없다

시화타불도(是禍躲不掉)
…화라면 피할 수 없다

"아이구, 머리야. 간밤에 제가 실수나 하지 않았는지 모르겠네요. 너무 취해서……."

봉자명은 예상했던 대로 무슨 말을 했는지도 몰랐다.

"아니다. 아무 실수도 하지 않았다."

능 총관은 옅게 웃었다.

"잠시만 기다려 주세요. 곧 식사 올릴게요."

"식사는 무슨…… 숙취가 풀리지 않았을 텐데, 쉬어라. 아침 먹지 않은 지 오래됐다. 걱정 마라."

검을 챙겼다.

"왜요? 가시려고요?"

능 총관과 금하명이 일어서자, 숙취로 지끈거리는 머리를 감싸고 있던 봉자명이 깜짝 놀라 일어섰다.

"가봐야지. 갈 길이 머니까."

"안 됩니다. 이렇게 가실 순 없습니다."

봉자명이 앞을 가로막았다.

"좋습니다. 먼 길을 가신다니…… 하지만 사흘만, 딱 사흘만 머물러 주십시오. 간절히 부탁드립니다."

봉자명이 진심으로 말했다.

예의상 붙잡는 것과 진심으로 붙잡는 것은 가슴에 와 닿는 느낌이 다른 법이다. 봉자명은 진심이다 못해 절박하기까지 했다. 꼭 무슨 부탁이 있어서 매달리는 느낌이었다.

"사흘? 왜? 무슨 일이라도 있나?"

"사흘이면 됩니다. 사흘 후에는 제발 가시라고 등을 떠밀 테니 꼭 사흘만 머물러 주십시오."

능 총관과 금하명은 서로 쳐다봤다.

부탁을 거절할 수 없다.

'낙향한 문도들이 죽어 나간다더니, 혹시?'

봉자명은 하루 종일 밖으로 쏘다녔다.

끼니때가 되면 땀을 뻘뻘 흘리면서 들어와 식사를 차려주고는 정작 자신은 한술도 뜨지 않은 채 부리나케 나갔다.

얼굴 표정은 밝았다. 근심 걱정이 있거나 사단 때문에 고민하는 얼굴은 아니었다.

금하명은 오랜만에 휴식을 취했다. 하지만 쉰다는 것이 달갑지만은 않았다. 그림에 미쳤을 때처럼 눈을 뜨기만 하면 무공이 눈앞에 아른거렸다.

"사람이 많으니 신법을 수련하기도 그렇고, 곤법이나 부법은 더 더욱 못하겠고. 정말 몸이 근질거려 죽겠네."
"손이나 치료해라. 손도 쉬어야지."
"어? 손이 말을 하네? 뭐라고? 크게 말해 봐, 잘 안 들려. 무공을 수련할 때가 제일 행복하다고? 그래, 알았어. 손이 쉬면 안 된다는대? 좀이 쑤셔서 미치겠대. 산에나 올라가 볼까?"
"자명이가 언제 올지 모르니 기다려 보자. 왜 삼 일을 머물러 달라고 했는지 모르겠다만 별일 아닌 것 같으니 오면 바로 떠나도록 하자."
"아무래도 그래야겠죠?"
능 총관은 고개를 끄덕였다.

저녁 무렵, 한 무리의 사람들이 들이닥쳤다.
행색이며 주고받는 말들이 한동네 사람들인 것 같다.
"총관님, 잠시만 소란을 피우겠습니다."
능 총관과 금하명은 또 서로를 마주 봤다.
"사형이 도대체 무슨 일을 벌이는 거요?"
"낸들 아나."
봉자명이 마을 사람들에게 말했다.
"방 안에 열 섬이 있고 스무 섬은 헛간에 있소. 모두 서른 섬이오."
"정말 이렇게 가져가도 되겠나?"
"하하! 제가 부탁드린 거잖아요. 오히려 제가 고마운걸요. 빨리 가져가세요."
사람들은 우르르 달려들어 쌀가마니를 내가기 시작했다.
능 총관과 금하명은 좁은 방 안으로 사람들이 우르르 몰려드니 가만히 앉아 있을 수 없었다.

　밖으로 나와도 하릴없기는 마찬가지였다. 그저 멍하니 움직이는 사람들을 지켜보는 수밖에는.

　능 총관이 문득 무슨 생각이 들었는지 지나가는 농부의 옷소매를 잡아끌었다.

　"지금 이 쌀들, 한 섬에 얼마씩 친 거요?"

　농부가 불안한 눈으로 쳐다보며 말했다.

　"육십 문에 넘겼는데…… 도로 갖다 놓을까요?"

　"아니오."

　농부를 놓아주고 잰걸음으로 걸어서 집 뒤로 돌아갔다.

　그곳에서는 봉자명이 헛간 문을 열고 마을 사람들에게 쌀을 넘겨주고 있었다. 기쁜 일이라도 있는 듯 활짝 웃으면서.

　"천천히 나르세요. 허리 다치면 평생 고생합니다."

　능 총관은 봉자명을 끌어내다시피 데리고 나왔다.

　"말 들었다. 한 섬당 육십 문에 넘겼다고?"

　"그러셨어요? 하하! 날이 더 추워지기 전에 부지런히 넘기려고요."

　"육십 문이면 삼 할이나 손해 보는 값이다. 마흔 섬을 팔면 열 섬은 그냥 버리는 거야! 도대체 무슨 생각에서……."

　"총관님."

　봉자명은 진지했다.

　"총관님이 왜 저한테 오셨는지 짐작해요. 전 무공에는 재주가 없지만 그렇다고 바보는 아니거든요. 죄송합니다. 살림이 넉넉치 못해서 많은 돈은 해드릴 수 없네요."

　"뭐라고!"

"하하! 방에 있는 쌀은 다 내갔을 거예요. 안에 들어가셔서 잠시만 기다려 주세요. 이것마저 내보내고 곧바로 들어가겠습니다."

능 총관과 금하명은 방 안으로 들어갔다.

몸을 움직이기가 거북스러울 정도로 비좁던 방 안이 휑하니 텅 비었다. 하지만 그래서 더욱 가슴이 아팠다.

잠시 후, 봉자명이 들어섰다. 아주 기분 좋은 표정이었다.

"그렇잖아도 비좁아서 쩔쩔맸는데 넓고 편안하네요."

"사형……."

금하명은 할 말을 잃었다.

청화장에 있을 때, 봉 사형은 그저 마음 좋은 사형에 불과했다. 무공에 관심이 없었지만 봉자명이 무공에 재질이 없다는 것은 알았고, 빨리 인생 방향을 바꾸라고 놀리기도 했다.

"표정이 왜 그래? 시장하지? 잠시만 기다려. 옆 동네 사람이 잉어를 잡아왔는데, 꽤 크데. 총관님, 오늘 저녁에는 잉어찜을 해드릴게요. 저 요리 잘하니까 걱정 마세요."

"네놈이……!"

능 총관은 격정이 끓어올라 말을 잇지 못했다.

마을로 들어올 때는 봉자명에게 여비를 얻을 생각이었다. 하지만 그를 만나보니 수중에 지닌 돈이 있다면 오히려 주고 갈 판이었다.

워낙 궁색한 모습을 드러내지 않아서 알지 못했다. 얼굴 표정만 보아서는 제법 넉넉하게 사는 부농의 아들쯤으로 생각되었다. 다른 문파 같으면 입문 전에 가족 사항이나 집안 배경 등등을 꼼꼼히 따져 보지만, 청화신군은 오로지 무공에 대한 열의만 봤다.

청화신군은 무가에서 제자를 받을 때 가장 중요시 여기는 심성(心性)

도 보지 않았다. 입문한 문도들의 성정이 올바르면 다행이고, 올바르지 않으면 올바르게 고쳐 주는 것 또한 무인의 사명이라고 했다.

"어느 집안이나 가풍(家風)이 있지. 자식들은 가풍을 보고 자라는 법일세. 우리도 마찬가지야. 여기서 무공을 수련하면 청화장의 가풍을 따르게 되지. 저들이 무림에 나가 어떤 행실을 하느냐는 우리가 가르치기 나름일세."

결과적으로 청화신군의 노력은 수포로 끝났다. 이백여 명 중 겨우 스무 명 정도만이 그의 뜻을 받들었으니까.

"하하! 제가 좋아서 하는 일인걸요."

봉자명은 진심으로 기뻐했다.

쌀을 싼 값에 처분한 것은 시작에 불과했다.

다음날, 날이 밝기 무섭게 낯선 사람이 방문했다.

번지르르한 옷이며, 말하는 어투로 보아서 능 총관처럼 어느 부호의 총관쯤 되는 자로 보였다.

"솔밭 부근에 있는 논 열 마지기를 백팔십 냥에 내놨다고 들었네만 사실인가?"

"사실이오."

"스무 냥이나 싼데……."

"논에는 이상이 없으니 걱정 마시오. 단, 호피가 한 장 있는데 그것까지 사셔야 한다는 조건이오. 돈은 즉시 지불해 주셔야 하고."

"그것도 들었네. 호피 좀 보세."

"사형!"

금하명이 더 듣지 못하고 봉자명을 불렀다.

당장 급한 돈도 아니다. 쌀을 판 돈만 하더라도 충분하다. 떠돌이 생활을 하면서 호사를 누릴 것도 아니니 남아 넘친다. 어디 가서 장사를 하려는 것도 아닌데…… 생활 밑천인 논까지 팔게 할 수는 없다.

더군다나 호피라니? 방 안에 있는 호피는 단순한 호랑이 가죽이 아니지 않은가. 부모님을 돌아가시게 만든 원수의 가죽이다. 그것까지 팔게 할 수는 없다.

"그만하면 됐어. 네 마음은 넘치도록 받았으니, 우린 이만 가도록 하겠네."

"하하! 총관님, 총관님께서 그러셨잖아요. 신의는 생명이라고. 전 이미 팔기로 했고, 이분은 먼 길을 오셨어요. 파는 게 도리입니다."

봉자명은 호피까지 내갔다.

"이게 백 냥이라니 너무 비싼데……."

"아주 손질을 잘해놨어요. 싸게 판다는 것 아시잖아요. 그런 말씀 하시려면 돌아가세요. 점심때쯤 또 한 분이 오기로 했거든요."

문밖에서 두런두런 흥정하는 소리가 이어졌다.

잠시 후, 봉자명은 전 재산을 처분한 은 삼십 냥을 내놓았다.

"제가 어렸을 때였는데…… 장주님이 이곳을 지나가시다 아버님을 구해주셨어요. 기혈이 막혀서 돌아가시기 직전이었죠. 그때부터 장주님을 위해서는 무엇이든 해야겠다고 생각했어요. 집안 형편을 보면 제가 꼭 있어야겠지만, 청화장으로 간다는 말을 하자 아버님께서는 기꺼이 승낙해 주셨죠."

봉자명에게도 사연은 있었다.

"하명, 꼭 대성해라. 반드시 백납도를 꺾어야 해. 알았지? 대삼검이 결코 약하지 않다는 것을 보여줘. 이젠 됐어요. 저는 젊으니까 다시 시작하면 됩니다. 별것도 아닌데 괜히 바쁘신 걸음을 너무 오래 붙잡았네요."

"하루가 남았다."

"네?"

"사흘을 머물라고 하지 않았니. 오늘 술 한잔 더 하자. 술이 마시고 싶구나."

능 총관은 착잡한 심정을 애써 억눌렀다.

2

떠났어야 했다. 아니, 봉자명을 만나러 오지 말았어야 했다.

떠날 준비를 하고 방문을 나서던 능 총관과 금하명은 우뚝 멈춰 서고 말았다.

살이 드러나는 부분은 백포(白布)로 친친 감고, 머리에 방갓까지 쓴 괴인도 막 대문을 밀치고 들어서려다 말고 세 사람을 쳐다봤다.

눈과 눈이 마주쳤다.

능 총관은 한눈에 적임을 알아봤다. 본 적도 없고, 들어본 적도 없는 자이지만 사내가 내뿜는 살기(殺氣)는 뼛골까지 얼렸다.

"적이 있더냐?"

봉자명에게 물은 말이다.

"처음 보는 자입니다."

봉자명도 싸울 준비를 갖췄다. 무공 진척이 느리다고는 하지만 그래도 청화장에서 잔뼈가 굵은 무인이다. 솜털까지 곤두서게 만드는 적의(敵意)를 알아내지 못한다면 청화장을 입에 담을 자격도 없다.
 "부광쇄두, 능광."
 백포인의 입에서 귀신의 호곡성과 견줄 만한 귀성(鬼聲)이 새어 나왔다. 감정이라고는 한 올도 섞이지 않은 냉철한 어투다. 아니, 음성만으로 보면 인성(人性)조차도 남아 있지 않은 듯하다.
 '죽음을 건너선 자! 검을 뽑으면 오직 죽음만 있다!'
 이 사람이 누군지는 알지 못하지만 검의 성격은 알 것 같다.
 능 총관은 백포인의 입에서 나온 말에 주목했다.
 그는 능 총관이라 부르지 않고 부광쇄두 능광이라 불렀다.
 이십여 년이나 지났는데, 아직도 섬서성에서의 일이 꼬리를 물고 있는 것인가.
 그의 생각은 이어지는 말에 여지없이 깨졌다.
 "청화장 장주 금하명, 청화장 석두(石頭) 봉자명. 죽어야겠다."
 부광쇄두를 노린 것이 아니라 청화장 사람을 노리고 있다.
 백포인은 제집이라도 들어서는 듯 당당하게 문을 밀치고 들어와 마당 한가운데 섰다. 그리고 거침없이 검을 뽑았다.
 스르릉!
 능 총관의 얼굴에 긴장이 흘렀다.
 검을 뽑는 모습만 봐도 상대의 무공을 짐작할 수 있다. 백포인이 검을 뽑는 모습은 너무 깨끗하고 빠르다. 발검(拔劍)이 저러할진대 정작 공격으로 들어서면 숨 돌릴 틈도 없이 몰아칠 게다. 아니다. 단 일 합으로 승부를 결정지을 게다.
 '쾌검이다! 침착…… 절대 침착…….'
 "어느 방면의 고인이신데, 죽음을 말하시오?"

"죽을 놈이 알아서 뭐 해."

"살 놈이기에 묻는 것이오. 싸움이란 맞대봐야 아는 것, 당신에게 죽일 자신이 있다면 우리도 살 자신이 있소."

"후후후!"

백포인이 비웃음을 토해냈다.

능 총관은 말을 하는 가운데도 백포인의 움직임을 세세히 살폈다.

무공을 사용하지는 않았지만 무림에서 떠난 적은 없다. 청화장 총관 자리는 무림에 대한 소문을 듣고 싶지 않아도 듣게 되는 위치다. 특히 섬서성과 복건성에 대해서는 무인들의 면면까지 꿰뚫고 있다고 해도 과언이 아니다.

하지만 백포인의 정체는 도무지 짐작할 수 없었다.

무공도 짐작할 수 없다. 단지 쾌검이라는 짐작만 할 수 있을 뿐, 어떤 종류의 초식일지는 직감도 오지 않는다. 그럴진대 상대의 사원(師源)을 어떻게 알아내겠는가.

대화를 조금 더 길게 이끌어 백포인을 파악하려고 했지만, 그는 그럴 기회조차도 주지 않았다.

뚜벅뚜벅 앞으로 걸어오며 검을 가볍게 휘둘렀다.

하수에게 한 수 지도해 준다는 듯, 가볍게 검을 휘두르는 모습에서 여유가 넘친다.

'가벼워 보이나 보보(步步)에 살기가 배어 있다. 필살(必殺)의 기세. 산중지왕(山中之王)인 호랑이가 최선을 다해 토끼를 잡는 것과 같은 이치. 오늘은 득보다 실이 많겠군.'

능 총관은 불길함을 예감했다.

백포인의 기세가 변했다.

검이 고요해지고 움직임이 부동(不動)으로 변했다.
'이젠 틀렸어.'
능 총관은 싸움을 피하고 싶었지만 상대는 기회조차 주지 않았다. 이유는 모르지만 백포인은 살기를 머금었다. 대화도 필요없다. 찰나간에 바뀔 삶과 죽음만 존재한다.
'부광쇄두를 원한다면 부광쇄두가 되어주지.'
"하명, 석부를 이리 내라."
능 총관의 눈빛은 늑대의 눈빛이 되어 살기를 불태웠다. 이글이글 타오르는 눈빛이 백포인에게 틀어박혀 떨어지지 않았다.
"세상에…… 싸움판에서 병기를 달라는 사람이 어디 있어? 그동안 내가 수련한 무공은 소꿉장난이었나? 별로 세 보이지도 않는데 내가 해보지 뭐."
"석부를 이리 내라니까!"
능 총관이 버럭 고함을 내질렀다.
하룻강아지 범 무서운 줄 모른다고, 무공을 섣불리 수련한 자들이 이런 우(愚)를 범한다. 상대가 얼마나 무서운지도 모른 채 무작정 싸움부터 하려고 든다. 꼭 관을 봐야 눈물을 흘릴 자처럼.
그래도 금하명은 석부를 주지 않았다.
"아저씨, 왜 그래? 이런 실전은 돈 주고 살 수도 없는 거잖아. 죽음이란 걸 경험해 봐야 한다면 지금 해보지 뭐."
"하명!"
능 총관은 백포인을 향해 살기를 불태우다가 섬뜩한 느낌이 들어서 금하명을 쳐다봤다.
금하명의 표정은 담담했다. 적을 앞에 뒀는데도 일절 분노가 떠오르지 않았다. 하지만 그의 발은 벌써 정(丁) 자를 밟고 있다. 신법을 펼치려는 의도다.
 "안 돼!"
 "어차피 다 죽는다는 것 모르나. 저놈 표정을 보니 우리 모두 죽일 작정인데? 아저씨, 아저씨가 죽으면 우린 저놈 먹이가 된다는 걸 정말 모르는 건 아니지? 내가 먼저 나가서 틈을 벌어놓을 테니, 아저씨가 기회를 잡아봐. 한 명이라도 살려면."
 나중 말은 귓속말에 가까웠다. 뿐만 아니라 능 총관의 등 뒤 요대에다가 살짝 석부 두 자루를 찔러 넣기까지 했다.
 '너, 너란 놈은!'
 능 총관의 우려는 기우에 불과했다.
 금하명은 적을 얕보지 않았다. 설익은 무공만 믿고 무작정 싸움판에 끼어드는 애송이도 아니었다. 그는 상대를 정확히 읽어냈다. 최선을 다해도 옷깃 하나 건드리지 못할 고수란 점을. 또한 금하명의 귓속말은 그들이 할 수 있는 최선의 방법이었다.
 '이놈…… 승부사야. 신군의 핏줄을 그대로 이어받았어.'
 "신법만 너무 믿지 마라. 너 정도의 신법은 얼마든지 따라붙을 수 있어."
 능 총관도 귓속말로 속삭였다.
 "걱정 말고…… 내 목숨이나 구해줘. 아저씨가 구해주지 않으면 난 일초도 못 버텨."

 쒜에엑! 쒜엑!
 도끼 두 자루가 허공을 갈랐다.

도저히 이틀 동안 수련한 부법이라고는 볼 수 없을 만큼 빠른 비부(飛斧)다.

깡! 깡!

"후후? 하오잡배 수준이군. 부광쇄두의 도끼질도 배우는 놈이 있다니. 한심한 놈."

백포인은 단 한 번의 손짓으로 석부 두 개를 쳐냈다.

"하하! 그건 그쪽도 마찬가지 아닌가? 겨우 하오잡배 수준인 놈을 마음대로 요절내지 못하고 있으니 말이야. 꼭 이런 놈들이 말은 시건방지게 한다니까."

"죽인다!"

"알아, 알아. 죽이라니까 그러네."

백포인은 비조(飛鳥)처럼 움직였다. 발이 움직이는 것조차 보지 못했는데, 검은 턱 밑을 파고들었다.

금하명은 무모하지 않았다. 서투른 무공으로 백포인과 같은 고수와 싸우는 것 자체가 무모하다면 할 말이 없지만, 시간을 지연시킬 방도는 구상해 놓은 상태였다.

금하명은 철저하게 백포인과의 거리를 벌렸다. 따라오면 물러섰고 정지하면 주위를 맴돌았다.

"어디서 저런 신법을!"

봉자명이 입을 쩍 벌리며 경탄했다.

금하명의 신법은 특이했다. 세련되게 다듬어진 것 같지는 않은데 실전에서는 아주 유용했다. 물러설 때는 구름이 흘러가듯 유연했다. 달려들 때는 질풍이다. 좌우로 움직일 때는 유수(流水)처럼 매끄럽다.

"하, 하명이가 타문(他門)의 무공을!"

봉자명의 경악은 계속됐다.

금하명이 뛰어난 신법을 구사하는 점은 놀랍고 기쁘다. 하지만 그보다 더욱 놀란 것이 있다. 그에게 청화신군은 바로 신이다. 신의 아들이 신의 무공을 계승하지 않고, 타문의 무공을 수련한다는 것은 그의 상식으로는 용납될 수 없는 일이다.

놀라기는 능 총관도 마찬가지였다.

'진정…… 용의 핏줄이란 말인가.'

그렇게밖에 생각할 수 없는 현상이 벌어지고 있다.

금하명은 길을 오는 동안 청화장 문도라면 누구나 알고 있는 유운보, 뇌둔보, 추광보를 수련했다. 극한까지 치달리는 능 총관을 뒤따르는 동안 장족의 발전을 한 것도 사실이다.

하나, 아직 기초적인 수준일 뿐이다.

건방지게도 금하명은 세 가지 신법을 하나로 뒤섞었다.

진기 소모가 가장 적은 유운보, 무공을 펼칠 때 바탕이 되는 뇌둔보와 추광보는 각기 용법이 다르다. 하나로 뒤섞을 수 없는 신법이며, 설혹 섞는다고 해도 별다른 효용을 기대하기 어렵다.

신법이 세 가지로 나눠진 것은 사용 용도에 맞춰서 최대한의 효과를 이끌어내기 위함이다. 청화신군이 수백 번, 수천 번 참오한 결정체가 삼대신법인데 이제 갓 입문한 것과 진배없는 풋내기가 감히 하나로 묶으려 한다니.

그럼에도 능 총관이 금하명의 시도를 만류하지 않은 것은 본인 스스로 무공의 높고 깊음을 깨닫게 하기 위함이었다. 이것도 시도해 보고 저것도 시도해 보다가 결국에는 삼대신법으로 돌아올 터이지만, 시도해 보는 과정 속에서 왜, 어떤 때에 삼대신법이 필요한지를 아는 것도 중요하다 싶었다.

 정녕 금하명이 자신조차 승부를 예측할 수 없는 백포인을 상대로 싸움을 비등하게 이끌어 나갈 정도라고는 생각하지 않았다. 싸움을 하는 것이 아니라 일방적으로 몰리고 있다지만, 치명적인 일격을 당하지 않고 피해 다니는 것만으로도 놀랄 만하다.

 '이건 도저히 불가능해. 불가능한 일이야.'

 금하명은 지형에 따라 각기 다른 신법을 펼쳤는데, 그것을 싸움에서 응용하고 있다. 싸움 장소는 평평한 마당이었지만, 백포인의 검세를 지형 삼아서 빠르게 짓쳐오면 가파른 곳을 올라가는 것처럼 진기에 탄력을 주고, 변화가 난무하면 걷기 어지러운 지형을 밟는 것처럼 매끄럽게 물러선다.

 시기 적절하게 변화가 딱 알맞게 펼쳐진다.

 "청화장 신법이 아니군. 부광쇄두의 신법인가? 희한한 놈이야. 청화장 장주리는 놈이 가전무공(家傳武功)은 수련할 생각을 않고 부광쇄두의 무공을 따르다니. 부광쇄두가 그렇게 커 보였나?"

 백포인은 시종일관 여유로웠다.

 그러나 그도 모르는 점이 있다. 금하명의 신법을 착각했다. 세 신법이 하나로 버무려진 금하명의 신법은 전혀 다른 신법처럼 독특하고 실전적이다.

 쒜엑!

 말하는 틈을 노리고 석부 한 자루가 날았다.

 손가락 끝이 움직임과 동시에 목표에 틀어박히는 비부낙인이다.

 "또 이거야?"

 백포인은 어린아이가 던진 수수깡을 베어내듯 간단하게 석부 자루를 잘라냈다.
 "좀 다른 건 없나? 이제 석부도 몇 자루 남지 않은 것 같은데. 식상한 공격 말고 좀 참신한 공격을 해봐."
 "후후후! 그런 놈은 왜 치지 못하지? 말로는 천 명도 죽일 수 있어. 의외로 검이 날카롭지 못하군."
 "뭐? 하하하! 하하하하! 오랜만에 들어보는 소리군. 옛날에는 그런 소리 많이 들었지. 죽는 게 그렇게 소원이라면."
 백포인이 뚜벅뚜벅 걸어왔다.

 "얼마나 거리를 벌리면 도주할 수 있겠니?"
 "저놈…… 무척 빠른 놈이네요. 십 장을 벌려도 도주할 수 있을까 말까 합니다. 총관님께서는 어떠세요? 차라리 총관님이 뒤를……."
 "넌 일 장도 못 벌려."
 "죄송합니다."
 능 총관과 봉자명은 작은 소리로 주고받았다.
 봉자명은 능 총관의 말을 단번에 알아들었다. 금하명과 자리를 바꾸려는 게다. 그가 대신 싸우고 금하명은 꺼내고. 죽음은 기정사실이니 거리나마 최대한 벌려주려고 한다.
 봉자명은 자신이 대신 싸우는 게 어떨까 하는 생각을 가졌지만 능 총관의 말마따나 일초도 견뎌내기 힘들다.
 그것이 한없이 죄송했다. 그토록 오랜 세월 동안 무공을 수련했는데 시간조차 벌지 못하는 무공이라니.
 "하명이는 큰 무인이 될 재질을 지녔다."
 "사부님의 무공을 익혔으면 더 좋았을 텐데요."

"저건 신군의 무공이다."

"네? 저게요?"

"설명할 시간 없다. 하명이를 반드시 구해야 한다. 그것만이 청화장을 부활시킬 수 있는 유일한 길이야. 청화장이, 청화신군이 세상을 살다 간 흔적이다. 나머지는 전부 껍데기야."

봉자명이 입술을 질끈 깨물었다.

"육 장, 육 장 거리만 벌려주십시오."

"찰나 만에 따라잡을 수 있다는 점을 명심해라."

"예."

능 총관은 봉자명을 힐끔 쳐다봤다.

봉자명은 자신의 안위조차 묻지 않는다. 현실을 파악하고 있다는 증거다. 이를 악물고 있다. 눈을 부릅뜨며 결사를 다지고 있다. 자신에게 일어날 일을 알고 있으며, 대처 방안도 강구하고 있다는 뜻이다.

'이런 사람은 믿어도 좋아. 장주님, 제자 한 명은 제대로 골랐군요. 먼 길을 갈 때 데려갈 사람으로 지목하시더니, 이제야 장주님 뜻을 알겠습니다. 인간을 데려간다는 말을. 하하! 많이 배웠습니다. 감사드립니다. 거둬주셔서 감사드리고, 가르쳐 주셔서 감사드립니다.'

능 총관은 검을 뽑았다.

쉬이익!

백포인의 신형이 급변하자, 금하명은 금방 위급한 지경에 처하고 말았다.

그의 무공으로 백포인을 상대한다는 자체가 어불성설이었다. 죽을 힘을 다해 신법을 변화시켰지만 아직 몸에 완벽하게 붙지 않은 신법은 금방 헝클어졌다.

"죽이지 못하는 검이라고 했던가? 봐랏!"

쒜에엑!

빛 한 점이 허공을 갈랐다.

'음……!'

금하명은 펄쩍 물러섰다.

그러나 벌써 그의 가슴은 쩍 벌어졌고, 붉은 피가 샘솟듯 흘러나왔다. 지극히 짧은 순간에 삼 장 거리를 단숨에 좁혀온 검이 가슴을 저며 놓은 것이다.

"호오! 청화신군의 자식이라 그런지 뼈대는 있군. 고래고래 비명을 지를 줄 알았는데."

"역시 죽이지 못하는 검이군. 아직 멀었어."

"주둥이만 산 놈!"

쒜엑! 쒜엑!

금하명은 대답도 하지 않았다. 백포인이 입을 여는 짧은 시간 동안 도끼 두 자루를 섬광처럼 쳐냈다.

"이번엔 좀 낫군."

백포인은 허리를 숙여 석부를 피해냈다. 동시에 세 걸음을 크게 내디디며 거리를 좁혀와 일검을 내뻗었다.

파앗!

다시 핏줄기가 솟구쳤다. 좌우 허벅지를 동시에 베어내어, 죽은 사람조차 벌떡 일어나게 만들 고통을 안겨줬다. 무엇보다 두 다리를 묶어서 더 이상 도주하지 못하도록 만들었다는 점이 중요하다.

"청화장의 무공은 대삼검으로 집약된다. 대삼검을 펼치지 않을 텐가? 후후후! 이런 정도로 청화장 장주라고 말할 수 있는가."

그때였다.

"하명, 대삼검을 펼쳐라. 내 검을 빌려주마."

능 총관이 가까이 다가오며 검을 휙 던졌다.

검은 금하명 발 앞에 떨어졌다.

"후후후! 검이 없어서 펼치지 못했나? 이런, 내가 그 점을 잊었군. 안심하고 주워라. 치지 않을 테니까."

금하명은 백포인을 노려보며 검을 주웠다.

백포인은 약속대로 방해하지 않았다. 오히려 한 걸음 뒤로 물러서서 안심하고 주울 수 있도록 배려까지 해줬다.

"이제는 대삼검을 펼칠 수 있겠나? 후후후!"

금하명은 백포인을 무시하고 능 총관을 쳐다봤다.

능 총관이 희미하게 웃었다.

'아저씨……'

마음으로만 불렀다. 검을 던져 준 행동은 백포인의 신경을 금하명에게 집중시키기 위한 술책이다. 능 총관에게는 병기가 없으니 신경 쓰는 부담이 줄어들 게다.

금하명이 대삼검을 펼치고, 백포인이 반격을 시작할 때, 능 총관의 기습도 시작된다.

능 총관이 가지고 있는 병기는 석부 두 자루. 천음대혈식이 쉽게 무너지는 것을 봤으니 다른 형태로 공격을 가할 게다. 그것은 아마도 근접전(近接戰) 형태가 되리라.

무공을 본격적으로 수련한 지는 얼마 되지 않았지만 능 총관이 시도하려는 행동 정도는 읽어낼 수 있다.

'죽기 아니면 살기가 되겠군. 근접전이면 단번에 승부가 날 터.'

금하명은 죽음의 냄새를 맡았다. 이번 일전은 순식간에 끝날 것이고, 죽는 자와 산 자의 구분이 생기리라.

'남은 석부는 두 자루. 비부낙인으로 몸통을 노리고, 곧장 짓쳐가서 원완마두의 곤술을 펼치면…… 연사곤 철각을 제대로 누르기만 하면 이길 수도 있겠어.'

어림없는 말. 이길 수는 없다. 동귀어진(同歸於盡)이 있을 뿐. 운이 닿는다면 지옥으로 끌고 갈 수 있을 뿐이다.

'아저씨, 나중에 지옥에서 봅시다.'

능 총관에게 눈인사를 했다. 능 총관도 눈인사를 받았다.

그때 변화가 일어났다. 금하명의 눈빛을 받은 능 총관이 순식간에 백포인을 덮쳐 갔다. 금하명보다 한 수 앞서서 양손에 석부를 꼬나 쥐고 난생처음 보는 빠르기로 짓쳐갔다.

"엇!"

금하명은 깜짝 놀라 헛바람을 내질렀다.

반응은 기민했다. 본능적으로 능 총관의 개죽음을 직감했고, 어떻게든 막아보기 위해 도끼 두 자루를 신속하게 쳐냈다.

쒝엑! 쒜에엑!

석부는 백포인을 어쩌지 못할 것이다. 정말 그랬다. 백포인이 좌측으로 몸을 비트는 순간, 비부는 허공을 날아버렸다. 그래도 괜찮다. 능 총관이 근접하기도 전에 검에 맞는 불상사는 방지했으니까.

능 총관이 석부를 힘차게 휘둘렀다. 백포인은 빙글 몸을 돌리며 석부를 피해냈고, 손에 들린 검에서는 검광이 토해졌다. 피하면서 공격하는…… 기가 막힌 수법이다.

금하명은 젖 먹던 힘까지 끌어올렸다. 추광보를 펼쳐 최대한 빨리 공격에 합류해야 한다. 순간,

빠악!

등 부분에서 도끼로 찍히는 것 같은 통증이 일어났다.

통증은 참을 수 있다. 하지만 마혈(痲穴)이 제압되어 온몸이 딱딱하게 굳어지는 것은 어쩔 수 없다. 허리도 자유를 잃었다. 억센 힘에 이끌려 전신이 허공에 붕 떠지더니 땅 그림자가 어지럽게 눈앞을 스쳐 갔다.

'안 돼! 아저씨가 죽엇!'

소리라도 지르고 싶었지만, 음성조차 새어 나오지 않았다.

봉자명은 금하명을 허리에 끼자마자 쏜살같이 신형을 빼냈다.

"크윽!"

등 뒤에서 능 총관의 답답한 비음이 들려왔다.

"지독한 놈!"

백포인의 분기 어린 음성도 들렸다.

그는 돌아볼 엄두도 내지 못했다. 능 총관의 최후를 지켜보는 것이 도리지만 잠깐의 한눈도 용납되지 않는 순간이다.

담장을 뛰어넘고 내처 치달렸다.

목적지는 행동을 일으키기 전부터 정해두었다. 진(晋)씨 집에 가면 말이 매어져 있을 게다. 소 대신 농사를 짓는 말이라 달리는 속도가 어떨지는 모르지만 그래도 말은 말이니 의지해 볼 수밖에 없다. 신법으로는 도저히 백포인을 떨쳐 버릴 수 없으니까.

"끄으윽!"

숨을 쥐어짜는 듯한 소리가 들려왔다.

시화타불도(是禍躱不掉) 29

어지간해서는 비명을 토하지 않을 능 총관이다. 그런 분이 이런 소리를 토해내는 것은 목숨이 끊어질 경우에나 가능하다.

'이제 겨우 오 장. 힘들겠어. 안 돼! 사부님이 세상을 사셨던 흔적은 남겨야 돼!'

사력을 다해 뛰었다.

금하명을 구하는 게 아니다. 청화신군이 세상을 다녀갔다는 흔적을 구하는 게다. 금하명이 청화신군의 혈육이라서 살리는 것도 아니다. 금하명만이 청화장을 대변할 수 있기에 살리는 거다.

오씨 집 담장을 뛰어넘고, 곧장 뒷마당 쪽으로 치달려 진씨 집 담을 뛰어넘었다.

항상 보아서 잘 알고 있는 비루먹은 말은 어김없이 그 자리에 묶여 있었다.

휘익!

신형을 날려 안장 없는 말 위에 올라타기 무섭게 묶여 있는 줄을 끊어버리고 힘차게 발길질을 했다.

"끼랴!"

히히힝!

두두두두……!

비루먹은 말은 힘차게 말발굽을 내디뎠다. 노쇠하고 병든 말이지만 그래도 달리는 모습은 그럭저럭 괜찮은 편이었다. 그때,

쒜에엑!

무언가 날아오는 소리가 들렸다.

탁!

물체와 물체가 거세게 부딪치는 소리도 들렸다.

봉자명은 돌아볼 겨를이 없었다. 달릴 수 있으면 달리는 것이고, 발걸음이 제지당하면 목숨을 걸고 싸우는 거다. 그래 봤자 죽을 것이 자명하지만.

봉자명은 다급했다. 무엇이 부딪쳤는지는 모르지만 통증이 없으니 당한 것 같지는 않다. 설혹 무엇에 맞아 혼절할 지경에 이르더라도 말을 계속 몰아야 한다.

'말을 멈추면 두 생명이 끝난다!'

"끼럇! 끼럇!"

두두두두……!

말은 힘차게 치달렸다.

눈앞에 강이 보이자 봉자명은 '살았다'는 느낌과 함께 안도의 한숨을 쉬었다.

어찌 된 일인지 뒤를 바싹 따라와야 할 추적자의 느낌이 없었다.

"워워!"

강변에 이르자 급히 말을 세웠다.

늙은 말은 금방이라도 피를 토하고 쓰러질 듯 거센 콧바람을 쏟아냈다.

뒤부터 돌아보았다. 쫓아오는 사람이 없는 것을 확인하고는 사방을 둘러보았다.

신경 쓰이는 사람은 없었다.

"하명, 미안하다. 이 방법밖에 없었다."

말 등에 축 늘어져 있는 금하명을 보며 중얼거렸다. 그리고 장심에 진기를 모아 등 뒤 명문혈을 탁! 소리가 나게 쳤다.

금하명은 꼼짝도 하지 않았다.

"응? 왜 이러지?"

탁!

다시 한 번 명문혈을 가격했다.

금하명은 반응을 보이지 않았다. 미동조차 없었다.

"어?"

갑자기 등에서 소름이 돋았다. 불길한 느낌이 전신을 휘감았다.

다급히 말에서 뛰어내려 금하명을 끌어 내렸을 때…… 그는 보았다.

금하명의 머리 한가운데가 길게 찢어져 있다. 검이나 도끼에 맞은 것 같은 큰 상처다. 머리뼈도 으스러진 것 같다. 붉은 피는 연신 줄줄 흘러내린다.

말을 달리며 들었던 소리, 물체와 물체가 부딪치는 소리는 금하명의 머리가 깨지는 소리였다.

상처는 둔탁하면서도 날카로웠다.

'석부! 석부에 찍힌 자국이닷!'

대충 상황이 짐작되었다. 능 총관에게 발목을 잡힌 백포인이 땅바닥에 떨어져 있던 석부를 집어서 던진 것이다. 금하명은 운 나쁘게도 정통으로 머리를 가격당했고.

"하명! 정신 차렷! 하명!"

금하명은 꿈적도 하지 않았다. 입술이 새까맣게 죽고, 얼굴색이 하얗게 탈색된 채 가는 숨만 뿜어냈다. 금방이라도 끊어질 듯 위태롭게 이어지는 숨을.

❸

금하명은 의식이 없었다. 호흡도 가늘었고, 맥박도 활기차지 않았다. 하지만 분명히 살아 있기는 하다.

봉자명은 가는 한숨을 내쉬었다.

즉사한 줄 알았다. 맥이 뛴다는 사실을 파악한 후에도 큰 희망을 갖지 않았다. 상처가 너무 크고 중해서 살아날 가망은 거의 없어 보였다.

그 순간, 머리 속에 노수어옹(櫓水漁翁)이 떠올랐다.

노수어옹이 천길에 자리를 잡은 지는 한 달도 채 되지 않는다.

그는 말 그대로 고기 잡는 어부에 불과하다고 했다. 태어나면서부터 팔십 평생을 강에서 고기만 잡으며 살아왔다고 했다. 원래 방랑벽이 있어서 한곳에 정착하지 못하는 성격인지라 강을 따라 떠돌며 산다고 했다.

세상에 그런 사람은 많다. 노수어옹이 한낱 방랑자에 불과했다면 봉자명의 귀에까지 소문이 들어올 리도 없다.

그는 노수에 자리를 잡자마자 당장 '노수어옹(櫓水漁翁)'이라는 별호로 불리기 시작했다.

뛰어난 의술 때문이다.

의술이라고는 배운 적도 없으며, 의술을 전문적으로 펼치지도 않는 어부. 하지만 천길 사람들은 환자가 생기면 노수어옹에게 간다. 배가 아프고 설사를 하는 간단한 병부터 돌림병 같은 큰 병까지 모두 노수어옹에게 맡긴다.

노수어옹은 자신의 의술을 작은 병들을 치료하다 보니 자연스럽게 쌓여진 경험에 불과하다고 했다.

실제로 그럴지도 모른다. 하지만 근처에 의원이 없으니 천길 사람들은 그를 찾을 수밖에 없다. 가장 가까운 곳에 있는 의원이 무려 이십 리나 떨어진 곳에 있으니 작은 의술일지라도 그를 찾을 수밖에 없지 않은가.

그렇다고 어옹의 의술이 전혀 엉터리만은 아니다.

웬만큼 아픈 사람들은 그의 집에서 하루 이틀 정도 머물면 말끔히 나아서 돌아왔으니 계속 어옹을 찾게 되는 것이다.

'어옹이라면……'

급한 대로 지혈부터 시켰다. 혈도를 눌러 피가 멈춘 것을 확인한 후, 겉옷을 벗어 조심스럽게 상처를 감쌌다.

말은 타지 않았다. 지금 상황에서는 백포인이 추적을 해와도 어쩔 수 없다. 말을 타고 달리면 심하게 흔들릴 것이고, 금하명의 상처가 더욱 깊어질 수 있다.

봉자명은 금하명을 안아 일으켰다. 그리고 머리가 흔들리지 않도록 조심스럽게 걸음을 떼어놓았다.

노수어옹은 심각한 환자를 대하면서도 가타부타 말 한마디 없었다.

그는 무뚝뚝했다. 환자를 데려온 사람의 심정은 조금도 고려하지 않았다.

금하명의 상태를 한참 동안 살펴본 끝에야 그의 입이 열렸다.

"쯧! 송장이네. 이 지경이면 죽었다고 봐야지."

노수어옹은 소문처럼 남의 일인 듯 냉정했다.

"언제 다쳤어?"

"두 시진쯤 됩니다."

"두 시진? 쯧! 데려가. 나더러 송장 치우라는 거야?"

말은 험했지만 그는 벌써 상처를 치료하기 시작했다. 말을 나눈 것은 몇 마디에 불과한데, 금하명의 머리는 박박 밀어져 스님처럼 반질반질 윤이 났다.

'기가 막힌 솜씨!'

봉자명은 감탄했다.

노수어옹의 면도 솜씨는 일개 어옹의 손놀림이라고 볼 수 없을 만큼 빠르고 정확했다.

머리카락을 밀되, 상처는 일절 건드리지 않았다. 상처 속으로 밀려 들어 간 머리카락도 깨끗이 제거해 냈다.

참으로 정교한 솜씨다.

단순히 머리만 미는 일이라면 누구라도 할 수 있다. 시간만 넉넉하다면, 세심한 손놀림만 지녔다면 상처 속의 머리카락도 쉽게 제거할 수 있다.

어옹은 무 깎듯이 투박하게 북북 밀었다. 칼을 사용하면서도 툭 건드리기만 하면 피가 터질 것 같은 상처를 조금도 건드리지 않고 밀어 냈다. 눈 깜빡할 사이에.

'무인인가? 그런 것 같지는 않은데…… 무척 쾌속하고 정교하다.'

눈만 뜨면 검을 잡았던 봉자명도 흉내 내지 못할 만큼 빠르고 정확한 솜씨다.

"뼈가 부서졌군. 아직 숨이 붙어 있는 게 기적이야."

노수어옹이 상처를 살펴보며 말했다.

"뇌는 상하지 않았습니까?"

상했다. 안다. 뼈가 부서진 것도 알고 뇌가 상한 것도 안다. 그냥 불안해서 물어본 거다.
 금하명은 뇌를 다친 사람이 보이는 전형적인 증상을 보였다. 간간이 경련을 일으켰고 코와 귀에서는 물이 흘러나왔다.
 노수어옹은 역시 잔인했다.
 "이게 상하지 않은 것으로 보이나? 한심하기는…… 정상이 되긴 틀렸어. 어떤 사이인지는 모르지만 별 관계가 아니라면 일찍 손 떼는 게 좋아."
 "……."
 노수어옹은 무려 반나절 동안이나 치료에 매달렸다.

 "희한한 놈이군. 약이 먹히질 않아."
 노수어옹이 머리에 감은 붕대를 풀며 중얼거렸다.
 봉자명은 탁자에 엎드려 새우잠을 자다가 화들짝 놀라서 깨어났다.
 "아함! 고기는 좀 잡힙니까?"
 길게 기지개를 켜며 물었다.
 노수어옹의 집을 찾아든 지가 보름이 넘었지만 변한 것은 아무것도 없었다. 금하명은 좀처럼 깨어날 기미를 보이지 않았다. 손과 발도 신경이 끊어지거나 마비된 것처럼 힘이 깃들지 않았다.
 노수어옹은 하루에 두 번씩 붕대를 갈았다.
 그때마다 돌조각처럼 딱딱한 고약을 물렁물렁해질 때까지 녹이는 일은 봉자명 몫이었다.
 봉자명은 눈곱도 떨어지지 않은 눈을 비비적거리며 화로(火爐)로 걸어갔다.
 "됐어."

"예?"

"젊은 놈이 귀까지 먹었나. 고약을 녹일 필요 없단 말이야."

"아! 예…… 예? 방금 뭐라고 말씀……?"

"그놈 참 되게 귀찮게 하네. 송곳으로 귀를 뚫어줄까?"

봉자명은 잠이 싹 달아났다.

고약을 붙일 필요가 없다는 말은 금하명의 상처가 다 아물었다는 말이지 않은가.

횅하니 달려가 상처난 곳을 쳐다봤다.

금하명의 머리는 흉측했다. 석부에 찍힌 곳이 함몰되어 미장부였던 옛 모습은 온데간데없고 웬 괴물이 누워 있었다.

봉자명은 징그럽지 않았다. 처음 본 사람은 인상을 찡그릴지 모르지만 봉자명처럼 항시 옆에서 지켜본 사람의 눈에는 평범한 사람 이상도 이하도 아니었다.

"아직 아물지 않은 것 같은데요?"

"뭐라고? 그럼 네가 의원해라."

"그런 뜻이 아니라……."

"희한한 놈이야. 도무지 약이 듣질 않아. 보약을 많이 처먹어서 그런가?"

"보약은 입에도 대지 않았는데요."

"청화장 소장주였다며? 그만한 집안이면 보약을 입에 달고 살았을 것 아냐."

"아닌데요. 신군께서 조공(朝功) 한 번 수련하는 것이 백약(百藥)보다 낫다시며 입에도 대지 못하게 하셨는데요."

"맞는 말이지. 쯧! 아까운 사람이 죽었어. 그럼 이놈은 대체 뭐야?"

왜 약이 안 듣는 거지? 희한하네."

노수어옹은 상처를 세심히 살폈다.

매번 붕대를 갈 때마다 하는 행동이다. 하지만 오늘은 다른 때와 달라서 더욱 세심하게 살폈다.

"낫긴 낫는데⋯⋯ 내 약으로 난 게 아냐. 뭔가 다른 게 있는데⋯⋯ 혹시 여기 데려오기 전에 금창약 같은 것 바른 것 아냐? 발랐으면 발랐다고 말해."

"전에도 말했잖아요, 아무것도 바르지 않았다고. 내가 한 거라고는 지혈한 것밖에 없어요."

"이상하니까 그렇지. 이게 달라붙어야 하는데 달라붙지를 않아."

노수어옹이 막 떼어낸 고약을 건네줬다.

귀에 딱지가 앉도록 들은 말이다. 금하명을 치료하기 시작한 첫날부터 듣기 시작한 말이다.

고약에 어떤 약재가 배합되어 있는지는 알지 못한다. 달라붙는다는 말의 뜻도 정확히 헤아리지 못한다. 막연하게 생각되는 것은 종기가 났을 때 붙여주던 고약처럼 살갗에 고약 자국이 남도록 붙는 것을 의미한다는 정도다.

그런 의미라면 확실히 고약은 붙지 않았다. 하지만 상처가 낫고 있지 않은가.

지금도 나으려면 까마득하게 보이지만 처음에 비하면 살았다는 안도의 숨을 내쉴 만큼은 나았다.

"잉어 잡아다 놨다. 어죽 좀 시원하게 끓여봐."

노수어옹이 새 붕대를 감으며 말했다.

"치료는 하지 않고요?"

"내 약을 밀어내는 것 같은데, 놔둬보고. 숨은 돌렸으니까 하루 이틀쯤 약 바르지 않아도 괜찮아."
"탕약은?"
"어죽이나 끓이랬잖아. 시장해서 죽겠어."
노수어옹이 퉁명스럽게 말했다.

엄동설한이 몰아쳤다.
두꺼운 옷을 껴입어도 매서운 바람은 옷섶을 타고 들어와 살갗을 도려냈다.
노수어옹이 잡아온 잉어는 두 팔로 안아 들어야 할 만큼 컸다.
'정말 대단한 노인이야. 하기야 이러니 노수어옹 소리를 듣지.'
봉자명은 익숙한 손놀림으로 잉어를 손질했다.
노수어옹은 그물을 쓰지 않는다. 배를 타지도 않는 묘한 어부다. 그는 오직 대나무 낚싯대만 사용한다. 그럼에도 그가 잡는 고기들은 한결같이 큰 놈들뿐이다.
고기 종류도 다양했다. 잉어, 붕어, 메기, 쏘가리, 송어 등등. 그가 원하기만 하면 커다란 고기들이 스스로 헤엄쳐 와서 걸려드는 듯했다.
봉자명도 노수어옹을 따라서 해본 적이 있다.
그가 사용하는 낚싯대로 그가 잡는 곳에서, 그가 사용하는 미끼를 이용해 낚시를 했다.
봉자명이 대를 늘어놓고 하품만 하고 있을 때, 노수어옹은 두 자짜리 붕어 한 마리와 석 자는 됨 직한 잉어 한 마리를 건져 올리고는 낚시를 거뒀다.
"비결이 뭡니까? 좀 가르쳐 줘요."

"마음을 버리면 되지."

"그런 선문답 말고 진짜 비결을 가르쳐 주시면 안 됩니까? 예를 들어 수초가 많은 곳으로 던지라든가, 물색, 유속(流速)…… 말해 줄 게 많을 것 같은데요?"

"마음을 버리고 물을 봐. 물이 맑아지면 고기가 보이는 법이야. 고기 많은 곳에 찌를 드리우는데 제 놈이 안 물고 배겨? 그런데 너…… 무인 맞냐? 무인이란 놈이 무공 수련은 하지 않고 왜 낚시나 졸졸 따라다니는 거야!"

그런 일이 있은 후부터 봉자명은 낚시를 포기했다. 대신 노수어옹이 잡아온 고기로 음식을 만들었다.

사내에게는, 특히 무인에게는 창피한 일이지만 요리가 손에 착착 달라붙었다.

달라붙는다는 표현이 옳다. 뭐라고 해야 할까? 여인을 보고 첫눈에 제 짝임을 알아봤을 때의 기분이라고나 할까?

무공을 수련하면서는 한 번도 느끼지 못했던 기분이다. 검을 한시도 떼어놓지 않았지만 손에 달라붙는다는 느낌은 가져 보지 못했다. 무공은 늘 곁을 맴돌기만 했다.

요리는 달랐다. 배워본 적이 없지만 끓는 냄새만으로도 짠지 싱거운지 알아낼 수 있었다. 생선은 다 같은 생선이지만 잡아온 고기를 척 보면 구워야 할지, 끓여야 할지, 죽을 쑤어야 할지 느낌이 왔다.

노수어옹이 잡아온 잉어는 어죽을 쑤어 달라고 말한다.

토실토실하게 오른 살은 속을 든든하게 해줄 것이고, 튼튼한 뼈는 진한 국물을 우려내 줄 게다.

노수어옹도 이런 느낌을 받은 게 아닐까? 오랜 세월 동안 고기를 잡으면서 깨달은 본능으로 무엇을 만들어 먹어야 될지 느끼는 게 아닐까? 그러니 어죽을 쑤어 달라고 했겠지.

봉자명은 익숙하게 손을 놀려 잉어를 다듬은 후, 솥에 넣고 푹 삶기 시작했다.

휘이잉……!

매서운 바람이 산야를 휩쓸고 지나갔다.

겨울이니 바람이 차가운 것은 당연하지만 강변에서 맞이하는 바람은 바늘처럼 날카로웠다.

봉자명은 어깨를 움츠리며 불에 더욱 가까이 다가앉았다.

'총관님 시신은 누가 거뒀을까?'

문득 능 총관에게 생각이 미쳤다.

생각해 보니 요즈음은 백포인에 대한 경계심을 완전히 풀고 있었다.

노수어옹에게 달려올 때만 해도 목덜미에 새파란 칼날이 틀어박히는 공포심에 떨었는데.

'수습하는 사람이 없을지도…… 비바람에 썩게 해서는 안 되는데…….'

하지만 집에 다녀올 마음은 털끝만큼도 들지 않았다.

궁금한 점이 한둘 아니다. 백포인이 누군지, 왜 자신들을 죽이려고 했는지 궁금해서 미칠 지경이다. 능 총관의 시신도 수습해야 한다. 하지만 목숨을 걸고 모험할 수는 없었다.

능 총관은 말했다, 금하명을 살리는 것이 장주님의 뜻을 이어가는 길이라고.

솔직히 백포인과 싸우는 모습을 보기 전까지는 금하명을 믿지 않았다. 그의 잘못은 아니다. 금하명을 조금이라도 가까이에서 지켜본 사람이라면 누구나 그런 마음을 가지게 될 것이다.
　그는 화공은 될 수 있을지언정 무인은 될 수 없는 사람이다.
　백포인과의 싸움이 금하명을 달리 보게 만들었다.
　신군의 신법이라는데 처음 보는 것이었다. 신군이 자식에게만 비공(秘功)을 전수했다고는 믿지 않는다. 신군께서는 절대 그럴 사람이 아니다.
　그렇다면 자신이 알고 있는 신법을 다른 방면에서 해석하고 수련했다는 결과가 된다.
　아직까지 청화장에서 이런 적은 없었다. 많은 문도들이 신법을 수련했지만 금하명과 같은 신법을 선보인 자는 없었다.
　이제는 금하명을 믿는다. 그는 청화장의 장주이고, 반드시 청화장을 일으켜 세울 것이다.
　금하명을 살리기 위해서는 노수어옹의 집에 머물고 있다는 사실이 알려져서는 안 된다.
　'사소한 모험도 가벼이 여길 수 없어.'
　그는 항상 주의를 경계했다. 만일의 경우를 대비해서 강에 배도 대어놓았다.
　강까지의 거리는 십여 걸음 안짝.
　평소 같으면 순식간에 닿을 거리이지만 백포인 같은 고수 앞에서는 천 리보다도 더 먼 거리가 될 것이다.
　짧은 거리를 계속 짧은 거리로 유지하기 위해서는 적을 빨리 발견하고 신속하게 움직이는 방법밖에 없다.
　잠이 모자라서 신경이 팽팽하게 곤두서도 참았다. 눈이 충혈되어 눈병에 걸린 것처럼 새빨개져도 먹이를 찾는 솔개처럼 매섭게 사방을 관찰했다.

하나 하루 이틀 시간이 흘러가고, 평온한 나날이 이어지자 어느덧 경계심은 소리없이 사라지고 말았다.

지금에서는 목숨에 대한 위협 따위는 까마득히 잊어버렸다.

'생각하면 뭐 하나. 휴우!'

깊은 한숨이 저절로 새어 나왔다.

금하명이 정신을 차려주면 좋으련만…… 노수어옹은 포기하라고 한다. 단약(丹藥)으로 얼마간 생명을 유지해 줄 수는 있지만 결국은 혼수상태에서 깨어나지 못한 채 절명하고 말 것이라고 한다. 그것이 뇌를 손상당한 환자들의 운명이라는 말도 덧붙여서 했다.

그래도 어떻게 산 사람을 포기하는가.

한 달이 넘어가도록 깨어나지 못하고는 있지만 상처는 회복되고 있지 않은가.

'겨울이 지나기 전에 깨어났으면 좋으련만…….'

똑같은 생활이 반복되었지만 지루함은 느껴지지 않았다.

무림, 검, 백납도, 백포인…… 모든 것을 잊어버리고 요리에만 몰두한 나날들이었다.

찾아오는 사람이 없는 점도 좋았다.

봉자명이 태어나서 처음으로 겪은 지독한 추위 덕분에 대부분의 사람들이 집 밖으로 나돌아다니지 않았다. 환자가 생겨도 중한 병이 아니면 민간 처방으로 때웠고, 중한 환자 같으면 노수어옹을 모셔갔다.

덕분에 강변 초옥은 황야에 홀로 세워진 집처럼 고적했다.

봉자명은 단약을 물에 개어 금하명의 입 안으로 흘러 넣었다.

시화타불도(是禍躱不掉) 43

약이 듣지 않는다며 붕대만 갈아주기를 보름, 금하명의 머리에는 딱지가 앉았다. 아직도 석부가 찍고 지나간 자국은 선명하게 남아 있지만 붕대를 감지 않아도 될 정도로 나았다.

머리에 남은 흉터 외에는 외관상 변한 모습은 거의 없었다.

몸도 약간 마르기는 했다. 그러나 건강할 때와 비교해 봐도 전혀 손색이 없다.

정신만 차리면 되는데… 깨어나기만 하면 되는데…….

"그만 일어나라. 네놈 살리자고 총관님께서 목숨을 버렸는데, 은혜를 아는 짐승이라면 그만 일어나야지."

향긋한 냄새를 풍기는 단약이 절반은 입 안에 머물고 절반은 입가를 타고 흘러내렸다.

손가락으로 기도를 살짝 눌러주자, 꾸르륵 하는 소리와 함께 단약이 흘러들어 갔다.

"봄까지만 있자. 봄이 되어도 일어날 생각이 없으면…… 넌 계속 누워 있어. 움직이는 것은 내가 해줄 테니까. 우리 조용한 곳으로 가자. 조용해서 너도 마음에 들 거야."

봉자명은 현월사(玄月寺)를 염두에 두었다.

날이 풀리면 많은 사람이 노수어옹을 찾을 것이다. 금하명은 외지인이니 알아보는 사람이 없겠지만, 자신은 아는 사람이 많다.

혹여 말이 돌고 돌아서 백포인의 귀에라도 들어가는 날에는 꼼짝없이 죽을 수밖에 없다. 그가 떠났는지, 아직 천길에 남아 있는지, 자신들의 뒤를 쫓고 있는지…… 모든 게 의문이지만.

그전에 떠날 작정이었다.

현월사 역시 불자가 많은 절이라 이목이 많지만 수행 목적으로 외인의 출입을 금지하는 암자들이 있어서 몸을 피할 수는 있을 것 같다.

"완아가 보고 싶어서 어떻게 눈을 감고 있어? 둘이 참 잘 어울렸는데. 솔직히 좀 부럽기도 했지. 나도 완아가 좋았거든. 완아를 싫어하는 놈이 있다면 틀림없이 고자일 거야. 좀 쌀쌀맞은 게 흠이긴 하지만 눈에 넣어도 아프지 않을 여자잖아."

봉자명은 단약을 으깨며 중얼거렸다.

아무 말도 못 알아듣는다고 생각하면 불쌍해서 견딜 수 없었다. 청화신군처럼 싸움이나 제대로 해본 후에 이 지경이 되었다면 원이라도 없겠는데, 금하명은 검 한번 부딪쳐 보지 못하고 식물인간이 되고 말았다.

알아듣건 알아듣지 못하건 말을 해주면 심심해하지 않을 것 같았다.

"이젠 잊어야 돼. 조금이라도 미련이 남아 있다면 깨끗이 정리하는 게 좋아. 백납도에게 갔다고 해서 하는 말이 아냐. 아니다. 말은 바로 해야지. 사람이 어떻게 그럴 수 있는 거야? 나뭇잎이나 종잇짝도 아니고…… 사람이 좀 어려워졌다고 그렇게 등을 싹 돌려 버려도 되는 건가? 나도 완아를 다시 봤지만, 너도 그런 여자는 빨리 잊는 게 좋아."

두 번째 단약을 곱게 으깬 후, 물을 부어 걸쭉하게 만들었다. 그리고 입에 떠 넣어주기 위해서 몸을 돌렸다. 그런데,

'엇!'

너무 놀라면 비명도 나오지 않는다던가?

봉자명이 그랬다. 두 눈이 화등잔처럼 커졌지만 입에서는 신음조차 새어 나오지 않았다.

한동안 눈을 부릅뜬 채 멀뚱멀뚱 쳐다보기만 하던 봉자명이 화들짝 깨어나 호들갑을 떨었다.

"다시! 다시 한 번만 해봐! 깨어난 거지? 깨어났지! 정신 좀 들어? 정

신이 들면 다시 한 번 해봐! 빨리 해봐! 아냐. 조급하게 굴지 말고 천천히, 천천히 해봐. 마음을 차분히 가라앉히고. 알았지? 천천히. 천천히 해봐."

봉자명은 금하명의 손가락에 온 신경을 집중시켰다.

움직였다. 금하명의 손가락이 아주 잠깐에 불과했지만 꼬물거렸다.

"희한한 놈이네. 질긴 놈이라고 해야 하나? 좌우지간 명줄 하나는 긴 놈이야."

노수어옹은 중풍 환자를 돌보러 십 리 길이나 다녀왔지만 피곤한 기색도 보이지 않고 진맥부터 했다.

사실 그도 봉자명만큼이나 흥분했다. 회생 조짐이 전혀 없던 환자가 자리를 툭툭 털고 일어나는 것만큼 보람된 일도 없을 게다.

"의식을 차린 겁니까?"

"조급히 좀 굴지 마라. 내가 다 정신없다."

"의식을 차렸는지만……."

"천천히 해보자. 손가락을 움직여 볼래?"

노수어옹은 봉자명을 무시하고 금하명에게 말했다.

금하명의 손가락이 미미하게 꿈틀거렸다.

"봐요! 움직였잖아요! 움직인다니까!"

"조용히 좀 해! 밖으로 쫓아낸다! 이거야 원 정신 사나워서…… 자, 말을 알아들을 수 있으면 다시 한 번 해보자. 이번에는 저쪽 손. 오른손을 움직여 봐라."

오른손은 움직이지 않았다.

"괜찮다. 상당히 좋아졌으니까 조급하게 마음먹지 말고. 곧 일어날 수 있을 거다. 마음 편하게 가져."

밖으로 나온 노수어옹은 잔뜩 기대에 들떠 있는 봉자명의 마음을 산산조각 냈다.

"의식은 차린 것 같지만 몸이 회복된다고는 장담할 수 없어. 몸을 어느 정도나 움직일 수 있는지는 시간을 두고 지켜봐야겠지. 희망을 잃지 않도록 꾸준히 말을 걸어. 환자에게는 따뜻한 말이 보약보다도 좋은 거야."

금하명은 노수어옹의 얄팍한 의술을 비웃기라도 하듯 무척 빠른 회복을 보였다.

왼손에 이어 오른손도 움직였고, 동지(冬至)가 지났을 때는 그토록 고대하던 눈을 떴다.

"목과 다리를 움직여야 해. 목과 다리만 움직이면 마비된 곳은 없다고 봐도 되겠지."

정월 대보름에는 답교(踏橋) 놀이를 한다.

제일 큰 다리나 가장 오래된 다리를 나이 수만큼 왕복하면 일 년 내내 다리에 병이 생기지 않고, 열두 다리를 건너면 열두 달의 액을 막는다고 해서 남녀노소 가릴 것 없이 즐기는 놀이다.

확실히 정월 대보름은 다리와 연관이 있는 날인지도 모른다. 금하명이 다리를 움직인 날이니까. 그리고 그로부터 열하루가 되던 날, 금하명은 노수어옹으로부터 짤막한 진단을 얻어냈다.

"사지는 움직일 수 있겠군."

노수어옹은 휘적휘적 걸어 산길을 탔다.

시화타불도(是禍躲不掉) 47

"늘그막에 이 무슨 생고생인지……."

입으로는 연신 불평을 토해냈지만, 발걸음은 나는 새보다도 가벼웠다.

"어른이십니까?"

노수어옹이 산 중턱쯤 이르렀을 때, 잡돌이 수북이 쌓인 곳에서 사람의 음성이 새어 나왔다.

"나 아니면 어느 놈이 이런 척박한 곳에 오누."

"죄송합니다."

노수어옹은 잡돌 한쪽에 털썩 주저앉아 술병을 들이켰다.

"한잔할 텐가?"

"아닙니다. 연공 중입니다."

"연공은 무슨 놈의 연공. 그만둬. 결국 딸내미 가슴을 겨냥한 검인데 이를 악물고 수련해서 뭐 해."

"……."

"하명이란 놈…… 일어났어."

"네엣? 그게 정말입니까?"

"사지는 움직일 수 있겠어."

노수어옹은 술병을 입에 틀어박고 꿀꺽꿀꺽 들이켰다.

"어르신 도움이 컸습니다."

"도움은 무슨…… 다 제 놈이 살고자 해서 산 거지. 유밀강신술이라고 했나? 연구해 볼 시술법이야. 금강불괴는 헛소리라 쳐도 재생 능력은 굉장히 뛰어나."

"언제쯤……."

"일어나서 움직이냐고? 그거야 나도 모르지. 제 놈 할 탓이지."

"어르신."

"그만둬. 약속은 약속이야."

"……."

"그놈에게는 네가 필요없어. 넌 해줄 것 다 해줬고 이젠 그놈 스스로 헤쳐 나가게 만들어. 네가 옆에 있어봤자 도움이 안 돼. 오히려 떨어져 있는 것이 그놈에게는 좋을 거야."

"그 말이 아닙니다."

"그럼 뭐야?"

"절 이곳으로 데려온 사람이 누군지 알고 싶습니다. 또 발길을 잡을 수 없다는 부평의(浮萍醫)를 이곳에 머물게 한 사람이 누군지도 알고 싶습니다. 동일한 사람 아닙니까? 누가 청화장을 돌보고 있는지 꼭 알아야겠습니다."

"그것도 약속이야. 묻지 않기로 했잖아. 넌 이곳에서 죽은 듯이 이 년만 있으면 돼. 상처는 다 낫어?"

"괜찮습니다."

"그래? 그럼 이곳에 더 올 필요가 없겠구만. 늘그막에 고생이 이만저만 아니었는데."

"술 남았습니까?"

"왜? 한잔하려고?"

"해야겠습니다."

잡돌을 무너뜨리고 중년인이 모습을 드러냈다.

능 총관이었다.

第九章
전불파촌(前不巴村), 후불파점(後不巴店)

앞에는 마을이 없고,
뒤에는 점포가 없다

전불파촌(前不巴村), 후불파점(後不巴店)
…앞에는 마을이 없고, 뒤에는 점포가 없다

자시(子時), 풀도 나무도 바람도 단잠에 빠져 있을 시각이다.

봉자명은 목욕재계하며 마음을 조용히 가다듬었다.

날씨가 많이 풀리기는 했지만 초봄의 강물은 아직도 얼음처럼 차가웠다.

조용히, 천천히 머리끝에서부터 발끝까지 일심(一心)으로 몸과 마음을 닦았다.

"쯧! 꼭 이렇게 발광을 해야 하나? 마음이 중요한 거지 형식이 중요한 건 아냐."

노수어옹의 잔소리가 귓전을 울렸지만 들은 척도 하지 않았다.

오늘 하루 동안은 입을 열지 않을 생각이다. 금하명에게도 말을 건네지 않을 참이다. 오늘 하루 동안만은 온 생각을 집중하여 청화신군을 추모해야 한다.

'돌아가신 지 벌써 일 년이 되었군요. 죄송합니다. 이번 제사는 제가 모셔 드릴게요.'

당연히 금하명이 모셔야 하지만, 그는 아직도 거동을 못하고 있다. 두 달 전만 해도 당장 일어날 것 같던 사람이 어찌 된 연유인지 좀처럼 호전되지 않고 있다.

그래도 단약을 받아먹을 수 있고, 조금씩이나마 어죽도 먹고 있으니 다행이지 않은가.

내년이면 금하명 자신이 제를 올릴 수 있을 게다. 내년이 안 되면 내후년에, 내후년에도 안 되면…… 언젠가는 본인 스스로 제를 올릴 수 있을 날이 올 게다.

단지 목숨만 부지하고 있는 것, 청화신군이 바라는 상태는 아닐 게 분명하지만 지금으로서는 그 상태만 되어도 감지덕지할 것 같다.

목욕을 끝내자 깨끗한 옷으로 갈아입고 미리 마련해 놓은 거처로 갔다.

강이 환히 내려다보이는 곳, 하지만 후미진 곳이라 사람 발길이 닿지 않는 곳에 마련한 거처다. 거창하게 거처라고 할 것까지도 없다. 바닥에 짚으로 만든 가마니를 깔고, 대를 엮어서 틀을 짜고, 그 위에 가마니를 올려놓았을 뿐이다.

봉자명은 그 안에서 눈을 감고 운기조식에 몰입했다.

청화신군이 살아 있다면 자신에게 무엇을 바랐을까 하는 생각을 해봤다.

검을 놓는 것은 원치 않았을 것 같다. 사제들에게도 판판이 나가떨어지곤 했지만 언제나 '대기만성(大器晩成)'이라는 말로 격려를 해주시곤 했다.

무인이라면 어떤 무인이 되기를 원하셨을까?

백납도와 겨룰 수 있는 무인 정도가 되기를 원하셨을까? 꿈만 같지만 그런 경지에 이르렀어도 그리 기뻐하지는 않으셨을 것 같다. 예전처럼 형편없어도 꾸준히 수련하는 제자이기를 바라셨을 게다.

'오늘만은 사부님 뜻대로…….'

수련을 중단한 지도 꽤 오래되었다. 청화장을 나선 후, 한 번인가 두 번인가 긴가민가하지만 두서너 번밖에 수련하지 않았다. 대신 쟁기와 곡괭이를 잡았다.

오늘 하루만이라도 사부님을 기리는 뜻에서 수련을 해볼 참이다.

'후읍!'

길게 숨을 들이쉬었다. 전신에서 끌어당긴 진기를 단전에 가두고, 천천히 경락을 따라 흘려보냈다.

하루 동안 운공에서부터 권각, 검법, 도법, 창법 등 청화장에서 배운 모든 무학을 수련했다.

처음에는 낯선 물건처럼 어색했는데, 곧 제 모습을 찾아 능숙하게 손발이 움직였다.

어떤 것은 한 번 배우면 영원히 잊어버리지 않는 것이 있다. 또 어떤 것은 능숙하게 배워놨어도 꾸준히 수련하지 않으면 몸에서 떨어져 나가는 것도 있다.

무공은 후자였다.

검을 놓은 지 일 년이 채 못 된 것 같은데, 벌써 몸에서 떨어져 나가려고 한다.

지금 몸 상태로는 어느 정도는 싸울 수 있지만 예전 같은 무위는 떨

전불파촌(前不巴村), 후불파점(後不巴店)

치지 못하리라. 예전이라고 해봤자 형편없기는 마찬가지지만.

봉자명은 다시 목욕을 하여 전신에 흠뻑한 땀을 닦아냈다.

옷도 새 옷으로 갈아입었다. 그리고 금하명이 누워 있는 방으로 들어섰다.

금하명은 잠이 들었는지 숨소리조차 들리지 않았다.

'휴우! 오늘이 아버님 기일인지나 알고 있을까?'

소리나지 않게 조용히 유등(油燈)에 불을 붙이고, 청화장 방향으로 탁자를 옮겼다.

제사라고는 하지만 차린 것도 변변치 않다.

음식은 메와 탕이 고작이다. 거기에 지난가을부터 오늘을 생각해서 보관해 둔 삼과(三果)를 올려놓았다.

대추는 제상에서 첫 번째 위치에 놓인다.

대추는 무수하게 많은 꽃이 피며, 꽃 하나에는 꼭 열매 한 알이 맺힌다. 열매가 많이 맺힌다는 것이 중요한 게 아니다. 헛꽃이 없다는 게 중요하다. 즉, 사람으로 태어났으면 반드시 자손을 남겨야 한다는 뜻이다.

청화신군은 금하명을 남겼다. 본인의 기대에는 미치지 못한 자식이겠지만 대를 끊어놓지는 않았다.

밤에도 의미가 있다.

씨밤은 밤나무를 길러낸 후에도 썩지 않고 생밤인 채로 뿌리에 달라붙어 있다. 그러다가 나무가 자라서 열매를 맺은 후에야 썩기 시작한다. 그렇기에 제상에서 밤은 조상과 후인의 연결을 의미한다.

금하명은 어떤 연결을 맺고 있을까? 청화신군의 혼령이 이 자리에 머물러 있다면 금하명에게 무슨 말을 하고 있을까? 금하명은 어떤 말을 들었을까?

 삼과 중 마지막 과일인 감은 더욱 큰 교훈을 준다.

 흔히들 콩 심은 데 콩 나고 팥 심은 데 팥 난다고 하지만 감은 다르다. 감씨를 심으면 감나무 대신 고욤나무가 자란다. 고욤나무에서 감을 얻으려면 삼 년에서 오 년쯤 지났을 때 감나무 가지를 잘라 접을 붙여야 한다.

 사람이라고 다 같은 사람이 아니다. 접을 붙이듯이 가르침을 받고 배움을 얻어야 진정한 사람이 된다는 뜻이다.

 배움에는 고통이 따른다. 생가지를 뜯어낼 때의 아픔, 접을 붙일 때의 고통을 이겨내야 한다. 그래야 진정한 사람으로 거듭날 수 있다.

 다른 음식은 준비하지 못했어도 삼과만은 준비했던 까닭도 여기에 있다.

 '사부님이 남기신 유일한 후인, 끝까지 지키겠습니다. 사부님이 주신 가르침 평생 잊지 않겠습니다.'

 향에 불을 붙이고 축문(祝文)을 읽었다.

 '혼령이라도 오셨다면 하명이를 일어서게 해주세요. 지금 하명이에게는 기적이 필요합니다.'

 절을 하고 술을 올렸다.

 '하명이는 이대로 살 수 없습니다. 그냥 일어나는 것으로도 부족합니다. 무공을 배울 수 있게…… 배우지 않으면 죽을 수밖에 없는 운명입니다. 무공을 익힐 기재가 아니거든 차라리 이대로 숨을 거둬주십시오.'

 진심이었다. 청화신군이 눈앞에 있다면 진심으로 마음속 말을 하고 싶었다.

봉자명은 기제를 지낸 후, 지방과 축문을 불사르기 위해 몸을 일으켰다. 그러다가 무심히 눈을 돌려 금하명을 봤다.

"아!"

그는 자신도 모르게 가는 비음을 흘려냈다.

자고 있을 줄 알았던 금하명이 고개를 돌려 쳐다보고 있다. 말을 하지 못하는 탓에 무슨 생각을 하는지는 알 수 없지만 두 눈은 또렷하게 신위를 노려보고 있다.

"깨어 있었니?"

가까이 다가가 손을 잡아주었다.

금하명의 손은 종이처럼 가벼웠다. 휘휘 늘어진 버들가지처럼 힘없이 흐느적거렸다.

"오늘이 사부님 기일이다. 기억할지 모르지만……."

기억은 고사하고 말이나 알아들었으면 좋겠다는 심정이다. 알아들었으면 알아들었다, 알아듣지 못했으면 그렇다고 눈짓이라도 해줬으면 좋겠다.

"내년에는 네 손으로 직접 차려 드려야지? 사부님도 네가 올린 젯밥을 드시고 싶으실 거야."

그의 마지막 말은 한숨에 가까웠다.

"자거라. 밤이 너무 늦었어."

봉자명은 손을 놓고 일어나 유등을 껐다.

금하명의 상태는 기적이라고 해도 좋을 만큼 쾌속하게 나아졌다. 청화신군의 기제사를 지내기 전까지는 낫는 속도가 지지부진했는데 신군의 혼령이 도왔음인지 그날 이후부터는 눈에 띄게 달라졌다.

"경락이 막힘없이 뚫리고 있군. 운기를 시작했어."

"진기가 움직인다는 말인가요?"

"도도하게 흐르려면 아직도 요원해. 하지만 흐르는 강물은 멈춤이 없지. 흐르기 시작하면 바다까지 흘러가는 게 강물이야. 이제 움직이기 시작했으니 막힌 기혈을 모두 뚫어내는 것도 시간문제야."

"사부님께서 보살피셨군요."

"뭐?"

"아닙니다. 혼잣말이었어요."

"싱겁기는……."

노수어옹은 정확히 진맥해 냈고, 봉자명은 희망을 가졌다.

'현월사에 연락해 놔야겠어. 은밀하게 숨어 있으려면 열 냥 정도는 시주해야겠지.'

봉자명은 전낭(錢囊)을 만지작거렸다.

능 총관에게 주려고 전 재산을 처분했는데, 자신이 쓰게 될 줄이야.

봉자명의 행동에서 생각을 짐작해 낸 노수어옹이 말했다.

"왜? 옮기려고?"

"그래야 할 것 같습니다. 이제 날도 풀렸으니 사람들 발길도 잦아질 테고."

"그것도 좋지. 이놈에겐 더 이상 내가 필요없으니까. 희한한 놈이야. 이만한 상처를 입고도 저절로 낫는 놈은 생전 처음 봤어. 분명 뭔가 복용한 게 있을 거야. 그렇지?"

'제가 알기로는 없는데요.'

봉자명은 입을 벙긋거렸지만 말을 하지는 않았다. 그 문제로 노수어옹과 티격태격하기 싫었다. 해봤자 결론도 나지 않았다.

"어디로 가게?"

"글쎄요."

"큭! 하긴 쫓기는 놈들이 나불나불대며 도망 다니는 법은 없지. 언제든 준비되면 떠나. 나한테 말할 필요도 없어. 들어와 봐서 있으면 안 떠난 것이고, 없으면 떠난 게지."

봉자명은 떠나지 못했다.

"이, 일어났네! 일어났어!"

현월사에 은자 열 냥을 시주하고 돌아오는 길이었다. 사내 두 명이 일 년 동안 거주하는 대가로는 엄청나게 큰돈이지만, 사람 발길이 금지된 수양 암자에 기거하기로 했으니 목적은 달성했다.

돌아오는 발길은 무거웠다.

금하명의 상태가 많이 호전되기는 했지만, 진기가 돌고 있다고는 하지만 언제 완쾌될지는 알 수 없는 노릇이었다.

그런데 방문을 밀치고 들어와 보니 금하명이 침상에 앉아 있는 것이 아닌가!

금하명은 멀뚱멀뚱 쳐다보다가 잘 열리지 않는 입을 열어 말했다.

"누…… 구…… 십니…… 까?"

금하명은 과거를 전혀 기억하지 못했다. 자신이 누구인지, 이름이 무엇인지, 왜 노수어옹 침상에 누워 있는지조차 알지 못했다.

"기억을 잃어버렸네."

"실혼인(失魂人)이 되었단 말입니까?"

"쯧! 무식한 걸 자랑하는 것도 아니고…… 이런 건 실혼인이라고 하는 게 아냐. 망아자(忘我者)라고 하지. 모든 게 멀쩡해. 사지육신도 멀쩡하고 정신도 또렷해. 단지 기억만 잃어버린 거야."

"과거를…… 모두 말입니까? 청화장에 대한 기억이 모두 사라졌다는 말입니까?"

"……."

노수어옹은 대답하지 않았다. 대신 활활 불타는 눈으로 금하명의 눈을 들여다보았다.

금하명의 눈빛은 담담했다. 너무 담담해서 멍청하게 보일 정도로 아무 감정도 들어 있지 않았다.

"이름이 뭐냐?"

금하명이 곤혹스럽다는 듯 미간을 일그러뜨렸다.

"태어난 곳은?"

"……."

"나이는?"

"……."

"금하명이라는 이름이 마음에 드냐?"

"내… 이름이…… 금하명입니까?"

금하명이 힘들게 말했다.

몇 달 만에 입을 열어서인지, 자신이 누구인지 알지 못하는 탓인지. 노수어옹은 포기하고 일어섰다.

"아무래도 이름부터 다시 지어줘야 할 것 같군. 과거를 너무 알려주지 말게. 물어오는 것만 대답해 줘. 될 수 있는 대로 본인 스스로 기억해 내도록 하란 말일세."

"알…… 겠습니다."

봉자명은 답답했다.

"이제 정신도 차렸고…… 사지에 힘만 들어가면 움직일 수 있을 거야. 밖에 나가면 붕어를 잡아놓은 게 있으니 진액을 내오도록 하게."

노수어옹은 금하명의 얼굴에서 눈을 떼지 않았다. 불길이 토해지는 눈길로 미미한 표정 변화도 낱낱이 파악하려는 듯 뚫어지게 쏘아봤다.

봉자명이 움막에서 나가자, 노수어옹은 다른 질문을 했다.

"옛 이름을 사용할 텐가, 아니면 새로운 이름을 사용할 텐가?"

"……."

"불가(佛家)에 자리이타(自利利他)라는 말이 있지. 자리(自利)란 자신을 위해 행동하는 것으로 부단히 노력하고 정진해서 수도(修道)의 공덕(功德)을 쌓아야 한다는 말. 이타(利他)는 다른 이를 위해 행동하는 것으로 중생을 구제해야 한다는 말이지. 이 두 개를 이리(二利)라고 하며, 불가에서는 자리와 이타가 조화를 이뤄 완전하게 실현된 세계를 부처의 세계라고 말하네."

봉자명이 옆에 있었다면 고개를 갸웃거릴 말이다. 갓 일어나 입을 열기 시작한, 과거를 상실해 버린 금하명에게 해줄 말이 아니기 때문이다.

뿐만이 아니었다. 노수어옹의 두 눈에서는 촌구석에 사는 어부답지 않게 뇌광(雷光)이 줄기줄기 뿜어져 나왔다.

"내가 해준 일이 아무것도 없으니 은혜라고 부를 것도 없네만, 옷깃만 스쳐도 인연이라고 하지 않았는가. 나와 이렇게 만난 것도 인연이니 그 인연을 빌미 삼아 말하지. 자네가 누구든 부처의 세계를 잊지 말아주게. 세상을 피로 물들이지 말고 한 사람이라도 살기 편하게 만들어주게."

"……."

금하명은 무슨 말인지 모르겠다는 표정이었다.

'풋! 알고 계셨군. 노수어옹…… 초야(草野)에 묻힌 기인이야. 절대 평범한 사람은 아냐.'

금하명은 희미한 미소를 머금었다.

새사람이 되기는 어렵다.

과거에 얽혀진 인연이 강한 사람은 더욱 어렵다. 현재도 미래도 과거에 얽매여 빠져나올 수 없는 사람은 죽어서 새로 태어나는 것보다도 어렵다.

방법은 하나뿐이다.

완전히 과거를 망각해 버리는 것. 노수어옹이 말한 망아자가 아니라 실혼인이 될 수 있다면 차라리 더 좋을 것을.

그가 망아자가 되기로 결심한 것은 봉자명이 대신 지내준 아버님 제사 때문이었다. 아니다. 그때에서야 비로소 결심을 굳혔을 뿐이다.

'아버님 기일…… 벌써 일 년…….'

그렇잖아도 힘이 없는 육신이 더욱 축 늘어졌다.

일 년이라는 세월이 흐르는 동안 자신은 무엇을 했는가. 무공을 수련한다고 이를 악물었지만 그래서 얻은 결실은 능 총관의 죽음뿐이지 않은가.

금하명은 누워 있는 동안 몇 가지 결론을 얻었다.

일(一), 백납도는 죽여야 할 자가 아니다.

아버지의 죽음은 큰 갈등을 불러왔다. 이성적으로는 정당한 비무였으니 복수의 대상이 아니라고 말하지만, 감정적으로는 반드시 꺾어야 할 자라고 요구한다.

어머니는 백납도와 싸우지 말라고 했다. 그가 비무를 청할 마음조차 갖지 못하도록 큰 거목이 되라고 했다.

지난 일 년 동안 무공을 수련하면서도 이 부분만큼은 명쾌하게 정리되지 않았다.

어찌해야 되는가.

이제는 확고해졌다.

그는 무인 대 무인으로서 꺾어야 할 자이기는 해도 죽여야 할 자는 아니다.

이(二), 백포인은 죽여야 한다.

그가 누군지 모른다. 왜 죽이려고 했는지도 모른다. 짐작 가는 바는 있다. 낙향한 청화장 문도들이 이유없이 죽어갔다고 했는데, 백포인과 연관있지 않을까 하는 느낌이 든다.

어쨌든 그도 무림인인 이상 언젠가는 만나게 될 것이다.

그는 죽여야 한다.

삼(三), 현재로서는 그를 죽일 수 없다.

죽이는 방법을 찾자면 없는 것도 아니다. 살수(殺手)에게 청부(請負)를 넣을 수도 있고, 독살(毒殺)도 고려해 볼 수 있다. 꼼짝달싹 못하도록 옭아 넣어서 죽이는 방법도 있을 게다.

하지만 그런 방법은 금하명 자신이 용납할 수 없다.

능 총관의 죽음이 헛되지 않도록 반드시 살아남아서, 절정의 무공을 수련해서…… 무공으로 놈을 죽여야 한다.

하지만 지금은 무공이 뒷받침되지 않는다.

사(四), 가능한 그를 피해야 한다.

그는 무슨 이유에서인지 청화장 문도를 반드시 죽이고자 했다.

앞으로도 마찬가지다. 그와 마주친다는 것은 이쪽이 죽거나 그쪽이 죽는 것을 의미한다.

이기지 못하는 적이 죽이려 한다면 피할 수밖에 없다. 그의 눈이 닿지 않는 곳으로 멀리 가야 한다.

역시…… 복건성을 떠나야 한다.

오(五), 무공을 수련해 내기 전까지는 미미한 감정까지도 완전히 말살시켜야 한다.

선택이란 힘을 구비한 자의 특권이다. 힘이 없는 자는 강자에게 선택권을 내줘야 한다.

그렇게 벌레처럼 꿈틀거리면서 살고 싶으면 이대로도 좋다.

선택을 할 수 있는 강자가 되기 위해서는 실력을 기르는 수밖에 없다. 실력을 기르는 방법 중에 가장 빠른 길이 곁을 돌아보지 않고 목표를 향해 일로매진하는 것일 테고.

곁이란 감정이다.

분노, 그리움, 편안함을 추구하는 마음…….

자신에게 일어날 수 있는 모든 감정을 철저하게 말살시켜야 한다. 마음은 오직 하나, 무공 수련에만 몰두해야 한다.

그 외의 감정은 사치일 수밖에 없다.

전장에 나선 병사는 오직 싸우는 길밖에 없다. 싸우는 와중에 고향을 그리워한다거나, 술에 취해 있다거나, 무공을 자랑한다거나 하는 쓸데없는 감정과 행동들은 죽음을 불러올 뿐이다.

마음이 없는 인간, 무심인(無心人)이 되어야 한다.

훗날, 무공에 자신이 생긴 다음…… 무엇을 할지, 어떤 행동을 할지는 그때 가서 생각해도 늦지 않다. 혹 백포인이 죽고 없어서 능 총관의 복수를 하지 못한다고 해도 어쩔 수 없다.

선택을 할 수 있는 위치에 올라서지 못한 자가 선택하는 자들과 싸울 수는 없다.

'무엇보다도 몸을 먼저 회복시켜야겠지. 운공을 해서 막힌 기혈(氣穴)을 뚫어내야 해.'

이제야 비로소 마음을 추슬렀다.

지금까지는 마음을 다잡을 수 없었다. 어떻게 해야 한다는 생각은 명확했지만 아버지의 복수를, 능 총관의 복수를 외면하는 것 같아서 좀처럼 결단을 내릴 수 없었다.

행동이 정해져 있지 않은 상태에서 몸이 완쾌된들 무엇 하랴. 나을 몸이라면 시간이 해결해 줄 것을.

금하명에게는 몸의 건강보다 마음의 결정이 더 중요했다. 아주 절실하게 중요했다. 제상에 놓인 밤처럼 아버지와 자신을 연결하는 통로를 어떻게 만들어야 하는가 하는 문제였다.

그는 자신을 알고 있다, 몸이 완쾌되면 당장 무공 수련부터 할 것이라는 것을. 그러나 이번에는 능 총관의 복수가 걸려 있는 만큼 전과는 다를 것이라는 것도.

백포인에 대한 미움이 너무 크기 때문에 말이다.

몸이 완쾌되어 무공 수련을 한다면, 생각없이 수련부터 시작한다면 틀림없이 복수귀가 되는 길을 택할 것이다.

정확히 짚어내지는 못했지만 막연하게나마 그것은 아니라는 생각에서 몸을 시간의 흐름에 맡겨왔다.

이제는 그럴 필요가 없다. 생각이 정해졌으니 행동으로 옮기는 일만 남았다.

제상에 올라가는 감은 배움을 뜻한다. 고통을 뜻한다. 새로운 인간으로 재탄생하기 위해서 감수해야 할 고통. 그런 고통 중에는 천하에서 제일 큰 감정인 복수를 미뤄야 하는 고통도 포함되리라.

금하명은 어둠 속에서 제상을 쳐다봤다. 그리고 운기를 시작했다.

'강해져야겠지. 무인의 길이 무엇인지 알아보고 화공의 길과 저울질해 보려 했건만…… 무인의 길을 끝까지 걸을 자신이 없었는데…… 가야 한다면 가야겠지. 이게 내 운명이라면.'

금하명은 진기를 끌어올려 전신에 휘돌렸다.

"이놈아! 밥을 태우면 어떻게 해! 쌀이 남아도는 줄 알아!"

"아니, 바로 곁에 있으면서 불 좀 빼면 손에 덧난데요? 이러다 나 없으면 밥도 굶는 것 아닌지 모르겠네."

밖에서는 노수어옹과 봉자명이 서로를 못 잡아먹어서 으르렁거렸다.

❷

봉자명은 현월사로 가려고 했다. 그런데 뜻밖에도 노수어옹이 반대를 했다.

"현월사는 수도를 하는 곳이야. 적막하기 그지없는 곳이지. 그런 곳에서 병장기 부딪치는 소리가 들린다고 생각해 봐. 온 산이 쩌렁 울릴 걸? 차라리 좀 더 밑으로 내려가서 섬을 찾아봐."

듣고 보니 그 말도 일리가 있었다.
"진작 좀 말씀해 주시지. 벌써 시주를 해버렸는데."
"이놈아, 시주를 덕 보자고 하는 게냐? 부처님 공양에 사심이 들어가면 안 되는 거야."
"그거야 먹고살기 풍족한 사람 이야기죠. 전 재산 톡톡 털어서 부처님 공양할 일 있습니까?"
"흰소리 그만 하고 어디로 갈지나 생각해 봐."
딱히 갈 곳이 없었다.
천길은 태어나서 자란 곳이다. 천길을 벗어나서는 삼명밖에 가보지 않았다. 천길과 삼명, 두 곳을 제외하고는 세상천지가 낯선 곳이었다.
"갈 곳이 없으면 바다로 가. 배 타고 흘러가다 보면 무인도(無人島) 하나쯤은 찾을 수 있을 거야. 도피처로는 최적의 장소지."
"뭘 먹고 살고요?"
"바다는 허투루 있냐!"
"무인도라면 물이 없지 않습니까? 물만 있으면 어디든 사는 게 사람인데…… 물은 어떡하죠?"
"밥 지어서 떠먹여 주랴?"
"그냥 해본 말입니다."
"안다. 나도 그냥 해본 말이야."
과거를 기억하지 못하는 금하명을 데리고 다닌다는 것은 상당한 부담이었다. 어쩌면 노수어옹의 말처럼 아무도 살지 않는 무인도를 찾아가는 것이 유일한 길일지도 모른다.
노수어옹도 그런 심정을 이해했다.
두 사람이 말을 나누는 중에도 금하명은 묵묵히 나무만 다듬었다.

"처음 일어나면 뭘 할까 궁금했는데, 저거였군요. 꼼짝도 하지 않고 반나절을 꼬박 앉아 있는데, 괜찮을까요?"

"괜찮으니까 걱정 마. 체력 하나는 초인적이니까. 희한한 놈이야. 저런 놈이 무공을 싫어했다는 게 믿어지지 않아."

"제가 왜 거짓말을 합니까? 뭐 남는 게 있다고. 정말이에요. 무공을 싫어했다기보다는 그림을 너무 좋아했죠. 무공에 신경을 쓸 여유가 없을 만큼 좋아했어요. 아! 그림을 그리게 하면 기억이 돌아오지 않을까요? 워낙 좋아했으니까……."

노수어옹의 눈가가 미미하게 꿈틀거렸다.

"억지로 강요하지 말고, 지켜만 봐. 그게 편하게 해주는 거니까. 그렇게 좋아했다면 본인 스스로 그림을 그릴 때가 오겠지. 그건 그렇고…… 봉을 만드는 것 같은데, 상당히 꼼꼼하게 만드네. 일어나자마자 봉을 만들기 시작한 것도 무인의 본능인가."

금하명의 행동은 봉자명에게도 놀라운 일이었다.

건강한 사람이라도 몇 달씩이나 누워서 지냈으면 근육이 무기력해진다. 하물며 금하명은 머리에 심한 타격을 받고 인사불성인 상태로 누워 있었다.

그런 사람은 처음 몸을 일으킬 때 부축을 받는 것이 당연하다.

금하명은 거절했다. 본인 스스로 몸을 일으켰고, 방 안을 서성거리며 근육을 다졌다.

어제까지만 해도 조그만 방 안이 그가 보는 세상의 전부였다.

오늘 아침, 봉자명이 눈을 떴을 때 금하명은 침상에 없었다. 그는 언제 일어났는지 모르지만 움막 밖에서 굵은 참나무를 세심하게 다듬고 있었다.

"뭘 만드는 거야?"
"……."
"몸은 괜찮아?"
"……."
그가 만드는 것은 봉이다.
보통 무인들이 봉 하나를 만드는 데는 일 다경(一茶頃)밖에 걸리지 않는다.
봉자명이 금하명을 봤을 때, 그는 참나무를 봉이라고 이름 붙여도 좋을 만큼 깎아놓았다.
그리고 반나절.
봉은 반질반질하다 못해 윤기마저 감돌았다. 그러고도 계속 손을 놀리고 있다. 어떻게 보면 정신이상자들이 흔히 보이는 광기 혹은 쓸데없는 일에 집착하는 아집이라고도 볼 수 있는 행동이다.
노수어옹이 눈길을 금하명에게 고정시킨 채 말했다.
"언제 갈 거야?"
"이제 몸을 일으켰으니 빠를수록 좋겠죠. 오늘 물건 몇 가지 준비해서 내일이라도 떠날까 합니다."
"은자 한 냥만 내면 내 배를 주지."
"한 냥이요? 완전히 도둑 심보네요."
"싫으면 말고."
"조금만 깎아주면 안 됩니까?"
"저놈한테 들어간 약값까지 청구하랴?"
"됐어요, 됐어."
봉자명은 웃었다.

낡아빠진 배 한 척에 은자 한 냥이라면 비싼 값이다. 물에 뜨기야 하겠지만 멀리 갈 수는 없을 것 같다. 하지만 노수어옹이 원한다면 한 냥이 아니라 전 재산이라도 놓고 갈 수 있다. 그 돈은 가난한 사람들의 약값으로 쓰일 테니까.

딱! 따악! 따악!
나무를 때리는 소리가 강물을 따라 멀리멀리 흘러내려 갔다.
기가 막히게도 금하명은 움막 밖으로 나온 첫날, 봉을 들고 무공 수련을 하고 있는 것이다.
"정말 희한한 놈이네. 무공을 싫어했다는 놈이 어디서 저런 정신력이 나오는 거지?"
"정신력이라고 하셨습니까?"
"정신력이지. 저놈 체력으로는 걷기도 힘들어. 저 이 악문 모습 안 보이나? 이를 악물고 고통을 참는 거야."
"과거를…… 기억하는 것 아닐까요?"
"…본능이겠지."
"저도 놀랍네요. 청화장에서 봤을 때와는 전혀 다르니. 마치 딴사람을 보는 것 같아요. 능 총관께서 무공 수련을 한다는 말은 해주셨지만 해봤자 거기서 거기겠지 했는데."
"너도 부지런히 수련해. 어떻게 된 게 무인이란 놈이 무공 수련하는 모습을 못 보겠냐?"
"해야죠. 이제는 이를 악물고 해야죠. 의미가 생겼으니까요."
"누구 때려죽일 놈이라도 생겼어?"
"그놈을 죽이지 않고는 저승에 갈 수 없을 것 같네요. 총관님을 뵐 수 없을 것 같아서. 능력이 된다면 백납도에게도 도전해 보고요."

노수어옹은 금하명에게도 같은 질문을 했다.
"뭣 때문에 죽자 사자 무공 수련을 하는 게냐?"
"……."
"벙어리가 되기로 작정했냐?"
"내가 누구인지 말해 줄 수 있습니까?"
"금하명이라는 대답은 원하지 않는 것 같은데…… 그럼 네 스스로 찾아야지."
"……."
"자신이 누구인지도 모르면서 그렇게 답답해 보이지는 않는군."
금하명은 꿀 먹은 벙어리였다. 그의 모든 신경은 봉에 집중되어 떨어지지 않았다. 옆에서 귀찮게 하지 말고 웬만하면 비켜서라는 표정이 역력했다.
"하나만 묻자. 네가 누구인지 모른다니 빗대서 말해야겠군. 네 머리를 도끼로 찍은 백포인인가 뭔가 하는 놈. 어떻게 할 생각이냐?"
"……."
"복수냐?"
금하명은 여전히 입을 굳게 다물고 대답하지 않았다.
"그렇군. 그것도 불구대천지수(不俱戴天之讐). 그러니 기억을 상실했겠지. 그래서 흥미가 생기기 시작했어. 일반적인 상식이라면 아버지를 죽인 원수가 첫 번째 복수 대상인데, 네놈은 능 총관의 복수가 우선이야. 아버지의 복수는 하지 않을 생각인가?"
"……."

"아! 망아자! 킥킥! 기억을 잃어버렸지? 이건 네가 청화신군의 아들이라는 가정 하에서 말하는 거니까 대답해 봐. 아들이라 가정하고."

"기억나지 않는군요."

"뭐가? 청화신군의 얼굴이? 아님 백납도의 얼굴이?"

"슬픔이 말입니다. 아버지를 잃은 슬픔이 기억나지 않아요. 슬픔도 강자의 몫이니까."

힘들게 얻어낸 대답이었다.

바다까지는 사백오십 리, 강물이 흘러가는 대로 물길 따라 흘러가면 망망대해가 나온다. 곁으로 빠질 우려도 없다. 노수는 남계(藍溪)로 이어지며, 도읍 인구 중 외국인(外國人)이 절반 이상을 차지한다는 교역 통로 천주(泉州)에 도달한다. 이른바 진강(晋江)이다.

천주까지만 가면 목적지에 도착했다고 볼 수 있다. 진강은 대만해(臺灣海)로 흘러들며, 대만해 너머에는 남쪽의 대도(大島) 대만이 위치한다.

대만까지 건너갈 필요는 없다. 천주에서부터는 발길에 걸리는 것이 섬이니, 무인도를 찾기란 어렵지 않다.

"신세 많이 졌습니다. 훗날 반드시 찾아뵙겠습니다."

봉자명이 헤어지기 아쉬운 듯 노수어옹의 손을 꼭 잡으며 말했다.

"죽지나 마라, 무림은 도산검림(刀山劍林)이니."

"명심하겠습니다."

봉자명이 배에 올랐다.

금하명은 벌써 뱃전에 앉아 있었다. 참나무로 만든 봉을 어깨에 기대놓고 무심한 눈길로 흘러가는 강물만 쳐다봤다.

"넌 할 말 없냐?"

금하명은 고개도 돌리지 않았다. 대답도 하지 않았다.

노수어옹은 생명의 은인이라고 할 수 있는 사람, 그런 그에게 단 한마디도 하지 않았다.

노수어옹도 언짢은 표정을 짓지 않았다.

"네놈에게는 한마디 해줘야겠다. 산속에 틀어박힌 부처는 자신의 불심이 얼마나 깊은지 알지 못하는 법이야. 깊고, 넓고, 높고, 크다는 것은 모두 비교 대상이 있기 때문이다. 그만 가거라. 난 날도 좋으니 잠이나 늘어지게 자야겠어."

항해는 순조로웠다.

천길을 떠난 지 이틀째 되는 날에는 진강(晋江)으로 들어섰고, 나흘이 지났을 때는 원구도(源口渡)에 닿았다.

"이번에도 안 내릴 거야?"

"……."

"가만히 생각만 한다고 잃어버린 기억이 되살아나는 건 아냐. 이 사람 저 사람 자꾸 부딪쳐 봐야 하나라도 기억나지. 자, 앉아만 있지 말고 가자."

금하명은 감고 있는 눈조차 뜨지 않았다. 뱃전에 비스듬히 누워서 나무로 깎은 봉을 마치 귀중한 보물처럼 꼭 끌어안고 있다.

"이런…… 그럼 나 혼자 다녀올 테니까 여기 꼼짝 말고 있어. 물하고 음식 좀 구하면 되니까 금방 올 거야."

봉자명이 몸을 일으켜 포구에 발을 디뎠다.

금하명은 봉자명이 떠난 후에도 꿈쩍하지 않았다. 실신한 듯, 잠을 자는 듯 눈을 감고 침묵을 지켰다.
 그가 눈을 뜬 것은 향 한 자루쯤 탈 시간이 경과했을 무렵이다.
 눈앞에 낯선 풍경이 펼쳐졌다.
 포구는 북적거렸다. 겨우내 참고 참았던 움직임을 한꺼번에 보여주려는 듯 수많은 사람이 인산인해를 이뤘다.
 오랜 연륜도 느껴졌다. 수백 척은 됨 직한 배들이 묶여 있고, 혹은 드나들고 있지만 복잡하다는 느낌은 전혀 들지 않았다. 큰 배를 대는 곳과 작은 배를 대는 곳이 따로 있었고, 풍류를 즐기는 유람선과 물자를 운반하는 수송선을 대는 곳도 체계적으로 구분되었다.
 선착장도 복잡한 가운데 질서가 있었다. 노점을 늘어놓을 수 있는 곳과 할 수 없는 곳이 구분되었고, 각 구역별로는 질서를 유지시키는 무인들이 배치되어 있다.
 이토록 번화한 포구를 보기는 처음이다.
 일 년 전만 해도, 아버지가 돌아가시기 전만 해도 이런 광경을 봤다면 사람들 땀 냄새를 맡기 위해 부지런히 돌아다녔을 게다. 이 사람 저 사람에게 말도 걸어보고, 물건 값도 흥정해 보고, 사람들이 입고 있는 옷이며 사용하는 말투 등도 세심하게 관찰했을 게다.
 그렇게 습득한 지식은 살아 있는 인물화를 그리는 밑바탕이 되어준다.
 지금은 아무 감흥도 일어나지 않았다.
 그의 눈은 그림이 열망하는 풍경을 지나쳐서 무인들의 모습에 고정되었다.
 병기는 유엽도(柳葉刀)다. 품에 끌어안고 있는 자도 있고, 허리에 차고 있는 자도 있다.

그들 몸에서는 태평 세월이 묻어난다.

누군가 공격해 왔을 때, 즉각 대응할 수 있는 자가 없다. 청화장에서 많은 무인들을 접해보았으니 무인을 보는 눈만은 틀림없을 텐데, 그의 눈으로 본 무인들은 한결같이 자리만 지키고 있을 뿐이다.

혹시 모른다, 아직은 무인을 보는 눈이 미약해서 잘못 보고 있는지도. 싸움이 일어나면 놀라운 무위를 선보일지도.

후자만은 틀림없을 게다. 무공을 갈고닦은 세월이 있으니 싸움이 벌어지면 어느 정도 무위는 떨칠 수 있을 것이다.

옷깃이 진청색이다. 간혹 진청색 옷깃에 은색 파도가 그려진 옷을 입은 무인도 있다.

'청유문(青柳門).'

무인들이 속한 문파를 알아내기는 어렵지 않았다.

아버지 장례식에서 청유문주를 본 기억이 난다.

무공은 도법. 초식은 신랄하고 쾌속하여 유엽도의 특징을 잘 살린 무공이라는 평을 듣는다. 한때는 분타(分舵)가 서른 개도 넘었지만 현재는 한 지역의 패주로 자족하고 있는 문파다.

그래도 청화문보다는 낫다. 문파의 몰락이 문도의 배신으로 이어지지는 않았으니까.

봉자명은 멀리 사라져 보이지 않았다.

사형은 무인이라기에는 심성이 너무 곱다. 사문의 장주를 책임질 이유가 전혀 없는데도 끝까지 책임지려고 한다. 자신은 건포(乾脯)를 씹어대면서도 나이도 어리고 자신을 알아보지도 못하는 장주에게는 따뜻한 음식을 먹이려고 애쓴다.

지금도 그는 자신에게 먹일 음식을 찾아 헤맬 것이다. 봄이라고는 하지만 아침저녁으로 상당히 추웠으니 담요도 구해올 게다.
'사형, 고마웠어.'
금하명은 배를 고정시켜 놓은 밧줄을 풀었다.
사형은 무거운 업보로 채워진 길을 같이 가기에는 너무 착하다. 혼자 몸이라면 어디서든 잘살 수 있는 사람이지만, 고난의 길에서는 가장 빨리 죽을 수 있는 사람이기도 하다.
양손으로 쌍노를 잡고 힘껏 젓기 시작했다.
배가 미끄러지듯 물결을 탔다. 노는 처음 저어보는 거지만 봉자명이 젓던 대로 저어보니 그럭저럭 저을 만했다.
포구가 점점 멀어지더니 마침내 시야에서 사라져 버렸다. 대신 양쪽 강안으로 수려한 절경이 나타났다.
'무인도…… 좋은 생각이야.'

❸

봉자명이 염려했던 바는 현실로 드러났다.
인근 사람들이 밤섬이라고 부르는 무인도를 찾아 들어간 것까지는 좋았는데, 먹을 식량이 전혀 없었다.
식량만 없다면 무인도가 되지 않는다. 사람은 물만 있으면 어디서든 둥지를 틀 수 있다. 식량은 배를 타고 나가 한두 달치를 한꺼번에 들여올 수도 있지만 물은 그렇게 하지 못한다.
결정적으로 밤섬에는 물이 없었다.
일순, 다른 섬을 찾아가 볼까 하는 생각이 들었지만 어느 섬이나 마찬가지라는 생각에 주저앉았다.
 밤섬은 아담하고 아늑했다.
 산을 뛰어다닌 것같이 격렬한 수련은 할 수 없지만 원완마두의 곤법이나 능 총관의 부법을 수련하기에는 최적의 장소였다.
 조망은 말할 나위 없이 좋았다.
 전체 크기라고 해봐야 청화장 연무장보다도 작은 섬이기에 가만히 앉아 있는 상태에서도 사방이 환히 보였다.
 물, 물, 물, 물……
 한쪽으로는 육지가 깨알만하게 보였고, 간혹 오가는 어선들의 모습도 보이긴 했지만 거의 대부분 물밖에 보이지 않았다.
 '물을 어떻게 구하나?'
 모순도 이런 모순이 있는가. 온통 물로 둘러싸인 곳에서 물이 없어 목을 축이지 못하니.
 금하명은 결국 방법을 찾지 못했다.
 물이 없는 곳에서 물을 구한다는 자체가 모순이었다.
 생각은 나중에 하기로 하고, 우선 배 안에 있는 물건들부터 끄집어 냈다.
 솥, 식칼, 군인들이 사용하는 야전 장막…….
 봉자명의 꼼꼼함을 엿볼 수 있는 물건들은 많았다. 배 안에 있는 물건들만 잘 활용해도 일이 년쯤은 충분히 살 수 있을 것 같았다. 더군다나 봉자명은 모든 것을 이인용으로 준비했기 때문에 살림살이는 넉넉하다 못해 넘쳤다.
 물건들 중에는 육포(肉脯)도 나왔다. 만일을 대비해 비상 식량으로 준비했는지, 기름종이로 잘 싸여 있어서 두고두고 먹을 만했다.

그러나 그 어디에도 물은 없었다.

'곤란하게 됐군. 뭍에까지 갔다 오려면 하루는 족히 걸릴 텐데. 물을 실어와 봤자 며칠 가지도 않을 거고.'

결론은 자체 해결인데, 도무지 방법이 없었다.

밤섬에서의 생활은 단조로웠다.

눈을 뜨면서부터 잠을 청할 때까지 한시도 손에서 곤을 놓지 않았다. 목마름은 일단 참기로 했고, 배가 고파서 쓰라릴 지경이 되면 육포 한 조각을 입에 물고 수련했다.

딱딱딱……!

곤을 내지를 때마다 나무껍질이 움푹움푹 패어 나갔다. 더불어서 손바닥에도 피멍이 늘어갔다.

그러나 물을 섭취하지 못하는 수련은 오래 지속되지 못했다.

신체에 전해지는 고통이 상상 이상으로 심각했다.

물을 갈망하는 갈증은 심한 불쾌감을 불러왔다. 무공 수련도 귀찮아지고, 아무도 없는 곳임에도 괜히 짜증이 났다.

거기까지는 고통이랄 수도 없었다. 하지만 먹은 것도 없는데 구토가 치밀 때는 상태가 의외로 심각하다는 것을 인정해야만 했다.

물이란 참는 것으로 해결될 성질의 것이 아니었다.

금하명은 곤을 놓고 운공조식에 몰두했다.

신체에 가해지는 고통은 참을 수 있다. 내부 기혈에 영향을 주는 것은 운공으로 버텨낼 수 있다.

'비가 곧 올 거야. 비만 오면…….'

비는 오지 않았다.

낮과 밤이 바뀌기를 몇 번인지 모른다. 밤섬에 들어와서 며칠이나 보냈는지도 기억나지 않는다. 십여 일 정도까지는 헤아렸는데, 그 후부터는 날짜를 세는 것도 귀찮았다.

그가 바라는 것은 오직 빗물이었다.

체온이 낮과 밤의 기온 변화에 적응하지 못했다. 운공을 했음에도 불구하고 맥박과 호흡이 급격하게 늘어났다. 현기증도 치밀었고, 아무 것도 하기 싫다는 심한 무력감에 시달렸다.

'공기가 없으면 하루도 살지 못하는 것처럼…… 물이 없으면 살지 못하는 것인데…… 물을 구할 방도부터 강구했어야 하는데…….'

미련했다는 것을 인정하지 않을 수 없었다.

인간은 물이 없으면 살 수 없지 않은가. 마찬가지로 산천초목도 물이 없으면 살지 못한다. 풀이 있고, 나무가 있으니 물은 해결할 수 있을 것이라고 생각했다. 풀잎에서 나무줄기에서 목마름은 해결할 수 있을 것이라고. 그러다가 비라도 오면 갈수(渴水)는 깨끗이 해결되니 걱정할 게 없다고.

지금도 늦지 않았다. 정신을 놓지 않았을 때, 한 가닥 기력이라도 남아 있을 때 배를 몰고 뭍으로 나가 물을 마셔야 한다.

풀잎, 나무줄기는 아무 도움도 되지 못했다. 풀잎은 말라서 버석거렸고, 나무줄기는 수액(樹液)조차 말라 버린 듯 물기가 없었다.

오줌은 달았다. 생각만 해도 구토가 치밀 행동이지만 갈증을 해소시켜 줄 뿐만 아니라 쓰지도 않았다. 무척 달았다. 하나, 날이 갈수록 오줌 양도 줄어들었다. 그러다 정신이 흐릿해질 무렵에는 아예 오줌보가 텅 빈 듯 한 방울도 나오지 않았다.

하늘은 청명하기만 하다. 봄 날씨치고는 무척 좋은 날씨로 구름 한

점 없다. 겨울 동안 추운 날씨에 웅크려 있던 사람들이 마음껏 쏘다니기에 딱 알맞은 날씨다.

비가 오기는 틀렸다.

금하명은 몸을 일으켜 배를 묶어놓은 곳으로 갔다.

묶어놓은 밧줄을 푸는 것도 힘에 겨웠다. 다른 때는 일도 아닌 것이 이럴진대 하물며 무공 수련이야 오죽하겠는가.

무공 수련에 급급한 나머지 물불 가리지 않았는데, 그게 오히려 독이 되었다. 차분히 준비해서 섬에 들어왔다면 지금쯤 혼신의 힘을 다해 수련하고 있을 터인데, 벌써 며칠째 아무것도 못하고 있다.

서둘러서 가는 지름길은 빨리 가는 길이 아니다.

'행동에는 준비가 필요하다. 준비없이 움직이는 것은 무모한 것이요, 준비를 갖췄는데도 움직이지 않는 것은 용기가 없기 때문이다. 좋은 걸 배웠군.'

배에 오른 후에도 한참 동안이나 뱃전에 누워 하늘을 쳐다봤다.

바람이 없는데도 물결은 출렁거렸고, 뱃전에 누워 있는 금하명의 육신을 좌우로 흔들어댔다.

손가락 하나 움직이기 싫다. 이대로 누워서 혼곤한 잠에 빠져들고 싶다.

쇠잔해진 육신은 심마(心魔)까지 불러왔다.

움직이지 않으면 죽는다는 것을 알면서도 마음은 자꾸 쉬자고 한다.

"끄응!"

힘들게 몸을 일으켰다. 마음이 유혹할 때 바로 거절하여 움직이지 않으면 결국 마음에 지고 만다.

삐걱! 삐걱……!

노를 젓는다고 저었는데, 방향 구분이 되지 않았다. 저 멀리에 깨알만한 점이 보이고, 그곳이 뭍이라는 점은 알지만 배의 방향이 좀처럼 뭍 쪽으로 틀어지지 않았다.

금하명은 정신을 집중하고 노를 저었다. 하지만 시야는 점점 더 흐릿해졌고, 마침내 고개를 푹 떨구고 말았다.

노를 잡은 손이 스르륵 미끄러져 내렸다.

삐리! 삐리릴리……!

소적(小笛)의 청량한 울림이 밤하늘에 살며시 번져 나갔다. 물결도 귀를 기울이고 있는지 숨죽이며 잔잔하게 일렁거렸다.

피리 소리는 반 각 동안이나 지속되다가 그쳤다.

바다는 조용했다. 피리 소리가 적막 속에 잠든 후에는 더욱 고요해서 무섭기까지 했다.

또르륵……!

고요함을 맑은 물방울 소리가 깨웠다.

물이 아니다. 물 흐르는 소리와 함께 풍기기 시작한 그윽한 향기는 술 좋아하는 사람들이라면 결코 잊지 못할 주향(酒香)이다.

"밤공기가 아주 시원하지?"

옥구슬 굴러가는 듯한 영롱한 음성도 적막을 깨우는 데 일조했다.

"정말 취미도 별나세요. 난 춥고 무섭기만 한데."

뾰루퉁하게 삐친 소녀의 음성이 바로 뒤를 이었다.

간편한 무복을 입은 두 소녀였다. 한 명은 이제 갓 치기(稚氣)를 벗어난 방년(芳年)의 소녀였고, 다른 소녀는 여인의 향기를 물씬 풍기는 소저(小姐)였다.

여인은 소녀의 말에는 아랑곳하지 않고 잔에 술을 따라 입에 댔다.

소녀도 입을 다물었다.

여인은 주향이 진한 술을 단숨에 들이켰고, 소녀는 앉은 채 꾸벅꾸벅 졸기 시작했다. 칠흑 같은 어둠 속에서 고요함이 이어졌고, 술 한 병은 금방 동이 났다.

여인은 술병을 들어 바다 멀리 집어 던졌다. 그리고 술이 가득 든 다른 술병을 잡아갔다. 그때,

쨍그렁!

바다 멀리서 술병이 박살나지 않는가?

쉿!

방금까지만 해도 치기 어린 표정으로 꾸벅꾸벅 졸던 소녀가 민첩하게 움직여 검을 잡아챘다. 숨은 들리지 않을 정도로 가늘어졌으며, 눈빛은 칼날처럼 예리하게 변해 소리가 들린 곳을 쏘아봤다.

술을 마시던 여인 역시 미간을 찡그린 채 소리가 들린 곳에 눈길을 주었다.

그곳에서는 아무 소리도 들려오지 않았다.

쏴아아! 철썩!

들리는 소리라고는 물결 소리밖에 없었다. 그러나 소녀는 그 속에서 물결이 부서지는 소리를 읽어냈다.

"배가 맞아요. 이놈들이 감히!"

소녀가 발끈 성질을 돋웠지만 음성은 실낱처럼 가늘었다. 검병(劍柄)을 잡은 손에는 진기가 운집되어 있어서 언제라도 뽑을 태세를 갖춘 후였다.

여인은 잠시 귀를 기울이더니 태연한 표정으로 돌아오며 술병을 잡

아갔다.

"호들갑 떨지 마. 조류에 흘러온 배야."

"누군지 뱃사람 자격이 없네요. 그래 놓고도 날이 밝으면 호들갑을 떨겠죠? 배 좀 잘 묶어둘 것이지."

소녀도 곧 배의 종류를 구분해 냈다.

삼사 인, 많아도 오륙 인은 타지 못할 작은 어선이다. 돛은 없다. 노로 나아가는 배인데, 노를 젓는 사람도 없다. 길이는 일 장에서 이 장 사이, 폭은 반 장도 되지 않는다. 모양은 길쭉한 유엽형(柳葉形)으로 바다로 나올 배는 아니고, 강에서 낚시나 할 때 사용하는 배다.

어둠 속에서 보이지 않는 배를 물결 부딪치는 소리만으로 알아낸다면 뭍사람들은 놀라겠지만, 바닷사람들은 오히려 알아내지 못하는 것을 비웃는다.

"우리 가보면 안 돼요?"

소녀가 졸랐다.

강배가 바다로 흘러나온 경우는 흔치 않다.

바다에서 태어나 바다에서 자란 사람도 평생 한 번 볼까 말까 한 진풍경이다.

또르륵……!

여인은 관심없다는 듯 술잔을 기울였다.

소녀는 심심하던 차에 장난거리라도 생긴 듯 활짝 웃으며 노를 젓기 시작했다.

그녀들이 타고 있는 배는 두 사람이 나란히 앉으면 딱 알맞을 정도로 폭이 좁았다. 반면에 길이는 이 장을 훌쩍 넘고 선미(船尾)나 선두(船頭)가 창끝처럼 날카로웠다.

스윽! 스으윽……!

소녀가 노를 몇 번 젓지도 않았는데, 배는 쏜살처럼 빠르게 나아갔다. 노질 한 번에 삼사 장씩은 미끄러져 나가는 것 같았다.

"저기 있네요."

소녀가 활짝 웃으며 말했다.

술병을 박살 낸 배는 물결 따라 출렁거리며 표류하고 있었다.

"멀리서 떠내려왔나 보네? 여기 배가 아닌데요?"

여인은 소녀의 말에 흘깃 쳐다봤다.

"진강 위쪽 노수 배야. 멀리도 흘러왔……."

말을 하던 여인의 눈동자에 이채가 떠올랐다.

"사람이야. 빨리 저어."

"네? 아! 정말이네요?"

소녀의 손놀림이 빨라졌다.

여인은 배와 배가 맞붙기도 전에 훌쩍 신형을 날려 어선 위로 뛰어내렸다. 뒤이어 소녀가 배를 바짝 붙였다.

"불!"

소녀가 다급히 등롱(燈籠)에 불을 밝혔다.

사내의 얼굴은 창백했다. 입술은 하얗게 질려 있고 바싹 말랐다. 숨도 끊어졌다가 이어지고, 이어졌다가 끊어져 상당히 위태로워 보였다. 뭍으로 나가려다 배에서 혼절해 버린 금하명이다.

"탈수가 심하군. 도대체가……."

여인이 이해할 수 없다는 듯 고개를 갸웃거렸다.

그도 그럴 것이 주변에는 많은 섬들이 있다. 섬마다 사람이 살고 있고, 배만 대면 물을 구할 수 있다.

먼바다에서 흘러왔다고도 생각할 수 없다. 만홍도(晚紅島)의 조류(潮流)는 동북에서 서남으로 흐르며 유속이 매우 느리다. 사내는 혼절한 지 만 하루를 지나지 않았고, 그 정도라면 사람이 사는 섬 주변에서 혼절했을 공산이 크다.

이해가 되지 않는 상황이었다.

간혹 표류하는 자들이 흘러들기도 하지만 만홍도 주변에서 발견된 자라면 죽어 있기가 십상이었다.

"다행히 무공을 수련해서 아직 죽지 않았어. 무공이 없었다면 벌써 죽었을 거야."

여인이 진맥을 끝내며 말했다.

사내는 탈수 상태가 지속되어 체온마저 급감했다. 손목을 잡았을 때 얼음을 만지는 것 같았으니 보통 사람이라면 서너 시진 전에 절명했을 게다.

"담요를 이리 주고, 배를 농도(濃島)로 몰아."

"농도요? 섬이 아니고요?"

"만홍도로 데려가면 틀림없이 죽어. 무공을 수련하기는 했지만 많이 미숙해. 만홍도에서는 한 시진도 못 버텨."

"농도는 사람이 살지 않잖아요? 아가씨는 바로 돌아가셔야 되고."

"네가 시간을 끌면 끌수록 이 사람은 죽을 가능성이 높아져."

소녀는 냉큼 움직였다.

사내가 탄 배와 자신들의 배를 밧줄로 묶는 솜씨가 예사롭지 않았다. 뿐만 아니라 두 배를 한꺼번에 끌고 가는데도 전혀 힘들어하지 않았다.

철썩! 철썩!

노로 물결을 때리는 소리가 유난히 크게 들렸다.

배 주위로 큼지막한 덩어리가 유령처럼 나타났다. 그러자 소녀의 노 젓는 행동도 무척 신중해졌다.

검은 바다를 가득 메우다시피 웅장한 위용으로 다가선 물체.

그건 섬이었다. 바닷사람들에게는 만홍도 혹은 금도(禁島)라고 불리는 공포의 섬이었다.

만홍도를 빙글 돌자 소녀의 손길은 다시 분주해졌다.

철썩철썩! 철썩……!

연신 노를 저어 질풍처럼 배를 몰아댔다.

향 한 자루 탈 시간쯤 지났을까? 다시 자그마한 물체가 눈앞에 쑥 밀려들었다.

만홍도보다는 작지만 만홍도처럼 뱃사람들에게는 금역(禁域)인 농도다.

만홍도는 만홍도에 사는 사람들 때문에 금역이 되었다. 하지만 농도는 아무도 살지 않는 무인도다. 그럼에도 금역이 된 것은 유난히 안개가 짙어서 난파 위험이 높기 때문이다.

농도는 언제나 안개가 자욱했다. 어떤 때는 너무 짙어서 연기를 피워놓은 것 같았다. 뿐만 아니라 섬 주변에는 큰 바위들이 들쑥날쑥 산재했다. 눈에 보이는 바위들은 별게 아니다. 물속에 숨어 있는 칼날바위들은 사정없이 배를 부숴놓곤 했다.

농도는 뱃길을 잘 아는 사람도 자신하지 못하는 지역이었다.

소녀의 행동이 거북이처럼 굼떠졌다.

노를 한 번 젓고, 배가 미끄러져 나가는 것을 살피고, 다시 조금 노를 젓고…… 작은 물체가 보이기 시작했을 때부터 흙 냄새를 맡을 수 있을 때까지 족히 일 다경이라는 시간이 소요되었다.
 눈어림으로 백사장인지 낮은 바위인지 모를 것이 보였을 때, 여인이 사내를 안고 바람처럼 날아 내렸다.

 "잘생겼는데요? 거칠지도 않고. 어멋! 이 흉터 좀 봐. 흉터가 뚜렷한 걸 보니 얼마 전에 당한 모양인데요?"
 "도끼에 찍힌 자국이야."
 "정말 명이 긴 사람이네요. 도끼에 머리를 찍히고도 살았으니. 그런데 정말 잘생겼다. 흉터가 옥에 티이긴 하지만 머리카락으로 요렇게 살짝 가리면…… 호호! 감쪽같이 숨겨졌네."
 소녀는 금하명이 마음에 든 듯 얼굴을 어루만졌다.
 "따뜻한 물."
 여인이 담요로 금하명을 둘둘 감쌌다.
 소녀는 그 옆에서 불을 지펴 물을 끓였다. 그러면서도 종달새처럼 입은 잠시도 놀리지 않았다.
 "이상한 사람이에요. 손 봤어요? 만홍도 사람도 저 사람처럼 투박하지는 않을 거예요. 근데 이상한 게…… 손등은 훨씬 부드럽거든요? 손바닥은 뱃꾼보다도 딱딱한데. 근래 들어서 급작스럽게 병기를 잡은 손이에요. 그렇죠?"
 "곤이다."
 "곤요? 아! 그럼 저거?"
 소녀가 배 위에 얹어진 곤을 쳐다보며 말했다.
 불 위에 얹어진 솥에서는 물이 끓기 시작했다.
 소녀는 말을 하는 가운데도 할 일을 잊지 않았는지 냉큼 솥을 가져

왔다.

"그렇게 뜨겁지 않아요."

여인은 손을 담가 물의 온도를 살핀 후, 쇠시발로 물을 떠서 금하명의 입 안에 흘려 넣었다.

소녀도 가만있지 않았다. 금하명의 발을 머리보다 높게 들어 올리고, 다리의 각 요혈을 주무르기 시작했다.

"봐줬다. 내가 사내 다리 주무른 것은 이번이 처음이야. 너 영광으로 알아야 해."

"일심(一心)!"

"피이……."

그 다음부터 소녀는 입을 다물었다. 아니, 다물 수밖에 없었다. 양손에 진기를 운집하여 혈도를 주무르느라 마음을 집중시켜야만 했다.

추궁과혈(推宮過穴)하기를 얼마간, 소녀의 이마에서 굵은 땀이 배어 나왔다. 여인은 조금씩 조금씩…… 입술을 축일 정도로만 미지근한 물을 흘려 넣었다. 그리고 드디어 금하명의 입에서 '후우!' 하는 가는 한숨이 토해졌다.

여인과 소녀는 그제야 손을 멈췄다.

"됐다. 가자."

"네? 여기 이렇게 놓고요?"

"숨을 돌렸으니 살 운명이면 살겠지."

"그래도 여긴 무인도인데…… 이 사람, 바닷사람은 아닌 것 같은데…… 바닷사람이라도 농도에서 빠져나가려면 물길을 알아야……."

소녀는 말을 하는 중에도 연신 금하명의 얼굴을 훔쳐보았다.

"수과(水鍋)를 가져와. 수과를 다룰 줄 알면 살 거야. 못 다루면 죽을 거고. 우리 할 일은 다 했어."
"배에 술안주 남은 게 있는데…… 싸움이 시작되면 두어 달은 정신 없잖아요. 다시 들러보지도 못하고. 농도에 들어오는 사람도 없잖아요, 죽으려고 작정하지 않는 한. 그래도 음식다운 음식은 저게 마지막일 텐데."
소녀는 이미 술안주를 갖다 놓고 있었다.

第十章
실지동우(失之東隅)
실패로 시작한다

실지동우(失之東隅)
…실패로 시작한다

 모닥불은 가는 연기만 남긴 채 거의 꺼져 있었다.
 금하명은 무거운 몸을 질질 끌며 기어가 '후후!' 바람을 불었다.
 빨간 불꽃이 일렁인다. 꺼져 가는 생명이 안타까운지, 아니면 마지막 불꽃을 피워내려는 건지…….
 마른나무도 어렵지 않게 찾아냈다. 사실은 모닥불 곁에 소복이 쌓여 있어서 찾을 필요도 없었다. 나뭇가지들은 타기 쉽게 잘게 쪼개져 있었다. 또 그 옆에는 불길이 일었을 때를 대비해서 굵은 나무들도 쌓여 있었다.
 마른 가지를 불꽃 위에 올려놓자 하얀 연기가 짙어지는가 싶더니 곧 활활 불길을 일궈냈다.
 따뜻한 불기를 쬐자 몸이 나른하게 풀어졌다. 아니, 비로소 살겠다는 느낌이 들었다. 얼음 굴에 빠진 것처럼 딱딱하게 굳었던 근육과 살점들이 노곤하게 풀어지며 활력을 되찾아갔다.

'죽으라는 법은 없군. 영락없이 죽는 줄 알았는데…….'

정신을 차리고 보니 자신의 처지가 한심했다.

소위 무공을 수련한다는 자가 지천에 널린 물 때문에 생사 고비를 넘나들었으니 말이 되는가. 허허로운 바다에서 천우신조로 사람을 만났기에 살아났지, 몇 시진만 더 흘렀어도 죽을 뻔하지 않았는가.

혼절해 있는 동안 무슨 일이 벌어졌는지는 모른다. 자신이 어디에 있는지도 모른다. 하지만 대충은 짐작할 수 있다. 배를 타고 노를 젓다가 혼절했다는 것, 조류에 밀려 둥둥 떠다녔다는 것, 두 여인이 구해준 것까지도.

두 여인이 누구인지도 모른다.

그들은 떠났다.

한 여인은 귀엽다는 말이 어울릴 소녀였고, 한 여인은 목에 검상이 있는 빙녀(氷女)였다.

혼절에서 막 깨어나 어렴풋이 본 것에 불과하지만 희미한 잔상은 분명히 현실이었다.

"숨을 돌렸으니 살 운명이라면 살겠지."

여인의 음성은 싸늘했다. 물에 빠져 지푸라기라도 잡고 싶은 사람에게는 북풍한설보다도 모질었다.

능완아도 싸늘한 편이다.

싸늘하다는 면에서 두 여인은 같은 성격을 지녔으나 극과 극으로 다른 점이 있다.

능완아의 싸늘함에는 희망이 담겨 있다. 그녀가 원하는 것을 이뤄내면 싸늘함이 정감으로 변할 것이라는 기대를 걸 수 있다. 그렇기에 싸늘함을 대하면 대할수록 더욱 분발하게 된다.

빙녀의 싸늘함은 희망을 단절시킨다. 철저한 약육강식(弱肉强食), 강자생존(强者生存)의 시대에 적합한 여인이다. 살고 싶으면 스스로 살아나야 하고, 살 능력이 없으면 죽는 것이 더 낫다는 비정함이 숨겨져 있다.

"재미있는 여자야."

금하명은 나지막이 중얼거렸다.

"무슨 놈의 안개가……."

인상이 저절로 찡그러졌다.

모닥불의 불기운을 되살릴 때까지만 해도 안개가 이토록 심한 줄은 몰랐다. 조금씩 사지에 기운이 돌자, 주위를 살펴보았는데 안개가 너무 극심해서 아무것도 보이지 않았다.

안개는 젖은 짚에 불을 지핀 것처럼 뿌옇다.

섬은 고사하고 일 장 밖에 무엇이 있는지조차 알 수 없다. 철썩, 처얼썩 들리는 파도 소리만 아니었다면 섬에 있다는 생각조차 들지 않았으리라.

서둘지 않았다.

한기(寒氣)라던가 어지러움 정도는 얼마든지 이겨낼 수 있지만, 쉴 수 있을 때 푹 쉬었다.

밤섬에서의 일은 그에게 큰 교훈을 안겨주었다.

이겨낼 수 있다고 참는 것은 미련한 짓이다. 쉴 수 있으면 쉬어야 한다. 말이나 마차를 탈 수 있으면 걷지 말고 타야 한다. 편해질 수 있는 데까지 편해져야 한다.

그렇게 갈무리한 체력은 싸움에서 폭발시켜야 한다. 싸움이 없을 때는 수련으로 폭발시켜야 한다.

갈무리하고 폭발시키고, 또 갈무리하고…… 그런 가운데 육신은 강건해진다.

인내? 인내는 폭발 시에 사용한다. 마지막 남은 한 올의 진기마저 터뜨릴 수 있도록 몸속에서 일어나는 고통을 참아내야 한다.

외력(外力)은 내공(內功) 못지않게 중요하다.

안개가 걷힌 것은 아침도 훨씬 지나 정오가 가까워질 무렵이었다.

얼핏 봐도 농도는 밤섬에 비해 훨씬 삭막했다.

밤섬은 아늑한 맛이라도 있는데, 이곳은 삐죽삐죽 삐져 나온 바위들이 창끝 같아서 실족이라도 하는 날에는 여지없이 꿰뚫릴 판이다.

'쉴 만큼 쉬었어.'

아직도 두통이 심하다. 손발에도 완전히 힘이 들어가지 않았다. 하지만 이 정도면 움직이는 데는 문제가 없고, 여기까지가 쉴 수 있는 한계였다. 더 이상은 마음이 나태해져서 허락할 수 없다.

몸을 일으키자마자 제일 먼저 '수과'라고 불린 솥부터 찾아서 관찰했다.

어느 평범한 솥과 다를 바 없는 무쇠 솥이다.

아! 다른 점이 있기는 하다. 일반 솥들은 뚜껑이 볼록한데, 수과는 안으로 푹 파인 오목형이다. 반대로 덮어놓은 것은 아니다. 뚜껑 손잡이가 오목한 곳에 솟아 있다.

금하명은 여인이 한 말을 흘려듣지 않았다.

"수과를 다룰 줄 알면 살 것이고, 못 다루면 죽겠지."

뚜껑을 열자 안에 또 하나의 그릇이 나왔다. 솥과 마찬가지로 무쇠로 만들어진 그릇인데, 밥공기와 흡사하다. 밥공기보다는 훨씬 커서 그릇 용도는 아닌 것 같고…….

'귀신 곡할 노릇이군. 이걸로 뭘 어떻게 하라는 거야?'

조금이라도 설명을 해주고 떠났으면 좋으련만.

여인들은 금하명이 생각을 할 수 있을 정도로 정신 차린 줄은 알지 못했다. 신체적인 반응으로 호흡을 되살렸을 뿐이지, 정신은 혼돈 상태에 있는 줄 알고 떠났다.

아무짝에도 쓸모없을 것 같던 유밀강신술이 의외의 곳에서 의외로 많은 도움을 주고 있다.

금하명은 생각에 잠겼다.

머리 속은 이리저리 솥의 용도를 생각하기에 분주했다.

수과라고 명명된 무쇠 솥의 용도를 알아내지 못한다면 밤섬에서의 일이 반복될 것이다.

아니다. 상황이 더 나빠졌다.

밤섬에서는 뭍이 눈으로 볼 수 있을 만큼은 되어서 언제든 배를 타고 나가면 되었다. 농도에서는 큰 섬이 가까이 보이지만 그곳까지 배를 몰아갈 자신이 없었다.

농도를 에워싸고 있는 칼날 같은 바위들이 문제다. 바위와 바위 사이는 너무 좁아서 도저히 배를 집어넣을 수 없을 것 같다. 뿐만 아니라 성난 파도가 사정없이 두들겨 대고 있다.

농도를 손바닥 들여다보듯이 아는 사람이 아니라면 나갈 수도 들어올 수도 없는 섬이다.

'농도에 들어오는 사람은 없다, 죽으려고 작정하지 않는 한.'

금하명은 소녀가 한 말을 되뇌며, 그녀가 남긴 술안주를 집어 먹었다. 소녀가 음식다운 음식은 마지막일 것이라며 남겨놓은 안주다.

과연 음식은 맛있었다. 특히 돼지발로 만든 백운저수(白云猪手)는 입에 착 달라붙었다.

'이거 도대체 어떻게 사용하는 건가? 수과라고 했으니 물과 상관있는 솥일 테고…… 안에 들어 있는 그릇은? 뚜껑은 왜 반대로 생긴 건지…….'

백운저수를 씹어 먹으며 골똘히 생각해 봤지만 아무 생각도 떠오르지 않았다.

솥이고 물과 상관있으니 바닷물을 넣고 끓인다는 정도는 쉽게 생각나는데 안에 든 그릇과 반대로 생긴 뚜껑의 용도는 도무지 알 길이 없었다.

"해보면 알겠지."

금하명은 솥 안에 든 그릇을 꺼내 바닷물을 퍼 담았다.

바닷물은 처음 마실 때는 시원하지만, 돌아서자마자 목이 타기 시작한다. 많이 마시면 마실수록 갈증은 도를 더해간다. 소금기 때문이다.

솥에 물이 가득 차자 이상하게 생긴 뚜껑을 닫고 장작을 지폈다.

잠시 후, 솥은 팔팔 끓기 시작했다. 수증기가 솟고, 솥 가장자리에는 물도 흘러내렸다.

'이건가?'

가장자리로 흐르는 물을 손가락으로 찍어 맛을 봤다.

짜다. 바닷물을 먹은 것과 진배없다.

'헛고생했군.'

솥에 든 물이 바짝 졸아버릴 때까지 끓여대는 것은 의미가 없어 보였다.

금하명은 솥뚜껑을 들어내려고 했으나…… 장작불의 열기가 고스란히 전달된 뚜껑은 맨손으로 잡을 수 있는 게 아니었다.

분명히 보통 무쇠 솥과는 다르다. 무쇠 솥의 뚜껑은 뜨겁기는 하지만 이토록 손도 대지 못할 정도는 아니다.

담요를 이용해서 열어볼까? 옷소매를 이용할까? 아니면 바닷물로 식혀 버릴까?

그때, 퍼뜩 어떤 생각이 스쳐 갔다.

금하명은 쏜살같이 달려가 바닷물을 퍼왔다. 그리고 망설임없이 무쇠 뚜껑에 끼얹었다.

치이익……!

무쇠 솥은 금방 비명을 내질렀다. 무쇠 솥에 닿은 바닷물도 흰 수증기로 변해 무럭무럭 피어났다.

"이거야!"

금하명은 자신도 모르게 버럭 소리를 질러 버렸다.

끓는 물은 바닷물이다. 하지만 수증기는 염기가 빠진 물이다. 솥 속의 물은 수증기로 변해 뚜껑에 달라붙고, 경사진 면을 따라 솥 가운데로 흘러간다.

무쇠 그릇은 물을 받는 용도로 쓰이는 것이니 솥 속에 넣어야 한다.

차가운 물과 뜨거운 쇠가 부딪치면 수증기가 발생한다. 물은 수증기로 변해 허공으로 날아가지만, 솥 또한 그만큼 열기가 식어진다.

솥 안에서 발생한 수증기는 찬 뚜껑과 마주치며 더욱 많은 물방울을 만들어내리라.

이것이 수과였다.

'기가 막히군. 바닷물로 물을 만들어 먹었어!'

섬은 빠져나갈 곳도 들어올 곳도 없는 천험의 요새였다.

사방에서 휘몰아치는 파도는 섬을 완전한 고립무원(孤立無援)으로 만들어 버렸다.

금하명이 가지고 있는 것은 수과 하나, 담요 한 장, 그리고 원완마두의 병기와 곤 한 자루뿐이다.

낙담하지는 않았다. 두 명의 여인은 자신을 이곳으로 데려왔을 뿐만 아니라 빠져나가기까지 했다.

길이 있다는 것을 의미하지 않는가.

먹을 것도 지천에 널려 있다. 바다로 들어가기가 쉽지 않지만 물속에는 수억 마리도 넘을 물고기가 득실거린다. 물속까지 탐할 필요도 없다. 섬 전체가 갈매기로 뒤덮여 있다고 해도 과언이 아닐 정도다.

한 가지 만족스럽지 못한 점이 있다면 원완마두의 곤법을 수련할 나무가 변변치 않다는 것.

키 작은 나무들은 산재해 있지만 아름드리 고목은 존재치 않는다.

곤법을 수련하려면 관통시킬 나무가 필요한데 필요한 나무는 보이지 않고 온통 돌과 잡초뿐이다.

곤을 들고 왔기에 망정이지 그것마저 없었다면 허리에 둘러맨 철곤(鐵棍)으로 수련할 뻔했다.

휙휙!

허공에 곤을 내질러 봤다.
 강맹한 바람이 허공을 찢었다. 곤은 쾌속했고, 원완마두 곤법의 정화라고 할 수 있는 허공의 길을 정확히 찾아서 나아갔다.
 하지만 어쩐지 술에 물 탄 듯 밋밋했다.
 타격력을 확인할 길도 없고, 진정 허공의 길을 찾았는지도 분간할 수 없다. 청화장 무공처럼 일정한 초식이 있는 무공이라면 초식 수련이라도 해보련만 원완마두의 곤법에는 초식이 없다.
 곤을 거둔 후, 타격물을 찾아서 섬을 이 잡듯 뒤졌다.
 한 시진이면 섬 전체를 돌아볼 수 있는 작은 섬.
 목이 마르면 수과로 염기를 걸러낸 물을 마셨고, 배가 고프면 갈매기를 잡아먹거나 알을 주워 먹었다.
 하루 온종일, 섬을 열댓 바퀴나 돌아본 후 그가 내린 결론은 이곳은 무공을 수련할 만한 장소가 아니라는 것이다.
 섬 중에서도 하필이면 최악의 섬에 유배를 당한 꼴이니.
 망연자실, 바위에 걸터앉아 바다만 쳐다봤다.
 바다를 활활 불태우는 석양도 눈에 들어오지 않았다. 석양이 지고 파란 바다가 검은 비늘로 뒤덮여도 일어설 생각이 들지 않았다. 그의 머리 속은 온통 원완마두의 곤법으로 가득 차 있었다.
 '청하장 무공을 수련할까? 아버님 무공을 잇는 것도 보람있을 텐데. 사실 원완마두나 능 총관의 무공보다는 아버님 무공이 뛰어난 건 사실이고, 아버님 무공은 이미 증명됐잖아. 반면에 이 무공들은……'
 그가 청하장 무공 대신 원완마두의 곤법에 매달린 이유는 별다른 게 없다. 청화장 무공에는 형식이라는 게 있지만 원완마두의 곤법에는 형식이 없기 때문이다.

원완마두의 곤법이나 능 총관의 부법은 대삼검에서는 볼 수 없는 자유분방함에서 매력적인 무공이었다.

그들의 무공이 널리 알려지지 않았다는 점은 중요하지 않았다. 대삼검은 아버지에 의해 절공(絶功)임이 입증되었고, 그들 무공은 삼류에 지나지 않아도 상관없었다.

대삼검보다는 그들 무공을 수련하는 것이 더 재미있다는 단순한 사실만으로도 몰입하기에는 충분했다.

한데 이제 절해고도에 갇히게 되고, 여건이 충족되지 않자 유혹이란 마물이 살며시 고개를 쳐든 것이다.

순간 그의 귓가에 카랑카랑한 중허 왕필 선생의 음성이 틀어박혔다.

"그림을 그리면서 지필묵(紙筆墨)을 따지는 인간치고 제대로 된 그림을 그리는 자는 없다. 그림을 그린답시고 감 내놔라 대추 내놔라 하는 인간치고 변변한 인간은 없다. 처처불상(處處佛像)이라는 말이 있다. 내가 서 있는 곳, 이곳에 부처가 있음이니 시끄럽다고 탓하지 말라. 정신 집중이 안 된다는 말을 입에 담지 마라. 그림 그릴 것이 없다고 말하지 마라. 장터에 앉으면 그곳이 그림을 그리는 장소다. 나뭇가지를 들면 필(筆)이 되는 것이고, 땅에 그리면 지(紙)가 된다. 울고 있는 아이, 삶에 지친 아낙, 사내에게 혹한 여인의 게슴츠레한 모습. 이 모든 것이 그림이다. 세상 전체가 그림이다. 세상 전체가 그림을 그릴 수 있는 곳이며, 그림을 그릴 도구이며, 그릴 것들이다."

'처처불상……'
장소와 시간에 구애됨이 없어야 한다.
금하명은 눈을 번쩍 떴다.

무섭게 다가와 산산이 부서지는 포말.
타격물을 꼭 나무로 하라는 법은 없다. 파도도, 바위도, 섬 전체도…… 세상 전체도…… 부수고자 하는 자에게는 반드시 부서지고야 마는 타격물이다.
곤을 불끈 쥐고 일어섰다.

파도는 몸조차 가누기 힘들 만큼 거칠게 몰아쳤다.
쏴아아! 꽈앙!
파도가 밀려와 등을 후려칠 때마다 단단한 몽둥이로 얻어맞은 것처럼 얼얼했다.
중심을 잡고 서 있기도 힘들다.
두 다리에 진기를 운집시켜 철주(鐵柱)처럼 단단히 고정시켜 놓았지만 파도에 가격당할 때마다 여지없이 휘청거린다. 오는 물길만 적이 아니다. 빠져나가는 물길도 육신을 사정없이 끌어당긴다.
'좋은 수련처야.'
전과는 다르게 활짝 웃었다.
고통이라면 얼마든지 참아줄 수 있다. 파도의 들락거림은 신체의 균형을 최고의 경지로 수련시켜 줄 것이다. 청화장 삼보(三步)가 극성의 경지로 발돋움하리라.
꽈앙!
파도가 냅다 등을 떠밀었다.
금하명은 균형을 잡으려 안간힘을 쓰면서도 곤을 내질렀다.
목표는 섬.
딱! 따악!

섬을 형성하고 있는 절벽이 곤에 맞기 시작했다.

바다로 걸어 들어가서 밀려오는 파도를 등에 지고, 칼날 같은 절벽을 치기 시작했다.

사방에 드리워진 어둠은 금하명에게 섬 전체를 공격하는 듯한 느낌을 안겨주었다. 커다랗고 검은 섬이 곤 한 자루에 찔리고 있다는 착각을 불러일으켰다.

나무를 칠 때보다 더 큰 반탄력이 전해져 왔다. 그 정도는 참을 수 있다. 걱정되는 것은 바위에 부딪친 곤이 부서지지나 않을까 하는 점이다.

철곤으로 수련해서는 의미가 없다. 목곤으로 수련해서 원완마두와 같은 위력을 뿜어내야 한다.

딱딱!

쏴아아! 콰앙!

딱……!

곤이 절벽을 때리는 소리는 파도 소리에 묻혀 들리지 않았다.

파도에 휩쓸리지 않으려고 허우적거리면서 곤을 내지르는 모습은 불쌍하기도 했다.

수련이 아니었다. 발버둥이었다. 살려는 발버둥, 다르게 보면 미친 짓 같기도 했다.

하지만 금하명은 곤을 내지르는 횟수가 늘어감에 따라 표정이 편안해졌다. 웃음기까지 떠올렸다.

'이거 의외로 재밌군. 아주 재미있어. 이놈의 파도야, 어디 내 몸을 산산조각 내봐라. 네가 이기나 내가 이기나 해보는 거야. 하하하!'

"타앗!"

따아악!

농도에 머문 지 한 달도 되지 않아서 섬의 출입구가 드러났다.
무공이 완성되지 않은 상태인지라 알려고도 하지 않았고, 알고 싶은 마음도 없었지만 알 수밖에 없게 되었다.
농도는 시신들이 저승에 가는 여정 중 반드시 들러야 할 곳쯤 되는 모양이다.
수많은 시신이 떠내려왔다가 섬을 한 바퀴 돌고는 다시 떠밀려 망망대해로 빠져나갔다.
처음 몇 번은 깜짝 놀라 시신을 수습한 적도 있다.
물에서 건져 올리고 상처를 살피고……
상처투성이인 장한도 있었고, 동안(童顔)의 청년도 있었으며, 어린애와 노인, 여인들도 있었다.
그들 모두가 절명한 채 떠내려왔다.
자연사를 한 것이 아니라 병기에 살상된 채 버려졌다.
금하명을 섬에 남겨둔 소녀가 마지막으로 한 말은 '싸움이 시작되면 두어 달은 정신없다' 는 말이었다. 그런 말을 남기며 술안주를 남겨두었다.
부패하지 않은 시신이 금방 당한 듯한 상처를 입은 채 떠내려온다는 것은 주변에서 큰 싸움이 벌어지고 있다는 뜻일 게다. 시신을 수습하지도 못할 만큼 싸움이 급박하게 돌아가고 있는 게다.
사태를 짐작한 후에는 시신이 떠내려와도 놀라거나 서둘지 않았다.
시신을 건져 올려 생사 여부를 확인하기는 했지만, 섬에 묻는 노력은 하지 않았다.

실지동우(失之東隅)

바닷사람들은 바다에서 죽기를 원하리라.

시신을 다시 파도에 던져 넣었다.

바다는 그들을 움켜쥐고 섬을 한 바퀴 돈 다음, 망망대해 저편으로 밀어냈다.

들어오고 나가는 길이 명확했다.

배를 저어서 빠져나갈 자신은 없지만 물결을 잘만 이용하면 불가능해 보이지는 않았다.

금하명은 오직 무공 수련에만 몰두했다.

봄이 지나고, 찌는 듯한 여름도 지나고, 서늘해지는가 싶더니 매서운 추위가 살갗을 저며왔다.

금하명은 계속 섬에 머물렀다.

바닷바람만 쐬어도 살이 얼어붙는 것 같았지만 파도에 몸을 맡긴 채 절벽을 쳐대는 수련도 멈추지 않았다. 땅이 꽁꽁 얼어붙고, 바위는 얼음처럼 차가웠지만 얇은 담요 한 장에 의지한 채 긴긴 겨울을 이겨냈다.

한 가지 달라진 점이 있다면 오후 수련이 바뀌었다는 점이다.

능 총관의 석부는 만들기 쉬웠다.

석부란 자연 어디서나 얻을 수 있는 병기다. 한 시진 정도만 노력하면 석부 아홉 자루는 만들 수 있다. 돌이 있고, 자루로 쓰일 나뭇가지만 있으면 된다.

오후는 석부 수련으로 메워졌다.

석부 수련을 하지 않을 적에는 바닷속 수련을 했다.

바닷속에서는 손발이 무척 더디게 나아간다. 석부를 던져 보아도, 곤을 내질러 봐도 평지에서라면 코웃음을 칠 속도밖에 나오지 않는다.

금하명에게는 또 하나의 좋은 수련장이 생긴 셈이다.

물속에서 지상처럼 빠르게 곤을 쳐낼 수 있다면 빠르기만으로는 누구에게도 뒤지지 않을 것이다.

속도만 느린 게 아니었다. 지상에 있는 절벽을 타격하는 것과 물속 바위를 타격하는 것은 위력 면에서도 현격한 차이가 났다. 똑같이 운기하고 진기 폭발이 같았음에도 물속에서는 이 할의 위력밖에 나오지 않았다.

잠수한 상태로 원완마두의 무공을 고스란히 재현해 낸다면…… 물론 지금은 꿈만 같은 일이지만 말이다.

저녁 수련도 바뀌었다. 날이 어두워진 다음에는 아버님, 복건제일의 무인이었던 청화신군의 절학을 수련했다.

농도에서의 생활이 일 년을 넘어서고, 무공이 무엇인지를 깨닫게 된 지금에서는 많은 무학을 접해보는 것도 괜찮겠다는 생각이 들었다.

하물며 청화장 무공은 처음 접하는 무공도 아니다.

어려서부터 수련했던 무공이고, 어떤 면에서는 원완마두의 곤법이나 능 총관의 부법보다도 익숙한 무공들이다.

'어떤 무공이든 일상화되어야 한다. 저금을 들 때처럼 생각없이 펼쳐져야 한다. 걸어야 할 때 발이 움직이고, 쳐다보고 싶은 곳으로 눈동자가 움직여지듯이 몸 전체가 무공이 되어야 한다. 그때까지는 떠나지 않는다. 절대로.'

시신은 계속 떠내려왔다.

한동안 뜸하다가도 두어 달만 지나면 어김없이 수십 구씩 떠내려왔고, 다시 떠나갔다.

금하명은 시신들의 상처에서 몇 가지 사실을 찾아냈다.

한쪽은 특징이 없는 사람들이고, 다른 한쪽은 팔뚝에 고양이인지 호랑이인지 모를 조잡한 문신을 한 사람들이다.

두 파가 격전을 벌이고 있다.

시신의 숫자는 서로 엇비슷하니 호각지세(互角之勢)라고 할 수 있고, 일 년이 다 가도록 싸움이 끝나지 않으니 지겹도록 서로를 증오한다는 사실도 알아냈다.

겨울이 지나고 봄이 찾아왔다.

금하명은 봄의 감흥에 젖지 않았다. 그러기에는 수련이 너무 급박했고, 재미있었다.

여름이 지나갔다.

계절이 바뀌는 줄도 몰랐다. 그림에 흠뻑 빠지듯이 무공에 흠뻑 몰입했다. 막상 수련해 보니 무공도 상당히 재미있지 않은가.

가을이 가고 혹한의 추위가 몰아쳤다.

'날씨가 추워졌군.'

갈매기와 시신밖에 찾지 않는 절해고도에서 금하명은 점점 야수로 변해갔다.

❷

갈매기 한 마리를 잡아 통째로 구웠다. 갈매기 알을 썩혀서 만든, 세상에서 단 한 병뿐인 그만의 술, 해구란주(海鷗卵酒)도 꺼내와 검은 바위에 올려놓았다.

파도에 쓸려온 시신 중에는 생전에 술을 달고 살았는지 허리춤에 호리병을 차고 죽은 시신이 있었다.

그 시신이 아니었다면 술을 담글 생각조차 못했을 게다.

목곤도 올려놓았다.

이 년이란 세월이 흐르는 동안 앞부분이 부러지기도 하고 닳기도 해서 절반으로 줄어들어 곤이라고 할 수도 없는 곤이다.

바위 안쪽에는 나무로 만든 신위를 놓았다. 파도에 밀려온 널빤지를 깎아서 만든 것이라 제상에 올려진 것치고는 가장 완전한 것이었다.

향 대신 풀잎을 불살랐다.

청화신군의 세 번째 제사는 이토록 초라했다.

첫 번째는 봉자명이 대신 지내주었다. 두 번째는 세월의 흐름을 잊어버려 아차 하는 순간에 여름이 되었다.

이번 제사도 정확한 제사는 아니다.

날짜의 흐름도 잊어버려서 봄풀이 돋기에 제사를 올린 것뿐이다.

또 다른 의미도 있다.

이제는 그만 농도라는 섬을 벗어날 때다.

미진함으로 따진다면 아직도 어린아이 걸음마 수준이다. 이런 무공으로 무림에 나가서 볼썽사나운 꼴이나 당하지 않을지 염려되기도 하지만 흥분 또한 가눌 길이 없다.

나름대로는 성취를 거뒀다.

원완마두의 곤법도, 능 총관의 부법도, 그리고 청화장의 무공 또한 이루고자 하는 부분까지는 습득했다.

청화장에서 태어나 자랐다. 많은 사람들이 수련하는 모습을 지켜보며 살았다. 그들의 일거수일투족을 그림 대상으로 삼았기에 세밀하게 살펴본 적도 많다.
 고수가 되려면 어느 정도가 되어야 하는지 가늠할 수는 있다.
 지상 수련도, 물속 수련도 만족할 만하다.
 이것이 어떤 형태로 나타날지는 금하명 자신도 모른다. 비무 없이 혼자서 수련한 무공이 산전수전 다 겪은 사람들에게 통할지 통하지 않을지도 모른다.
 자신이 설정한 소정의 목표는 이뤄냈지만, 자만은 금물이다.
 말 그대로 소정의 목표다. 본인 스스로 생각해도 미숙한 부분이 너무 많다. 무엇보다도 실전 경험이 없어서 반사적으로 쳐내야 하는 부분을 습득할 수 없다.
 밤섬에서 겪었던 고초는 이번에도 지침서가 되었다.
 준비가 되지 않았으면 움직이지 마라. 세상에서 가장 흔한 것이 공기와 물. 하지만 공기와 물이 없으면 살지 못한다. 공기와 물을 생각해 보았는가?
 모른다. 대답할 수 없다. 준비되었다고 말할 수도 있고, 준비되지 않았다고도 말할 수 있다. 실질적으로 준비되었는지의 여부는 세상 사람들이 가르쳐 주겠지만, 자신이 생각하기에는 준비가 된 것 같다.
 적어도 빨리 세상에 나가고 싶은 조급함 때문은 아니라고 말할 수 있다. 섬에 갇혀 지내느라 답답하기도 했지만, 그 때문도 아니다. 그런 것이라면 지금도 얼마든지 참을 수 있다.
 이런 말이면 어떻겠는가. 머리 속에 그려본 청화장 사형, 사제들…… 그들 누구와 겨뤄도 이길 수 있는 자신이 생겼다면. 능 총관과 겨뤄도 지지 않을 자신이 생겼다면.
 이렇게도 말할 수 있다.

능 총관을 죽인 자는 놀라운 쾌검의 소유자다. 그토록 빠른 검은 백납도 이후 처음이다. 하기는 무인들에게 관심을 가진 적도 없었지만.

그 검을 깰 수 있을 것 같다.

자만인가? 모른다. 지금 생각이 그렇다는 것이다.

혼자서는 옳은지 그른지 알 수 없으니 세상 사람들이 가르쳐 달라는 거다.

공기와 물은 준비된 것 같다.

섬에서 나갈 때다.

비무든 실전이든 어떤 형태로든 타 무공과 겨뤄보고 보완점이 발견되면 그때그때 고쳐 나가는 거다. 고칠 기회도 주어지지 않고 목숨을 내놔야 한다면 그것도 운명인 것이고.

"떠납니다."

아버지에게 말했다.

"어머니는 못 뵐 것 같습니다."

가장 걱정되는 분이다. 잘 계신지 궁금하기도 하다. 하지만 미숙한 모습으로 나타날 수는 없다. 지금 달려간다면 반기기는커녕 오히려 호된 꾸지람을 내릴 분이다.

백납도가 비무를 청하지 못할 만큼 거목이 되라. 그렇지 않으면 죽어서나 돌아와라. 네 신위는 고이 간직했다가 죽었다는 소문이 들리면 아버지 곁에 놓아주마.

"아버지는 아버지의 무공으로, 전 제 무공으로 무림이란 곳을 엿보겠습니다. 아버님은 청화장을 만드셨지만, 전 아직 무엇을 만들기에는 너무 부족합니다."

아버지께서는 웃었다.

허공에 영상이 그려졌다. 오랜만에 만났는데도 엄한 표정이셨다. 삼 년 만에 만난 자식에서 질책만 내리셨다. 아마도 무인의 마음가짐을 말씀하시는 듯했다. 항상 그 말씀만 하셨으니까.

호리병을 들어 검은 바위에 뿌렸다.

해구란주 특유의 톡 쏘는 듯한 주향이 콧속을 파고들었다.

반 병쯤 쏟아 붓고, 나머지는 목구멍 안으로 한꺼번에 털어 넣었다.

"컥! 큭!"

거센 기침이 쏟아져 나왔다.

해구란주는 너무 독했다. 살짝 맛을 봤을 때도 복건 어느 술보다도 독했는데, 반년쯤 세월이 더 흐른 지금은 목구멍 타 들어갈 정도로 독했다.

"휴우! 독하군. 후후! 해구란주. 언제 또 맛을 볼 날이 있겠지. 아버님, 갑니다."

금하명은 반쪽짜리 곤을 집어 들고 일어섰다. 그리고 뒤도 안 돌아보고 걸어갔다.

섬을 빠져나오기는 쉬웠다.

물길을 세세하게 파악해 놓은 관계로 굳이 노를 저을 필요도 없이 물길의 흐름에 배를 맡겨두기만 하면 되었다.

섬에 밀려들었던 시신이 다시 떠내려가듯이, 배는 농도를 한 바퀴 돈 다음 물살을 타고 먼바다로 빠져나왔다.

금하명은 농도의 거센 파도에서 빠져나왔다 싶은 순간부터 노를 젓기 시작했다.

물결 따라 마냥 흘러갈 수는 없는 노릇이다.

농도에서는 큰 섬이 보였다.

날씨가 맑은 날에는 조금 과장되게 말해서 걸어다니는 사람들까지 보일 정도로 가깝게 보였다. 폭풍우가 몰아치는 날에도 형체는 보였으니 가깝기는 가까운 모양이다.

일차 목적지가 그곳이다.

천천히 배를 저어 큰 섬으로 다가갔다.

농도에서 봤을 때도 뭍은 보이지 않았다. 눈에 보이는 땅덩어리라고는 큰 섬밖에 없었다. 지나가는 배들이 간혹 보이기도 했지만 고기를 잡는 배는 아니었다. 화물을 운반하는 큰 배가 대부분이었다. 간혹 두세 명이 탈 수 있는 소선이 보이기도 했지만 큰 배 사이를 왕래하는 연락선에 불과했다.

뭍이 멀리 있다는 것을 말해 주는 대목이다.

우선은 큰 섬으로 올라서야 한다. 그리고 큰 섬이 바다 어디쯤에 위치해 있는지 파악해야 한다. 그런 연후에나 뭍으로 갈 수 있는 방편을 찾을 수 있으리라.

삐걱! 삐걱……!

노수어옹의 배는 금방이라도 침몰할 듯 위태롭게 흔들거리면서 앞으로 나아갔다.

금하명의 노 젓는 솜씨는 형편없었다.

노라고는 봉자명을 떼어놓았을 때부터 밤섬까지 저어간 것이 고작이었다.

그런 솜씨로 농도와 큰 섬 사이에 흐르는 급격한 물길을 헤쳐 나간다는 것은 역부족처럼 여겨졌다.

그랬다. 농도에서 파악하지 못한 것이 있었다. 농도에서 봤을 때는 여느 바다처럼 조용하게만 보였는데, 막상 배를 저어보니 마음대로 방향을 틀 수 없을 만큼 해류가 빨랐다.
'시간은 얼마든지 있어. 한 치 밀려나면 한 치 다가서면 되지. 시간이 얼마가 걸리든. 후후!'
어깨가 뻐근해 왔다.
이것도 고통인가? 고통도 아니다. 농도에서 보낸 나날들은 뇌리에서조차 지워 버리고 싶을 정도로 고통의 연속이었다. 인간의 육신으로 겪을 수 있는 고통이란 고통은 모두 맛본 것 같다. 그 대부분이 자신 스스로 사서 얻은 고통이지만.
무려 한 시진 동안 제자리에서 뱅뱅 돌기만 하던 금하명은 해류에도 일정한 흐름이 있다는 것을 발견해 냈다. 똑같아 보이는 해류도 멈추고 나아가는 것이 달랐고, 강약도 달랐다.
'노는 힘으로 젓는 게 아니군. 물길에 맡기고 방향만 틀어주면 돼.'
바다 한가운데서 헤맨 시간을 제외하고, 농도에서 큰 섬까지는 꼭 한 시진 거리다. 아니다. 어쭙잖은 실력이니 한 시진이나 걸린 것이고, 바다에서 태어나 자란 사람들이라면 반 시진에서 일 다경 정도면 충분히 올 수 있는 거리다.
배가 그토록 올라서고 싶던 큰 섬 백사장 위에 끌어 올려졌다.
한 시진, 꼬박 한 시진이나 걸려서.

사박! 사박!
굵은 모래알은 걸음을 떼어놓을 때마다 얼음 부서지는 소리를 냈다.
봄이라고는 하지만 아직은 따뜻한 햇볕이 그리울 때. 어디서나 흔히 볼 수 있는 어촌 마을은 차가운 바닷바람 탓인지 사람 그림자를 찾아볼 수 없었다.

하지만 이 년이 넘는 세월을 혼자서 지낸 금하명은 죽음 같은 정적이 깃든 마을도 반갑기만 했다.

백사장에서 가장 가까운 집은 모래언덕이 끝나는 지점에 위치했다.

"실례합니다."

집에는 차가운 한기만 맴돌았다.

여기저기 보이는 그물은 코가 빠진 채 흩어져 있다. 절구에는 썩은 물이 담겨 있으며, 돌담도 무너져 내린 곳이 많아서 보기 흉하다. 진흙 벽에도 구멍이 숭숭 뚫려 있다.

"실례합니다."

여전히 빈 바람만 마당을 휩쓸고 지나갔다.

"아무도 없습니까?"

썰렁하고 횅하지만 사람 냄새가 묻어나는 집인데, 대답 소리는 들려 오지 않았다.

발길을 옮겨 옆집으로 갔다.

길가에 나뒹구는 돌덩이는 지난겨울을 말해 주는 듯 차갑게 얼어 있다. 동네 개들이 싸놓은 개똥도 여기저기 굴러다닌다. 반쯤 뜯어 먹힌 생선이 돌덩이처럼 딱딱하게 얼어서 버려져 있다.

길은 있으나 손보지 않은 길이다.

다음 집도, 그 다음 집도…… 마을 전체가 공동묘지처럼 을씨년스러웠다.

마을 전체에 살아 있는 생명체는 없었다.

개도, 돼지도, 하다못해 닭 한 마리조차 구경할 수 없었다.

눈을 들어 사방을 살펴보자, 야트막한 야산 사이로 우마차가 지나갈 만한 길이 보인다. 마을 뒤쪽에서 이어진 길은 야산을 넘어 섬 중심으로 이어지는 듯하다.

텅 빈 마을을 뒤로하고 길을 따라 걸었다.

오랜만에 밟는 흙길은 어린아이 살결처럼 보드라웠다.

강철 같던 바위들, 칼을 곤두세워 놓은 것 같던 바위들에 발바닥이 베이고, 찔리고, 찢어졌다. 굳은살이 거북 등처럼 단단하게 틀어박힐 때까지는 섬을 돌아다니는 자체가 하나의 신체 수련이었다.

그의 발에 밟히는 흙길은 너무 물렁물렁해서 마치 진흙길을 걸어가는 느낌이었다.

그러나 마냥 감상에만 젖어 있을 수는 없었다.

쉬익! 쉬이익……!

사방에서 움직이는 미미한 움직임이 쇠사슬이 되어 온몸을 옭죄어 온다.

'뭔가, 이건…….'

상대를 파악하기도 전에 솜털부터 곤두섰다.

다가오는 자들에게서는 피 냄새가 풍긴다.

이상하다. 후각이 발달한 것도 아니고, 상대를 본 것도 아닌데 피 냄새가 맡아진다. 정확히 말하면 상대의 움직임을 감지하기 전부터 피 냄새가 코를 찔러왔다.

의기상형(意氣象形).

상대의 기운을 읽을 수 있다.

후각에 느껴지는 피 냄새는 다가오는 자들이 토해내는 살기이리라.

청화장에 있을 적에는 주변에서 변화하는 기류를 읽어내지 못했다. 능완아도 그렇고, 능 총관도 그렇고…… 늘 뒤에 살며시 나타나서 깜짝깜짝 놀라곤 했다. 그러면서 무인이 되어가지고 그렇게 감각이 무뎌서 어디다 써먹느냐고 놀려댔다.

작심하고 등 뒤에 나타나는 자를 무슨 수로 알아챈단 말인가.

"후후!"

금하명은 가는 실소를 흘려냈다. 그때 생각을 하면 얼굴이 화끈거리며 실소가 새어 나온다.

지금에서는 그때 그들이 왜 그런 말을 했는지 이해가 된다. 이토록 뚜렷한 움직임조차 감지하지 못했으니 차마 무인이란 말을 입에 담을 수조차 없다.

그렇다. 그때는 무인이 아니었다. 무인이라기에는 너무나 형편없었던 풋내기였다.

지금은 모든 게 뚜렷하게 보인다. 사람의 모습은 발견할 수 없어도, 이들이 어디쯤 왔는지 어떻게 행동하는지 눈으로 보듯이 확연하게 잡아낼 수 있다. 감각을 끌어올릴 필요도 없이 움직이는 모습이 생생하게 느껴진다.

다가서는 자들이 호의를 지니지 않았다는 것도 읽힌다.

알지 못하는 자들이 포위를 하고, 무공을 익힌 무인들이라는 점에서 오는 불길함은 아니다.

피 냄새…… 짙은 피 냄새는 불길함을 자극한다.

결코 호의를 지니지 않은 자들의 움직임이 일제히 멈췄다. 전후좌우, 어느 쪽으로도 빠져나갈 수 없는 포위망을 구축한 후다.

이들의 움직임을 읽어냈는데…… 이들이 포위한 사실을 알고 있는데…… 생면부지 사람들이 왜 자신을 포위했는지 모르지만 싸움이 일어날 가능성은 농후했다.

사람이라고는 그림자조차 볼 수 없는 곳에서 지내다가 근 이 년 만에 사람이라고 만났는데, 처음으로 만난 사람들이 악의(惡意)를 가지고 다가선 것이다.

쉬익!

은밀히 움직이던 인영(人影)들 중 한 명이 모습을 드러냈다.

금하명은 눈빛을 반짝였다.

사내의 얼굴은 낯설다. 처음 본 사람이니 그럴 수밖에. 산발한 머리에 오색의 끈 하나로 이마를 질끈 동여맨 모습은 다소 궁핍해 보인다. 꽃샘추위가 맹위를 떨치는 날씨에 팔 없는 옷을 입고 있으니 더욱더 추워 보인다.

하지만 눈빛은 상당히 깊다. 무공 수위를 읽어낼 수 없을 만큼, 내심이 무엇인지 감지할 수 없을 만큼 고요하게 가라앉은 눈빛. 몸가짐도 흐트러짐이 없다.

눈빛을 빛낸 이유는 다른 데 있다. 사내의 환히 드러난 팔뚝에 호랑이인지 고양이인지 모를 문신이 새겨져 있지 않은가. 농도에 떠밀려 온 시신들 중 상당수가 이와 같은 문신을 지녔다.

'이들이군, 싸움을 벌이는 자가…….'

빙녀와 이들이 한편인지 아닌지는 알 수 없지만 격렬하게 싸움을 벌이고 있는 자들인 것은 분명하다.

이들이 피 냄새를 풍기는 것도 당연하다. 낯선 자가 나타났으니 포위하고 다가서는 것도 이해할 수 있다.

사내가 멸시하는 눈빛으로 물었다.

"조난자인가?"

"그렇소."

금하명은 담담히 대답했다.

"조난자…… 조난자인지 아닌지는 금방 알 수 있지. 수과는 어디서 났어?"

몸매가 단단하게 잘 짜인 청년의 음성에서 쇳소리가 묻어났다. 사뭇 도전적인 어투다.

"배를…… 뒤졌소?"

금하명은 미간을 찡그렸다.

이들이 해변에 남겨진 배를 발견했고, 뒤졌다는 것은 아무 문제도 되지 않는다. 싸움이 진행 중이라면 이들은 본연의 임무를 수행한 것뿐이다. 수과를 배에 남겨둔 것은 언제 또 사용하게 될지 몰라서일 뿐, 가져간다면 내줄 용의가 있다. 그까짓 것 때문에 싸울 필요는 없다.

그런 것 때문에 미간을 찡그릴 필요까지는 없다.

문제는 다른 곳에서 시작되었다. 바로 자신의 내면.

'누가, 왜?' 라는 물음은 필요없었다. 무공을 지닌 무인을 만났다는 자체만으로도 차분하게 가라앉은 피가 급격하게 끓어올랐다.

농도에서 수련한 무공을 증명해 보고 싶은 생각이 너무 간절하다. 신법, 곤법, 검법…… 무엇이든 좋으니 시험해 보고 싶다. 상대가 품은 적의, 살기, 피 냄새가 싸워도 좋은 상대들이라고 속삭인다.

솔직히 사내는 강하다. 그 점이 더욱 마음에 든다. 이자를 넘겨뜨리면 숨어 있는 자들이 일거에 달려들 게다. 그 수는 무려 십여 명. 피 냄새는 눈앞에 선 사내가 가장 짙으니, 숨어 있는 자들은 아마도 수하들일 듯.

그러면 어떤가. 농도에서 수련한 무공을 시험해 보기에는 더없이 좋은 상대들이지 않은가.

닳고 닳아서 절반밖에 남지 않은 곤이 부르르 떨렸다.

그의 마음은 벌써 상대를 쳐 넘겼다. 사용한 무공은 농도에서 거듭 탄생한 곤법.

'이겼어.'

싸우지도 않았는데 상대는 땅에 드러누웠다. 만약 공격을 가해온다면 상상 속의 일이 현실로 벌어질 것이다.

농도에서 두 개의 곤법을 수련했다.

원완마두의 곤법과 청화장의 구궁천뢰봉법.

두 개의 곤법은 성질이 극과 극이다. 하나는 순간적인 타격을 중시하는 곤법이며, 다른 하나는 진기의 흐름을 중시하는 곤법이다.

어느 것이 낫다고 할 수 없다.

세상 사람들에게 물어보면 그것도 질문이냐며 비웃겠지만, 삼류무공인 원완마두의 곤법에는 극한의 살초가 가미되어 있어서 결코 구궁천뢰봉법에 뒤지지 않는다.

곤식평정(棍式平正), 곤첨직출직입(棍尖直出直入)은 허언(虛言)이 아니었다. 일직선으로 곧게 내뻗고 거두는 단순한 초식이 모든 곤식을 평정한다는 말은 사실이었다.

원완마두의 곤법과 구궁천뢰봉법을 극성으로 수련했다 여겼을 때, 두 개의 곤법을 비교 분석해 봤다.

원완마두의 곤법은 선봉수(先鋒手), 생사문(生死門), 생사곤(生死棍)으로 이루어진 구궁천뢰봉법을 모두 파해했다. 공수(攻守)를 바꾸자 이번에는 반대 현상이 일어났다. 원완마두의 곤법은 구궁천뢰봉법을 단한 초식도 받아내지 못했다.

어째서 이런 현상이 일어났을까?

이유를 알았을 때는 실소를 금치 못했다.

마음이 공격 쪽의 편을 든 것이다. 똑같이 대등한 입장에서 공수를 취해야 했는데, 공격 쪽에 치중해서 비교를 하니 상대가 될 리 없었다.

결국 원완마두의 곤법과 구궁천뢰봉법은 특색이 너무 강해서 우열을 논한다는 자체가 무의미하다는 결론을 얻었다.

육초식으로 이루어진 원완마두의 곤법, 삼초식의 구궁천뢰봉법.

이 둘을 합쳐서 하나의 곤법으로 재탄생시켰다.

진기의 흐름은 끊어지지 않게, 허공에 그려진 길을 찾아가는 곤리(棍理)를 가미하고…… 삼초식과 육초식에서 중첩되는 부분은? 서로 이어 나갈 수 있는 부분은?

버릴 것은 버리고, 취할 것은 취해서 단 일 초로 집약시켰다.

곤첨직출직입(棍尖直出直入).

원완마두의 곤법과 무리(武理)는 같지만 곤의 사용은 전혀 다른 그만의 곤법이다. 원완마두는 육초식의 형태를 취했지만, 그는 그 자체마저 없애 버렸다.

곤법의 명칭은 미정이다. 나름대로는 자신있지만 실전에서 사용해 보기 전에는 장단점을 발견하기가 쉽지 않기 때문에 나중으로 미뤄두었다.

그래서 당분간은 무명곤법(無名棍法)으로 부르련다.

사내는 무명곤법을 받아내지 못했다. 곧게 찌른 일곤에 피를 흘리며 쓰러졌다.

물론 상상 속에서 벌어진 일이니 실상과는 다르겠지만, 상대의 무위를 짐작하고 펼친 일격이다.

현실과는 다르다고 해도 자신있다.

싸우고 싶다. 싸움을 원한다.

―이봐, 친구. 살기를 품었으면 병기를 들어야지. 싸워보자고. 내 몸에서 피를 뽑아보라고. 말만 하지 말고. 말할 시간에 한 합이라도 겨뤄보자고.

마음의 다른 한편은 투기(鬪氣)를 질책한다.
어머니의 말씀처럼 백납도가 비무를 청할 수조차 없는 고수가 되기 위해서는 싸움이 아니라 진솔한 무공을 수련해야 한다. 그림으로 말하면 화예(畵藝)가 아닌 화도(畵道), 무공으로 말하면 무술(武術)이 아닌 무도(武道)를 추구해야 한다.
무술과 무도의 구분을 확연히 가를 수 있을 만큼 무공이 고절하지는 않다. 하지만 무도를 추구한다는 생각의 뿌리만 확고하게 자리잡아 놓으면 언젠가는 무술과 무도의 구분을 할 수 있는 날도 오게 될 것이다.
비무는 원하는 바이다. 바위만 상대하다가 움직이는 사람을 만났으니 간절히 무공을 시험해 보고 싶은 마음도 이해한다. 더군다나 상대가 고수로 짐작되니, 몸이 근질거릴 게다.
하지만 싸움은 안 된다. 싸울 이유도 없고.
정도인은 가장 마지막에, 어쩔 수 없는 상황에서 병기를 든다. 사도인은 다른 방법으로 해결될 수 있는 일에도 병기를 든다.
힘을 가진 자는 싸움을 망설이지 않는 법, 싸움을 즐기려는 마음을 얼마나 절제하느냐에 따라서 정도인과 사도인의 차이가 난다.
이것이 정도와 사도의 다른 점이다. 또한 이것이 자신만의 무림지도(武林之道)다. 이 년이란 기간 동안 아버지의 죽음, 능 총관의 원한을 잊고 무공 수련에 매진할 수 있었던 근본이다.

싸움을 추구하는 싸움꾼이 될 것인가, 무도를 추구하는 무인이 될 것인가.

모든 것은 절제심에 달려 있다.

그 정도의 절제심은 지니지 않았나? 농도에서 무공 수련 못지않게 마음 수련을 한 이유가 무엇인가?

선은 선대로 악은 악대로 할 말들을 쏟아냈다.

아버님의 가르침대로라면 백 번 사양해야 할 싸움이고, 본능대로라면 싸움을 통해 무공의 강약을 측정해야 한다. 엄밀히 말하면 싸워보고픈 욕망이 더욱 강했다.

'안 돼. 싸워선 안 돼. 싸울 이유가…… 이유가 없잖아.'

금하명은 사시나무 떨듯이 부들부들 떨었다.

사내는 금하명의 떠는 모습이 겁에 질렸기 때문이라고 생각됐는지 경계조차 풀어버렸다. 그는 명줄을 움켜쥐고 있다는 듯 잔인하게 웃으며 말했다.

"배에서 수과가 나오더군. 흔치 않은 물건이지. 솔직히 말하면 목숨은 살려줄 용의가 있다. 수과는 어디서 났나?"

"어떤 여인들이 주고 갔소."

"여인들? 후후후! 그중 한 명은 목에 검상이 있는 여자겠지?"

불길했다. 목에 검상이 있는 여인을 정확히 꼬집어낸 것, 그리고 노골적으로 떠올린 적의(敵意).

수과를 건네준 여인과 문신이 있는 자들은 적이었단 말인가.

'싸움을 피할 수 없겠어.'

조그만 꼬투리에도 마음은 싸움을 향해 치달린다. 한편에서는 안 된

실지동우(失之東隅) 123

다는 말이 쏟아지고 있는데도 곤을 쥔 손에 힘이 들어간다.
"그렇소."
마음을 좇아서 말투도 팍팍해졌다. 은연중에 긴장과 적의가 묻어나기 시작했다.
"그렇다? 뜻밖이군. 변명을 할 줄 알았는데. 의외로 시원시원한 구석도 있는 놈이군."
"……."
"그럼 처음 질문을 다시 하지. 이번에도 시원하게 대답해 봐. 조난자인가?"
"그렇다고 했잖소."
"놀리는군. 네가 날 놀려."
사내의 눈에 광기(狂氣)가 깃들었다. 말 한마디만 삐끗하면 사정없이 죽여 버리겠다는 살기다. 담이 약한 사람이라면 오금이 저릴 매서운 눈초리다.
"빙사음(馮莎嚀)이 망망대해에서 조난자를 만났고, 수과만 주고 갔다고? 빙사음이 언제부터 그렇게 한가했지?"
"한가한지 아닌지는 나도 모르겠고…… 빙사음이란 여자가 목에 검상이 있는 여자라면 틀림없소. 그 여자가 수과를 주고 갔으니까."
'틀렸어. 이제는 싸움밖에 안 남았어.'
공손하게 묻는 말에 대답을 해주었다면…… 오해가 있는 듯한데 빙녀를 만난 사연을 구구절절이 풀어놨다면…… 그랬다면 싸움을 피할 수도 있었을 것을.
강인한 물음에 팍팍한 대답은 싸움을 촉발시킨다.
금하명은 싸움을 준비했다.

"변명도 그럴듯한 변명을 대야지. 삼척동자가 들어도 웃을 소리를 하면 되나."

사내는 비웃었다. 그의 입가에 떠오른 비웃음은 경멸이다. 또한 눈가에 일렁이는 파랑은 살의(殺意)다.

"내게서 알고 싶은 게 뭐요?"

"없어. 빙사음과 관계된 자는 모두 죽어야 해. 그래서 널 죽일 거야."

스르릉……!

사내가 천천히 검을 뽑아 들었다. 금하명이 원하는 것임을 전혀 짐작조차 하지 못한 채.

❸

금하명은 긴장했다.

무공을 수련한 햇수는 적지 않으나 실제로 전심을 기울여 수련한 기간은 얼마 되지 않는다. 그것 또한 혼자 수련한 독련(獨練)일 뿐이며 움직이는 상대와 병기를 맞대본 적도 없다.

목숨을 걸고 싸워본 경험은 있다.

백포인과 싸운 것도 싸운 것이라면 전력(戰歷)에 포함시킬 수 있을 것이다. 하지만 그 싸움은 싸움이라고 하기에는 너무 어쭙잖다.

등줄기로 서늘한 바람이 스쳐 갔다. 곤을 움켜쥔 손에서는 은은하게 땀이 배어 나왔다.

섬을 나올 때만 해도 어느 정도 무공에 자신을 가질 때까지는 무공만 견주어보는 비무행(比武行)을 할 생각이었는데, 섬에서 나오자마자 목숨을 건 결투가 시작되었다.

무림이란 자신의 뜻대로 사는 것을 용납하지 않는 세계인지도 모르겠다.

"빙사음!"

사내가 느닷없이 버럭 소리를 지르더니 냅다 검을 뻗어왔다.

금하명의 예상보다 훨씬 빠른 검이었다. 청화장 무공 중 가장 빠른 대삼검 비쾌섬광파(飛快閃光波)에 비견할 수 있는 빠름이었다.

"헛!"

금하명은 다급하게 헛바람을 내지르며 훌쩍 뛰어 물러섰다.

상대의 초식을 살필 여유가 없었다. 공격과 수비를 어떻게 할 것인가 하는 생각도 없었다. 싸움을 원했으면서도 공격해 온다는 것을 깨닫는 순간, 반사적으로 물러서고 말았다.

쉬익!

검풍이 눈앞을 스쳐 갔다.

검에서 뻗어 나온 싸늘한 예기가 모골을 송연하게 만든다. 머리끝이 쭈뼛 서며, 살갗은 얼음물을 뿌려놓은 것처럼 차갑게 식어간다.

금하명은 비로소 생사격전 한가운데 서 있음을 실감했다.

돌이나 나무를 상대할 때는 실수도 용납되었지만, 생사격전에서는 죽음과 직결된다.

만약 죽게 되면 그것으로 그만이다.

비무는 져도 되지만 싸움에서는 반드시 살아남아야 한다.

다행스럽게도 사내는 금하명이 마음을 다잡을 시간을 주었다. 가벼운 일격임에도 깜짝 놀라서 뒤로 물러서는 모습에 자신감을 가졌을지도 모른다.

"풋내기군."

싸움을 해본 사람들은 조그만 움직임에서도 상대를 읽어낼 수 있다.

사내는 금하명을 읽어냈고, 그의 판단은 정확했다.

금하명은 싸움을 해본 적이 없다. 무인들에게는 일상사나 다름없는 비무도 해보지 않았다. 적을 맞이하는 방법에 대해서는 전무한 상태다.

움직이는 상대와 싸워보지 못한 무공은 절반의 위력도 발휘하지 못한다.

금하명도 자신의 단점을 잊지 않았다.

'제대로 된 곤이 있어야 돼.'

경험이 전무한 싸움을 하면서 반 토막밖에 남지 않은 목곤으로 싸우는 것은 무리다.

목곤을 살며시 놓아버렸다. 그리고 허리에 둘러맨 원완마두의 연사곤(軟絲棍)을 움켜잡았다.

철컥!

철각(凸角)을 누르자 뱀 허물처럼 흐느적거리던 흑편(黑鞭)이 단숨에 철곤으로 변신했다.

굵기는 손가락 정도밖에 되지 않아서 곤이라기보다는 회초리에 가깝다는 느낌을 준다. 하지만 길이는 한 자 반을 훌쩍 넘어선다. 또한 곤 끝이 송곳 형태를 띠어서 곤이 아니라 창처럼 보이기도 한다.

원완마두는 연사곤을 지극히 곤란할 때만 사용하는 구명 병기로 사용했었다.

사내의 눈에 반짝 빛이 돌았다.

"웃기는 병기를 사용하는 놈이군. 하지만 쓸모는 있겠어. 네놈은 잊어버릴 수 없겠구나. 그놈을 사용할 때마다 네놈 얼굴이 떠오를 테니까. 걱정 마라. 병기란 제 주인을 만날 때에 최대의 위력을 나타내는 법. 잘 사용해 주마."

금하명은 묵묵부답, 곤을 겨눴다.

어떤 무공을 사용할까 하는 생각도 하지 않았다. 수련한 무공의 종류는 열 손가락을 동원해야 하고, 초식 수를 헤아리자면 손가락을 몇 번이나 꼽았다 펴야 하지만 이상하게도 아무 생각이 나지 않았다.

적이 서 있다. 나는 마주 서 있다.

적의 병기는 검, 나는 곤.

그것이면 충분하다. 병기와 몸이 합일(合一)되어 있다면 움직임이 시작되는 순간 스스로 반응할 게다.

사내가 말했다.

"얼었군."

"무슨 말이냐?"

"얼었어. 몸이 꽁꽁 얼어붙었어. 딱딱하게 굳어 있어. 하하하! 그렇게 풋내기티를 내지 않아도 돼. 그래 봤자 살길은 없으니까."

"마지막으로 말한다. 난 빙사음이란 여자를 몰라. 우연한 만남이 있었을 뿐. 너흰 사람을 잘못 봤다."

"왜? 살고 싶은가? 하하하!"

"싸움은 사양하지 않는다."

"싸움? 나와 싸워? 우하하하하! 말을 잘 못하는 놈이군. 이럴 때는 싸움이란 말 대신 살려달라고 말해야 옳은 거지. 하지만 그것도 네 생각이고. 넌 죽을 이유가 있어. 빙사음과 연관된 자는 모두 죽는다. 그것이 이 섬의 율법이다. 네놈이 어떤 목적으로 이 섬에 왔던지 간에 빙사음과 연관되었으니 죽어야 한다."

사내는 금하명의 목숨을 손아귀에 쥐고 있다는 표정이었다. 그는 쥐를 만난 고양이처럼 마음껏 조롱하며 즐겼다.

그 조롱이 잠자고 있던 금하명의 분노를 일깨웠다.

'이제는 마음 편히 싸울 수 있을 것 같다. 죽든 죽이든.'

쉭! 쉭쉭!

나무를 상대로, 바위를 상대로 곤을 쳐낼 때처럼 가볍게 연사곤을 휘저었다.

싸움 준비는 끝났다.

전신 신경이 활짝 깨어나고, 모든 감각이 한곳에 집중되었다. 두 눈은 찢어질 듯 부릅떠졌고, 입술은 굳게 악다물었다.

사내의 눈가에 미미한 파랑이 일었다.

금하명의 모습은 방금 전과는 판이하게 달랐다. 설익은 과일에서 갑자기 농익을 대로 농익은 과실이 되었다고나 할까?

"후후후! 죽기 싫으니 본색을 드러내는군. 빙사음이 끌어들인 놈치고 한가락 하지 않은 놈은 없었지. 네놈도 잔수 나부랭이는 지닌 듯한데, 그렇다고 달라질 건 없어. 넌 오늘 잘 다져진 고깃덩이가 되어 저 바다 밑을 헤매고 있을 거야."

사내는 경계했지만 긴장은 하지 않았다.

찰나, 금하명이 선불 맞은 멧돼지처럼 달려들며 곤을 쳐냈다.

'싸움이다! 죽느냐 사느냐밖에 존재하지 않는다.'

농도에서 수련한 무공 중에는 신법도 빼놓을 수 없다.

청화장 삼대신법을 하나로 귀일시켰다. 능 총관과 여정을 같이하는 동안 느낌만 잡았던 신법귀일을 농도에 있으면서 완전히 자신의 것으로 소화시켰다.

무림에서 신법의 최고봉은 곤륜파(崑崙派)의 운룡대팔식(雲龍大八式)이다. 소림사(少林寺)의 금강부동신법(金剛不動身法)이다. 무당파(武當派)의……

수위를 다투는 신법은 많다.

하지만 그런 신법을 익혔다고 해서 무명곤법이 한층 위력을 더하는 것은 아니다.

무명곤법에는 무명곤법에 맞는 신법이 필요하다. 금강부동신법이 천하제일의 신법이라고 해도 무명곤법에 맞지 않으면 한낱 쓰레기에 불과할 뿐이다.

금하명은 곤법과 검법에 치중했고, 청화장 삼대신법도 자신의 무공에 맞춰서 운용을 바꿨다.

전혀 힘들이지 않고 나는 갈매기의 모습, 거칠게 부서지는 파도, 칼날 같은 바위들을 뛰어다니며 터득한 운신법(運身法) 등등 농도에서 생활한 모든 것이 함축되어 있는 신법이다.

세상에서 처음 신위를 선보이는 신법, 해사풍(海沙風)이다.

이름에 별다른 뜻이 있는 건 아니다. 해변에서 수련한 탓인지 신법을 펼칠 때마다 모래가 분분하게 휘날려 고생깨나 했다. 그래서 해사풍이라고 부른다.

허공으로 도약하는 것이 아닌 한, 발과 땅 사이의 간격이 벌어지면 벌어질수록 속도가 죽는다. 그 속도 차이라는 것이 너무 미미해서 눈 한 번 깜빡이는 것에도 미치지 못하지만 극쾌를 연성해 내기 위해서는 반드시 제거해야 할 요소 중에 하나였다.

해사풍의 발바닥이 땅과 밀착되어 움직인다. 떨어지긴 떨어지되 천리안(千里眼)을 익힌 사람이 봐도 구분이 되지 않을 정도다.

해사풍은 흙 위에서도 못된 버릇을 드러냈다. 발끝에 걸린 돌이 튀어 오르고, 흙먼지가 앞을 가렸다.

"뭐야?"

사내가 경각심을 일으켰을 때는 까마귀 날개처럼 검은 윤기가 반질반질 흐르는 흑곤이 코앞까지 짓쳐온 후였다.

"엇!"

사내는 다급히 경악성을 내지르며 쾌속하게 대응했다. 하지만 그가 무시했던 자, 검 흘림 한 번에 개구리처럼 펄쩍 뛰어 물러섰던 풋내기의 공격은 상상 이상으로 빠르고 강했다.

빠악!

그가 채 검을 들어 올리기도 전에 가슴뼈가 으스러졌다.

사내는 제대로 된 경악성조차 토해내지 못한 채 눈을 부릅떴다.

초점 잃은 눈길에 공포가 서렸다. 가슴을 뚫고 들어가 등 뒤까지 관통해 버린 연사곤을 쳐다볼 생각도 못했다. 아직까지도 현실을 믿을 수 없다는, 곧 다가올 죽음을 두려워하는 표정이 버무려진 복잡한 얼굴이다.

쿵!

사내가 밑동 잘린 고목처럼 나뒹굴었다.

처음으로 한 살인.

사내의 가슴에서는 붉은 핏물이 뭉클뭉클 새어 나왔다. 연사곤을 타고 흐른 핏물이 손에 묻어 끈적거렸다.

갑자기 오한이 치솟았다.

일수(一手)에 한 생명이 스러졌다는 생각이 들면서 인간으로서 가장 큰 죄악을 저질렀다는 죄책감이 스멀거렸다.

그러나 머뭇거리고 있을 틈이 없었다.

촤악! 촤아악……!

숨어 있던 자들이 소리도 내지 않고 공격해 왔다.

공격해 오는 방위는 여덟 곳, 병기는 도(刀), 경력(勁力)은 단숨에 바위를 갈라 버릴 정도로 강하다. 하나, 금하명을 잡기에는 느리다.

흙먼지가 풀썩이는 순간 금하명의 신형은 이 장을 미끄러졌다. 또한 흙먼지 속에서 손끝이 움직인 것은 그 누구도 보지 못했다.

능 총관의 독문무공으로 손끝이 움직이는 순간 석부가 난다는 비부낙인(飛斧烙印)이다. 목표를 타격하는 데 걸리는 시간은 촌각이니, 경각심을 느꼈을 때는 사단이 벌어진 후다.

쒜에엑! 쒜엑! 따악!

허공을 찢어버리며 날아간 석부 한 자루가 가장 앞서서 달려오던 자의 이마 정중앙에 꽂혔다. 뒤이어 날아간 두 자루도 일면식(一面識)조차 없는 사내들의 얼굴을 짓이겨 터진 꽈리처럼 붉게 물들였다.

능 총관은 회수에 어려움이 있는 비부(飛斧)의 특성을 고려하여 언제 어디서든 쉽게 만들어 사용할 수 있는 석부를 사용했다.

그러나 여기에는 한 가지 단점이 있다. 돌을 깎아 만든 석부는 열 자루가 되었든, 천 자루가 되었든 형태와 무게와 감촉이 제각각이다.

어떤 것은 가볍고, 어떤 것은 무겁다. 어떤 것은 둥근 형태이고, 어떤 것은 각이 많다.

정성을 기울여 비슷한 형태와 무게로 만들어도 미묘한 느낌의 차이는 항상 존재했다.

공들여 다듬은 병기가 아니라는 조그만 이유로 능 총관의 천음대혈식(天陰大血式)은 일반적인 비부술과는 상당한 차이가 난다.

손에 익지 않은 낯선 병기를 사용하느니만치 병기를 손에 맞추는 것이 아니라 병기에 손을 맞춰야 한다.

비부술은 석부가 손에 머무는 시간을 최소화시키는 것이 제일 관건이다. 그러자면 촌각 만에 석부의 무게와 감촉을 즉각적으로 판단하여 손이 석부에 닿는 순간 몸의 일부로 만들고, 몸의 일부가 되는 순간 떠나보내야 한다.

얼마나 빨리, 정확하게 날려 보내느냐 하는 문제는 차후 문제다.

이 모든 것은 말 그대로 천음대혈식을 시전하는 본인조차도 자각하지 못하는 사이에 이루어져야 한다. 그래서 천음(天陰)이다. 본인이 자각한다면 음(陰)이 아닌 양(陽)이 되는 것, 음 중에서도 너무 깊은 곳이라 천음이다.

이의전성(以意轉成)은 무인들의 꿈이다. 그러나 천음대혈식은 이의전성에서 한 걸음 더 나아가 무의전성(無意轉成)을 요구한다.

금하명은 석부를 잡을 때 차디찬 감촉을 느꼈다.

무의전성은 고사하고 이의전성에도 미치지 못하고 있음이다.

하지만 여기까지 오는데도 손바닥 껍질이 수십 번이나 벗겨졌다. 농도의 바위란 바위는 모두 부서지도록 던지고 또 던졌다.

탈태환골(奪胎換骨), 신체 구조를 근본부터 바꿀 때 쓰는 말이다.

그런 의미라면 탈태환골을 했다. 전신 근육은 옛 근육이 아니다. 피부는 옛 피부가 아니다. 독기(毒氣)로 똘똘 뭉친 오장육부는 기름진 음식으로 호사를 누릴 때의 오장육부가 아니다. 머리끝부터 발끝까지 살과 피와 정기가 모두 바뀌었다.

쒝엑! 쒜에엑! 쒜엑!

한 자루는 앞으로, 두 자루는 좌우로, 세 자루는 뒤로.

석부가 날아가니 혈화(血花)가 치솟는다.

퍽! 퍼억!

사내 여덟 명은 순식간에 육체와 영혼이 분리되고 말았다.

한순간에 적막이 찾아왔다.

소리없이 다가와 옷깃을 스쳐 가는 바람도 적막을 깨지는 못했다. 하늘에 유유히 떠가는 구름도 적막과 동화되어 숨을 죽였다.

슥슥!

석부를 다시 만들었다.

석부의 용도는 일회(一回)로 끝난다. 순간을 억겁으로 쪼갠 시간 동안만…… 아주 잠깐 손 안에 머물렀다가 떠나는 것으로 생명을 마친다. 석부가 피를 빨아들이는 요물로 변하든, 허공을 날아가 산산이 부서지든 손을 떠난 석부는 내 것이 아니다.

적당한 돌을 골라 쪼개고 도끼의 형태를 잡아 나가는 과정은 명장의 솜씨를 요구하지 않는다. 투박할지언정 인육을 파고들 만큼 날카롭기만 하면 허리춤에 꽂아도 좋다.

숫돌에 석부를 가는 손이 덜덜 떨렸다.

싸움 중에 느꼈던 오한도 다시 치밀었다.

사방에서 악귀가 튀어나왔다. 사람 목숨을 끊었으니 네 목숨도 내놓으라고 고함친다.

'먼저… 먼저 싸움을 걸어온 것은 그쪽이야. 난 잘못없어. 죽음을 선택한 건 그쪽이야!'

악귀는 죽은 자의 원혼이다. 으깨진 머리에 석부를 박은 악귀가 멱살을 움켜잡았다. 제일 처음, 연사곤에 가슴이 뚫려 죽은 자는 팔을 잡아끌었다.

흐흐흐! 억울해서 혼자는 못 가겠어. 너도 같이 가자.

"아냐! 아냐! 아냐! 난 죽이고 싶지 않았어!"

금하명은 악령들을 향해 갈고 있던 석부를 냅다 내던졌다. 그러나 악령들은 사라지지 않았다. 발버둥 치면 칠수록 더욱 처절하게 울부짖으며 달려들었다.

그들의 얼굴은 다른 사람의 모습으로 바뀌기도 했다.

아버지는 더 이상 온화하지 않았다. 배가 갈라져 창자를 줄줄 흘리고 있었으며, 자상하던 눈동자는 혼이 빠져나가 귀기로 물들었다.

'아비를 죽인 자는 불구대천지수(不俱戴天之讎)다. 네 이놈! 넌 자식이란 놈이 복수를 포기하겠다는 거냐! 무공이라고 익혔으면 당장 달려가서 백납도 그놈을 갈기갈기 찢어 죽일 일이지 이런 곳에서 뭐 하고 있는 거냐! 네 이놈! 이 나약하기 짝이 없는 놈!'

아버지는 변했다.

'난…… 난…… 난…….'

무슨 말인가 하려고 했지만 한마디도 나오지 않았다.

어떤 말로도, 어떤 이유로도 죽은 자들을 되살릴 수는 없다.

금하명은 무릎 사이에 얼굴을 파묻었다.

사람을 죽이고 싶지 않은데, 무인의 길은 사람을 죽이게 만든다. 이유없이 싸우고 싶지 않은데, 무공이 강한 자를 보면 싸우게 된다.

투지를 건드리는 자는 어떻게 해야 하는가.

피해야 하는가, 싸워야 하는가.

자신이 죽인 자들은 상대가 되지 못했다. 그들의 무공 수위를 정확히 읽어내기만 했어도 호승심(好勝心)은 일어나지 않았을 것이다. 순식간에 잠재울 수 있는 상대는 상대로서의 가치가 없다.

'미숙하기 때문이야. 아직 미숙해서 이런 일이 벌어졌어. 사람 보는 안목을 키워야 해. 호승심을 죽여야 해.'

미숙한 자의 손에 들린 칼은 흉기다.

그들이 먼저 자신을 죽이려 했다는 것은 문제가 되지 않았다. 아니다. 그 말도 잘못되었다. 겉으로 나타난 행동으로 보면 그들이 먼저 싸움을 걸어온 것이 맞지만, 마음을 보면 자신이 먼저 살의(殺意)를 띠었다.

그야말로 미숙한 자가 칼을 들었다.

'모두 용서를……'

바다로 가는 길에 금방 쌓아 올린 봉분 아홉 개가 유독 쓸쓸하다.

마른 나뭇가지에 불을 붙여 봉분마다 한 개씩 꽂았다.

'향 대신 이것으로 만족하길…… 부디 좋은 곳으로…….'

용서를 빌긴 했으나 심마(心魔)는 어쩌지 못했다.

피해야 하는가, 싸워야 하는가.

* * *

금하명이 떠난 지 한 시진쯤 흘렀을 무렵, 일단의 무리가 봉분 앞에 나타났다.

살아 있는 사람이라기에는 너무 무정해 보이는 자들이다.

"새로 만든 봉분? 파랏!"

명령이 떨어지자마자 아홉 개의 봉분은 움푹 파여지고, 아직도 피가 마르지 않은 시신들을 드러냈다.

명을 내린 자의 눈빛에 이채가 떠올랐다.

"석부에 당한 게 여덟. 이거는……? 재미있군. 곤보다는 가늘고 사(絲)보다는 굵은 병기라…… 뭘 것 같나?"

"특이한 곤 같습니다."

"후후후! 곤법이라 이거지. 빙사음이 재미있는 놈을 끌어들였군. 외문병기(外門兵器)를 사용하는 고수라 이거지. 후후! 날이 저물기 전에 놈을 알고 싶다. 가!"

"존명(尊命)!"

명을 받드는 사람은 여덟 명이었다.

한결같이 사자(死者)의 눈빛을 지닌 냉혈한들. 그들이 쾌속하게 사라져 갔다.

"어떤 놈인지…… 만홍도에 들어선 것을 뼈저리게 후회할 거다. 뼈저리게."

검은 눈동자가 위로 말려 올라가 흰자위만 남은 눈이 살기로 번들거렸다.

第十一章
변사흘하돈(拚死吃河豚)
죽음을 무릅쓰고 복어를 먹는다

변사흘하돈(拚死吃河豚)
…죽음을 무릅쓰고 복어를 먹는다

금하명은 단번에 주목을 받았다.

여인처럼 치렁치렁 늘어진 머리는 볼품없지만 가는 나뭇가지로 묶어서 단정해 보였다. 걸레처럼 너덜거리는 옷도 깨끗이 빨아 입어서 더러움은 느껴지지 않았다.

하지만 남루하기로는 천하에서 둘째라면 서러울 모습이었다. 더군다나 그는 맨발이었고, 허리에는 십여 자루에 가까운 석부가 꽂혀 있었다. 손에는 무척 단단해 보이는 곤을 들고 있고…….

주목을 받기에는 모자람이 없다.

'이런…….'

금하명은 곤혹스러웠다.

사람들의 눈길도 눈길이지만 수중에 가진 것이 아무것도 없다는 것을 새삼 깨달은 것이다.

눈앞에는 오랜만에 보는 음식들이 지천에 널려 있다.

따끈따끈하게 김이 솟아나는 솥에서는 만두가 익어간다. 닭을 튀겨 놓은 것도 먹음직스럽다. 진한 국물에 국수 한 그릇이라도 말아서 먹고 싶다.

이 모든 것이 눈앞에 펼쳐져 있건만 어느 것 하나 손댈 수 없는 음식들뿐이었다.

'돈이란 게 이런 것이군. 후후후! 능 아저씨가 봉 사형에게 들른 이유를 이제야 알겠어.'

굶주림은 천만대군보다도 무섭다는 말을 비로소 실감했다.

금하명은 가급적 음식에서 눈길을 거두고 사람들을 살펴 나갔다.

오랜만에 보는 사람들이다. 아무나 붙잡고 실없는 농담이라도 건네고 싶은 심정이다. 누군가 자신에게 말을 걸어준다면 밤을 새워서라도 이야기하고 싶다.

섬은 의외로 컸다.

해변 마을에서는 '죽은 섬'이라는 느낌을 받았는데, 뜻밖에도 무척 많은 사람들이 북적거리는 대도(大島)였다. 사람 사는 마을을 찾아와 이제 초입에 들어섰을 뿐인데도 십여 명쯤 되는 사람들과 눈을 마주쳤고 옷깃을 스쳤다.

팔에 고양이인지 호랑이인지 모를 문신을 새긴 자들은 눈에 띄지 않았다.

마을로 들어서며 가장 걱정했던 자들이 그들이다.

그들이 두렵지는 않지만 괜한 시비로 살생이 벌어지는 것은 원치 않았다.

'고수는 없다. 모두 일초지적…….'

금하명은 자신 스스로 생각해 내고도 깜짝 놀라 고개를 내저었다.

어느 사이엔가…… 마음은 사람들을 있는 그대로 보지 않고 싸움 대상으로 분류하고 있다.

싸운다면…… 싸운다면…… 싸운다면…….

요염하게 궁둥이를 흔들며 지나가는 여인도 싸움 대상이었다. 주점 앞에서 호객하는 점소이도 싸움 대상이었다. 양지바른 곳에 거적때기를 깔고 앉아 신복술(神卜術)이니 뭐니 하며 점괘를 늘어놓는 복자(卜者)도 무인으로 둔갑했다.

마음은 세상 사람 모두를 무인으로 간주하고 저울질했다.

'너무 많이 미숙하다. 사람을 온전히 사람으로 대할 때 진정한 무인이 된 것이다. 난 무인이 되기에는 아직 멀었어. 지금은 한낱 싸움꾼일 뿐이야.'

이만하면 세상에 나가 비무행을 해도 괜찮다 싶어서 나왔는데, 회의(懷疑)가 고개를 쳐들었다.

첫 싸움에서 사람을 죽이지를 않나, 보는 사람마다 무인으로 착각하지를 않나…… 아무리 무인들의 세계를 모른다고는 하지만 이게 정상이 아니라는 것만은 확실하게 알았다.

'다시 농도로 들어가야 하나. 아님 이대로…….'

금하명이 마음을 추스르지 못하고 곤혹스러워할 때였다.

쉭! 턱!

누군가가 다가와 옷깃을 낚아채려고 했다. 하지만 그전에 단단한 박달나무로 정성스럽게 깎은 곤이 허공을 갈랐고, 상대의 턱 밑을 파고들었다.

"잠시만! 공자님, 잠시만!"

변사흘하돈(拚死吃河豚) 143

상대가 사색이 되어 손사래를 쳤다.

죽일 생각은 없었다. 상대에게서는 피 냄새가 풍기지 않았다. 기껏해야 좀도둑이나 소매치기쯤 되는 자로 판단되어 위협만 가할 생각이었다.

곤이 목젖 아래서 멈추자 오십 줄에 들어선 중년인은 훌쩍 뒤로 물러났다.

"악의는 없었습니다. 이쪽으로 오시지요. 기다리는 분이 계십니다."

중년인은 말을 하면서도 연신 사람들을 살폈다.

그리고 보니 그가 있는 곳은 사람들 눈길이 닿지 않는 으슥한 골목 모퉁이.

"나 말입니까?"

"네, 공자님. 빨리 이쪽으로."

중년인은 다급한 기색이 역력했다.

"야호적(野虎賊) 눈에 띄면 여러 가지로 번잡해집니다. 빨리!"

짐작되는 것이 있다.

팔에 문신을 한 자들을 야호적이라고 부르는 듯하다. 또한 이 사람들은 야호적과 싸우는 사람들일 테고, 아마도 빙사음이 속한 집단과 연관있지 않나 싶다.

"나를 기다린다는 사람이 누굽니까?"

"우선 이쪽으로."

금하명은 으슥한 골목으로 들어섰다.

골목 안쪽은 대낮임에도 불구하고 어두컴컴하다. 집과 집이 다닥다닥 붙어 있고, 처마가 늘어져 햇볕이 들지 않는 곳이다.

그제야 중년인의 얼굴에 화색이 돌았다.

"정말 대담하십니다. 그 모양새라면 한눈에 띌 텐데, 야호적 일조(一組)를 몰살시키고 대로를 활보하시다니."

"야호적이라면 팔에 문신이 있는 자들을 말하는 겁니까?"

"예? 그럼 누군지도 모르고 죽였단 말입니까? 그거야말로 무덤 파는 소리. 자세한 이야기는 천천히 하고 우선 절 따라오십시오. 선주(船主)께서 기다리고 계십니다."

어찌 된 영문인지 알 것 같다.

기척을 느끼지 못했는데…… 해변에 자신이 죽인 자들 말고 다른 자가 숨어 있었다. 그가 싸우는 광경을 봤고, 빙사음 쪽에 통보한 듯하다.

누군지는 몰라도 상당한 고수다.

자신의 느낌에 감지되지 않았다는 것만 봐도 무시할 수 없는 자다.

하나 지금은 다른 생각을 해야 한다.

'알지도 못하는 싸움에 끼고 싶지 않다. 집단과 집단이 어울리는 싸움이라면 더 더욱. 이 사람을 따라가면 어쩔 수 없이 싸움에 휘말리게 될 것이고…… 배편을 알아내서 섬을 떠나야 해.'

금하명이 움직일 생각을 하지 않자, 중년인은 연신 골목 바깥을 살피며 말을 이었다.

"벌써 야호적 비호대(秘虎隊)가 움직이기 시작했어요. 그놈들은 아주 무서운 놈들입니다. 인정사정없는 놈들이죠. 그놈들에게 걸리느니 차라리 죽는 편이 나을 겁니다. 공자님은 외지인이니 일각(一刻)도 못 돼서 발각될 겁니다. 어서 따라오십시오."

중년인이 불에 덴 듯 화들짝 놀라 옷소매를 잡아끌었다.

대로에는 팔에 호랑이 문신을 새긴 무인들이 들끓었다. 마을에 갓 들어섰다고는 하지만 그들 눈에 띄지 않고 골목으로 숨어든 것도 천운이라면 천운이다. 중년인 말대로 외지인이고, 모양새도 두드러져서 누구라도 무심히 지나치지 않았을 테니까.
'선주라니 괜찮다면 배편을 알아보는 것도 좋겠지. 낯선 곳에서 도와주는 사람도 없을 테고.'
무엇보다 그에게는 동전 한 닢 없었다. 배편을 알아낸다고 해도 바다를 건너갈 여비가 없었다. 그 정도야 허드렛일이라도 해서 마련할 수 있다. 하지만 느낌상으로 전장(戰場) 한복판이나 다름없는 섬에서, 벌써 적이 되어버린 사내들이 우글거리는 곳에서 잡일을 하기도 수월치 않다.
금하명은 중년인이 이끄는 대로 발길을 떼었다.

중년인은 골목을 돌고 돌아 허름한 초옥으로 들어섰다.
초옥은 해변에서 봤던 집들처럼 생선 비린내가 물씬 풍겼다. 담에는 그물이 널려져 있고, 장대 줄에는 말린 생선들이 주렁주렁 매달려 있다. 마당에는 돼지가 어슬렁거리며 돌아다니고, 닭과 오리도 삼십여 마리는 됨 직하다.
"들어가시죠."
중년인이 공손히 시립한 채 방 안을 가리켰다.
금하명은 방 안에 발을 들여놓다 말고 멈칫 섰다.
'고수다!'
노인을 보는 순간, 혈맥 깊숙이 잠자고 있던 투지가 꿈틀거렸다.
노인은 자단향(紫檀香)을 풍긴다.
은은하고, 그윽하며, 차분한 기도다. 눈동자는 잠잠하면서도 맑고,

움직임은 미풍처럼 부드럽다.

　금하명은 검버섯이 잔뜩 핀 얼굴, 꾀죄죄한 몰골, 경망스러운 듯한 행동을 보지 않았다. 어린아이보다 약간 큰 키, 볼품없는 염소수염도 눈에 들어오지 않았다. 그는 노인의 내면에 잠재된 고고하기까지 한 기도를 보았다.

　"낄낄! 야호적 일조를 눈 깜빡할 사이에 저승고혼으로 만들었다는 소리를 들었는데, 직접 보니 명불허전(名不虛傳)이군. 날이 잔뜩 선 야수야. 들어와 앉게."

　노인의 눈길이 지극히 짧은 순간에 머리끝에서 발끝까지 훑어 내려갔다.

　'꼭…… 벌거숭이가 된 느낌. 좋은 느낌은 아니군.'

　나는 상대를 전혀 모르는데, 상대는 나에 대해서 환히 꿰뚫고 있는 듯한 느낌이다.

　금하명은 성큼성큼 걸어 들어가 노인 옆 자리에 앉았다.

　"차를 줄까, 술을 줄까?"

　"물이나 한잔 주시겠습니까?"

　"물이라…… 싱거운 놈이라는 뜻은 아니겠지? 사내라면 모름지기 술 서 말은 마실 줄 알아야 하는 법이지."

　노인은 술을 내왔다.

　"한 모금 쭉 들이켜. 뱃속이 뜨거워질 거야."

　술에서는 역겨운 냄새가 풍겼다. 달걀 썩은 냄새 같기도 하고, 구더기 냄새 같기도 하다.

　'뜻밖이군. 선주라기에 빙사음이란 여자인 줄 알았는데.'

　술은 손도 대지 않았다.

이들이 생면부지인 자신을 은밀한 초옥으로 데려온 데는 이유가 있으리라. 그 이유가 무엇이든 남의 싸움에 휘말릴 생각은 없었다.

또한 그는 아직 검을 어떻게 사용할지 결정하지 못했다. 마음속의 검을 뽑아야 할지, 뽑지 않아도 되는지. 검의 사용 여부를 결정하지 못한 상태에서는 누구든 적이다.

"여기가 어딥니까?"

"마을 외곽이야. 놈들 눈을 피할 수 있는 몇 안 되는 곳 중에 한 군데지."

"이 섬 이름 말입니다."

"어딘지도 모르고 들어왔단 말인가?"

"그렇습니다. 우연히."

"정말 표류자인가?"

노인의 눈에서 불이 번쩍였다. 거짓말은 당장 잡아낼 수 있다는 확고한 의지가 실려 나왔다.

금하명은 담담하게 눈길을 받았다.

"그자들도 그렇게 묻고, 답을 해줬는데 믿지 않더군요."

"음……! 낄낄! 무척 재수없는 놈이군. 하필이면 이런 곳으로 굴러 들어오다니."

"……."

"네놈도 재수 옴 붙은 놈 같은데, 술이나 마셔. 이곳은 만홍도야. 만홍도라는 말은 들어봤지?"

금하명은 고개를 살래살래 흔들었다.

노인은 뭐 이런 놈이 있냐는 듯 뜨악한 표정으로 쳐다봤다.

"만홍도를…… 한 번도 들어보지 않았다고?"

"여기서 뭍까지는 얼마나 떨어져 있습니까?"

"정말인가 보네. 오늘은 밤이 길 것 같은데. 어떻게 이 섬까지 흘러 왔나?"

"뭍까지는……."

"뱃길로 나흘이다. 고집까지 센 놈일세."

"뭍으로 가는 배는 언제 있습니까?"

노인이 씩 웃었다. 그러다 무슨 생각이 들었는지 묻는 말에 순순히 대답해 주었다.

"없네. 뭍으로 나가는 배도 없고, 들어오는 배도 없네."

금하명은 난감했다.

세상에 뭍과 교류하지 않는 섬이 있다니!

하지만 노인의 표정으로 봐서는 거짓말이 아닌 것 같았다.

"이곳에서 뭍으로 나가려는 놈들은 죽으려고 작심한 놈들이지. 마찬가지로 뭍에서 들어오는 놈들도 죽으려고 아등바등 기를 쓰는 놈들이고. 표류자라고 할망정 이곳에 발을 디뎠으니 목숨이나마 부지하려면 이곳에 뿌리를 내려야 할 거야."

그럴 수는 없다. 해변에는 타고 온 배가 있다. 뱃길로 나흘이라니 식수와 음식 좀 준비해서 떠나면 된다. 지남침(指南針)만 구할 수 있다면 당장이라도 떠날 수 있다.

"지남침을 구할 수 있겠습니까?"

노인이 무슨 생각을 하는지 알 수 없는 모호한 눈빛으로 쳐다봤다. 그러다 탁자 서랍을 열고 지남침을 꺼내 획 던져 주었다.

"또 필요한 건 없나?"

"염치없지만… 식수와 음식을……."

"주지."

"네? 아! 감사합니다."

금하명은 황망히 일어나서 포권지례(抱拳之禮)를 취했다.

어떤 목적이 있어서 불러왔는 줄 알았는데…… 사람의 순수한 마음을 의심한 것이 적이 미안했다.

"배는 필요없나?"

"배는 있습니다."

"해변에 있던 것? 킬킬! 노수에서 사용하는 어선이더군. 멀리도 흘러왔어. 솔직히 그런 배로 난파하지 않고 이곳까지 왔다는 게 믿어지지 않아. 그런데 어쩌나? 지금은 그 배도 가라앉았을 텐데."

"네?"

"야호적이 섬을 봉쇄하는 방법은 독특하지. 배란 배는 모조리 가라앉히거든. 낄낄!"

섬에 배가 없다? 세상에! 이런 섬도 있었단 말인가? 야호적이란 집단은 무엇 때문에 이런 짓을 한단 말인가. 설마 섬사람들을 노예처럼 부리기 위해서 섬을 봉쇄한단 말인가?

"이제 자네는 긴 밤을 맞을 준비가 된 것 같군. 이번에는 내가 물어볼까? 세상에 곤을 사용하는 고수는 많지. 하지만 절정에 이른 고수는 많지 않아. 사원(師源)은 어찌 되는가?"

대답할 기분이 아니었다. 머리 속은 섬을 빠져나갈 방도를 찾기에도 급급했다.

'더 이상의 충돌은 무의미해. 이곳에서의 싸움은 무도 수양이 아니라 싸움꾼에 지나지 않아. 빠져나간다. 우선 뗏목을 만들어서……'

뱃사람이 들으면 포복절도할 생각이었다.

"쯧! 정신이 딴 데 가 있는 놈이군. 좋아. 배를 만들어주지."
정신이 번쩍 들었다.
"네?"
"대신 너도 우리에게 해줄 게 있어."
"싸움은 안 합니다."
"누가 싸우래? 지금부터 부지런히 서둘러도 뭍까지 나갈 수 있는 배를 만들려면 한 달은 걸려. 한 달 동안 이 초옥에서 한 걸음도 나서지 말게. 이게 조건이야."
"그런 조건이라면……."
"됐나?"
"생면부지 사람에게 호의를 베푸는 이유, 물어도 되겠습니까?"
"야호적이라는 공통의 적을 둔 것쯤이라고 생각해 두면 되겠지. 적의 적은 친구 아닌가."
"그것뿐이라고 생각해도 좋겠습니까?"
"좋을 대로. 적을 몇 명쯤 더 죽여줬으면 하는 바람이었지만 들어먹을 것 같지도 않고. 자, 그럼 지금부터 한 달 동안 이 초옥은 자네 걸세. 집 안에 있는 건 모두 자네 소유니 마음대로 사용해. 참! 마당에 있는 오리들 중에 부리에 검은 점이 있는 놈은 잡아먹지 말게. 그놈은 내 벗이야."
"한 가지 여쭤볼 게 있습니다."
"여쭤보긴…… 그냥 물어봐. 뭐?"
"무인이십니까?"
"무인에게 무인이냐고 묻는 눈은 썩은 동태눈이야. 떼버려."
"그 정도의 무공이면 어느 정도입니까?"

"뭐가 어느 정도야?"

"중원에서 몇 손가락 안에 들 수 있습니까?"

노인은 기가 막힌 표정이었다.

'천 명…… 천 명…….'

야월(夜月)은 눈이 시릴 만큼 밝았다. 하지만 답답한 심사를 환히 비춰주지는 못했다.

노인이 초옥을 벗어날 때까지 마음속 칼은 노인을 향해 겨눠지지 않았다.

노인은 무공 수위를 측량할 수 없는 고수다.

무림에서는 이런 고수를 두고 검을 맞대보기 전에는 승패를 점칠 수 없는 무인이라고 말한다.

병기를 맞대봐야만 무공 수위를 알 수 있는 상대.

그런 자인데…… 무림에서 차지하는 비중은 천 명 안에도 들지 못할 정도라고 한다.

백 명만 같았어도 그들이 누구인지 명호와 이름을 소상이 물어봤을 터이지만 천 명이나 되니 물어볼 엄두조차 나지 않는다.

세상에 그토록 강한 자들이 많단 말인가.

농도에서 나올 적에는 아버지가 살아 계셨어도 비무를 청할 수 있을 정도라고 생각했다. 백납도와도 충분히 겨뤄볼 수 있을 것이라고 자신했다.

우물 안 개구리였다. 수련할 수 있는 것은 모두 수련했다고 자부했지만, 겨우 조그만 연못에서 첨벙댄 꼴이었다.

'하하하! 뛰어봐야겠지. 개구리처럼 폴짝폴짝 뛰든 대붕처럼 훨훨

날든 움직여 봐야 세상이 넓은 것을 아는 법이니까.'
 의기소침하지는 않는다. 실망도 하지 않는다. 도전할 사람이 너무 많다는 것이 답답하지만 몇 명 되지 않는 것보다는 훨씬 낫다.
 '넷! 네 명…… 빨리 가라. 무공 수련이나 하게.'
 금하명은 야월을 감상하며 천천히 걸었다.

"저 사람, 본 기억이 있어요. 탈수가 심해서 죽음 직전에 있는 걸 청청(淸淸)과 함께 구해줬죠. 당시로는 무공이 너무 약해서 만홍도로 데려오지 못하고 농도에 데려다 놨는데. 싸움이 끝나면 가본다는 게 깜빡 잊었네요. 아직 살아 있었군요."
 "클클! 그런 인연이 있었나? 낄낄낄! 정말 재수없는 놈이야. 용케도 농도에서 벗어나긴 했는데 하필이면 만홍도로 들어설 게 뭐야."
 "가장 가까운 섬이니까요."
 "원래 재수없는 놈은 뒤로 넘어져도 이마가 깨진다고 했어. 너무 마음에 둘 것 없어. 이 섬에 들어선 순간부터 저놈 운명은 결정지어진 거야."
 "한 달을 버틸까요?"
 "클클! 놈이 소림(少林) 칠십이종절예(七十二種絶藝)를 익힌 놈도 아니고 무슨 수로 버티냐. 기껏해야 사나흘 정도겠지."
 "그릇은 크기에 따라서 용도가 달라지는 법이에요."
 "너무 욕심이 큰 것 아냐?"
 "저 사람, 무공이 어느 정도나 된다고 생각하세요?"
 "몸은 중(中), 마음은 상(上), 내공(內功)은 중(中). 낄낄! 많이 쳐준 거야."

"장로님 눈과 제 눈이 얼마나 다를까요?"

"응? 그건 또 무슨 소린고? 넌 달리 본다는 말이냐?"

"아뇨. 저도 그렇게 봤어요. 하지만 저 사람…… 농도에 들어갈 때는 형편없었어요. 몸은 최하(最下), 마음은 하(下), 내공은 최하(最下). 그런 상태에서 이 년 만에 저 정도까지 끌어올린 거죠. 믿어지세요?"

"죽어도 편히 죽지 못할 정도로 한이 많은 놈이면 그럴 수도 있지."

"솔직히 수과를 놓고 오긴 했지만 살아 있으리라고는 생각하지 않았어요. 어느 파의 무공을 익힌 것 같아요?"

"그게…… 쩝! 그게 희한하다는 말이시. 말투로 보면 복건 놈 같은데, 복건에 저만한 곤법을 사용하는 놈이 생각나지 않는단 말이야. 놈은 날이 잘 선 칼이야. 인간 능력 이상의 초감각을 익혔어. 칼의 흐름도 본능적으로 깨닫고. 이런 종류의 무공은 살기가 지나쳐서 정통 무가에서는 지양하는 무공이고……."

"파검문(破劍門)과 맥(脈)을 같이하지 않나요?"

"너! 너…… 지금 무슨 생각을!"

"귀사칠검(鬼死七劍)이면 몸을 상(上)으로 만들 수 있어요. 내공은 어쩔 수 없다고 해도 상상중(上上中)이라면 해볼 만하지 않나요?"

"안 된다! 파검문의 무공은 세상에 존재해서는 안 돼!"

"놈들이 우릴 직접 공격하기 시작했어요. 이대로는 승산이 없어요."

"그래도 안 된다!"

"저도 당장 그럴 생각은 없어요. 우선 지켜봐야죠. 호호! 걱정하지 마세요. 귀사칠검을 받아들일 그릇이 아니라면 하늘이 무너져도 줄 수 없으니까요."

"그릇이 되든 안 되든 그것만은 안 된다."

"나중 일이에요."

"안 된다니까!"

"알았어요. 안 돼요. 됐죠?"

"두 번 다시 입도 벙긋하지 마라. 에잉! 귀를 씻어야겠네. 귀사칠 겸…… 말만 들었을 뿐인데, 온몸이 스멀거려."

염소수염의 노인과 빙녀는 금하명에게서 눈을 떼지 않았다.

❷

'두 명으로 줄었어.'

새벽 공기는 늘 싱그러웠다.

금하명은 공기 속에서 묻어나는 냄새를 맡았다.

자단향이 풍겨지지 않는다. 노인이 자리를 뜬 것이다. 다른 냄새 하나도 맡아지지 않는다. 다향(茶香)처럼 은은하면서도 풋풋한 냄새다. 아마도 빙녀의 냄새가 아닐지.

사람마다 각기 다른 냄새를 풍긴다는 게 신기하기만 하다.

그게 어떤 의미인지도 알지 못한다. 사람이 지척에 있으면 본능적으로 냄새가 맡아지니 거리낄 이유도 없다.

'피 냄새. 살기가 짙은 자군. 사람을 많이 죽여본 자야. 다른 한 명은…… 그렇군. 이 냄새야. 곰팡이처럼 칙칙한 냄새. 해변에서는 바다 냄새와 버무려져서 알아채지 못했지만, 이 냄새가 섞여 있었어. 야호적의 피 냄새가 너무 진해서 느낄 틈도 없었던 건가?'

숨어 있는 자는 두 명이다. 한 명은 살업을 위주로 하는 자고, 다른 한 명은 은신(隱身)이 특기인 것 같다.

당분간은 적이 아니다.

노인이 무엇 때문에 호의를 베푸는지는 모르지만 한 달 동안 초옥에 머물라는 부탁은 어렵지 않다. 나돌아다니다 야호적의 눈에라도 띌까 봐 근신을 하라는 것은 아닌지.

'피 냄새…… 노노(嫋嫋)라고 했던가.'

금하명의 등 뒤로 곱상하게 생긴 여자가 다가섰다.

"목욕물 끓여놨어요. 우선 목욕부터 하시고 옷을 갈아입으세요. 그 동안 아침을 차려놓을게요."

겉으로만 공손한, 딱딱한 말투였다.

노노에게서는 옅은 피 냄새가 풍긴다. 이제 갓 방년(芳年)을 지났음 직한데 벌써 사람을 한두 명쯤 죽여본 것 같다.

"빙사음이라는 여자, 소저에게는 어떻게 되지?"

"알 것 없으실 텐데요?"

"그런가? 이 년 전에 딱 한 번. 꿈인지 생시인지 모를 비몽사몽(非夢似夢)간에 본 적이 있지. 빙사음이라는 여자는 얼음장 같아서 빙녀라고 생각해 왔는데, 성도 빙씨야. 하하!"

"목욕하세요."

"그때 옆에 한 소녀가 있었던 것으로 기억하는데…… 그 소녀 덕분에 맛있는 안주를 먹을 수 있었지."

"청청(淸淸)을 말하는군요. 죽었어요."

"그랬…… 군. 언제?"

"작년 여름에. 시장에서 소고기를 사 오다가 야호적 놈들에게 당했어요. 검상(劍傷)만 오십 개가 넘었어요. 팔다리도 잘리고, 음부(陰部)

도 도려졌죠."
 노노의 눈에서 한광이 뿜어져 나왔다.
 '이 싸움…… 잔인함이 극을 치닫는다. 어느 한쪽이 완전히 몰살하기 전에는 끝나지 않을 싸움이야.'
 싸움이 상상 이상으로 크다는 사실이 직감적으로 와 닿았다.
 한정된 공간, 움치고 뛰어봤자 벼룩인 섬에서 전쟁보다도 더욱 참혹한 싸움이 벌어지고 있다. 지금도 전쟁 중이다. 양쪽의 힘이 팽팽하게 균형을 이루고 있기 때문이다. 만약 균형의 추가 어느 한쪽으로 조금이라도 기운다면 싸움은 대번에 끝난다.
 빙사음에게는 노인과 같은 고수가 있다. 야호적에도 그에 버금가는 고수들이 있다.
 해변에서 만난 자는 자신에게 빙사음이 끌어들인 자라고 말했다.
 힘의 균형이 무너지고 있다. 야호적이 승기를 잡고 몰아치는 것은 아닐까? 그러니 외인을 끌어들이는 것이겠지.
 '불필요한 싸움을 피하기 위해서는 움직이지 않는 게 좋겠어.'

 아침 목욕을 하고, 새로 지은 청삼(青衫)을 입었다.
 분에 넘치는 호사다.
 식사를 대할 때는 청화장에 돌아간 것이 아닐까 하는 의심이 들기도 했다. 남해(南海) 한쪽 끝에서, 뭍과 교류가 되지 않는 섬에서 맞이하는 식사치고는 진수성찬이었다.
 "식사를 마친 다음에는 뭘 해야 하지?"
 "하고 싶은 것 하세요. 초옥 밖에만 나가지 말고."
 "안에만 있으면 된다는 건가?"

"네."

"지나가는 사람이 볼지도 모르는데?"

"눈이 없는 사람, 듣지 못하는 사람, 말을 할 수 없는 사람만 지나갈 거예요."

노노는 같이 식사하지 않았다. 충실한 시녀처럼 옆에서 자잘한 심부름을 해주었다.

금하명은 천도즙계구(千島汁鷄球:닭다리 요리)를 한 점 집어 입에 넣었다. 입에서 사르르 녹는다. 맛은 담백하고 신선하며, 모양은 아름답다. 전형적인 광동(廣東) 음식이다.

"요리를 잘하네. 아주 맛있어."

"다행이군요."

금하명은 '다행' 이라는 말에서 불청객임을 다시 한 번 확인했다.

원래부터 정성이 우러난 시중은 아니었지만 지금 말에는 가시까지 박혀 있다.

'화가 단단히 났군. 같이 야호적을 상대하지 않는다고 그러나? 그럴 수도 있지. 하지만 이 싸움은 그대들 싸움……'

금하명은 될 수 있는 대로 간섭하지 않을 작정이었다. 그러자면 자신부터 알고 싶은 것이 있어도 참아야 한다.

식사는 냉랭한 분위기 속에서 진행되었다.

'이것 참…… 눈이 따라다니니 수련을 할 수도 없고.'

하루가 이렇게 길었나 싶을 만큼 더디 갔다.

농도에서는 아침이 왔는가 싶으면 석양이 졌다. 더워서 여름인가 싶으면 추위가 찾아왔다.

이 년이란 세월이 눈 깜짝할 사이에 흘렀다.

한데 초옥에서의 하루는 마치 지금까지 살아왔던 삶을 모두 합친 것처럼 길다.

보는 눈이 있다고 수련을 못할 바는 아니지만, 무공은 곧 싸움과 직결되는 섬에서 타인에게 무공을 보이기는 싫었다.

'차라리 그림을 그려볼까? 아냐. 이제 그림은 내 인생에서 없어졌어. 혹, 붓을 잡을 때가 있다면 검을 놓았을 때. 그때가 올는지.'

따사로운 햇살이 오랜만에 휴식을 찾은 몸뚱이를 내리쬈다. 그런데,

'담장 밑에 셋, 우측 지붕 위에 셋, 거름 뒤쪽에 한 명. 뒤에 하나. 가장 강한 자는 문 앞. 모두 아홉. 야호적?'

지금까지 단 한 번도 맡아보지 못했던 피 냄새가 풍긴다. 너무 진해서 구토가 치밀 정도다. 마치 시산혈해(屍山血海) 한가운데에 드러누운 느낌이다.

야호적은 아홉 명이 일조를 이뤄 움직인다.

아홉 명이 한 조가 되어 공격하는 구궁삼뢰진(九宮三雷陣)을 펼치기 위해서다.

구궁삼뢰진은 운남(雲南)에서 악명을 떨친 구마굉(九魔宏)의 합격진(合擊陣)이다. 아홉 형제인 구마굉은 개개인의 무공이 절정에 이른 데다가 합격진까지 연성하여 많은 고수들을 죽음으로 몰아넣다가 한 날한시에 홀연히 실종되었다.

그들이 이곳에 있다. 야호적에게 합격진을 연성시키는 무공(武功) 교두(敎頭)로 자족한 채.

노인이 말해 준 부분은 그 정도에 불과했다.

자신을 초옥까지 데려온 중년인도 그렇고, 노인도 그렇고 자신을 처

음 봤을 때 야호적 일조를 간단히 눕힌 데 경탄했었다.

그 이유가 바로 구마굉 합격진에 있다. 야호적이 구궁삼뢰진을 펼쳤다면 상당히 긴 싸움이 되었을 것이고, 승자가 누구일지도 모른다.

'아홉 명이면 야호적이야. 음……! 이곳은 안심할 수 있는 곳이라더니 발각된 모양이군.'

비스듬히 드러누운 자세 그대로 살며시 손을 뻗어 곤을 움켜쥐었다.

그 순간, 습격이 시작되었다.

쉬익! 쒸이익!

'다르닷!'

금하명은 벌떡 일어남과 동시에 곤을 쳐냈다.

습격자들의 공격은 해변에서 만난 자들과는 시작부터가 달랐다. 그들이 공격하기 위해 신형을 띄운 순간부터 살을 에는 살기가 전신을 휘어 감았다.

빠악!

손에 묵직한 느낌이 전달되었다.

곤이 바위를 격타했을 때 받았던 감촉과 유사한 감촉이다.

쒜에엑! 쒸이익!

도광이 옆머리를 스치며 지나갔다. 보지도 못하고 느낌으로만 피한 도광은 옆구리를 스쳐 가며 새로 지은 청삼을 찢어냈다.

곤을 쭉 당겨 중단을 잡음과 동시에 좌측 인영을 향해 쳐냈다.

따악!

좌측에서 공격한 후, 흘러간 도광을 수습하려던 습격자는 뒷머리를 격타당해 풀썩 꼬꾸라졌다.

흙먼지가 풀썩였다. 순간 우측 습격자가 주춤거렸고, 독사처럼 흙먼지를 가르고 들어온 곤이 눈과 눈 사이에 제삼의 눈을 새겨놓았다.

"컥!"

습격자들은 단 한 번의 초식만 구사한 후, 절명했다.

쉬익! 쉬쉭……!

매서운 경풍과 함께 다섯 명이 에워쌌다. 다른 한 명은 제집처럼 문을 밀치고 태연히 걸어 들어왔다.

"질리게 빠르군. 쾌공(快功)은 많이 봐왔는데, 네가 제일 빨라. 일초에 승부를 보지 않으면 목숨을 내놔야 하는 무공인데…… 그만한 무공을 지녔으면 이름이 없진 않을 터. 누군가?"

피비린내가 자욱이 퍼져 갔다.

뒷머리를 격타당한 자는 뇌수를 흘리고 있다. 다른 두 명도 보기 편한 모습은 아니다. 한 명은 가슴이 뻥 뚫려 피를 콸콸 쏟아내고 있으며, 다른 한 명은 미간이 쑥 들어가 괴물 같은 형상이다.

금하명은 뇌수와 피가 묻어 있는 곤을 축 늘어뜨렸다. 곤 끝을 잡고, 곤첨(棍尖)을 상대의 발밑에 놨다. 상대가 발로 쳐내고 미끄러져 들어온다면 여지없이 가슴을 내줘야 할 자세다.

"여기 사람들 말로는 표류자. 이 섬에서 큰 싸움이 벌어지고 있는 것은 짐작한다. 하지만 난 상관없는 사람이니 건드리지 마라. 배만 준비된다면 바로 떠날 테니까."

"표류자…… 좋지, 표류자. 그런데 어떻게 된 게 이놈의 섬에는 무인들만 표류해 온단 말이야. 요즘은 세상 사람들이 전부 무공을 수련한 모양이지? 그것도 꼭 삼박혈검(三縛血劍) 집에만 머물고. 우연도 좋지만 이렇게 노골적이어서는 곤란하지. 안 그래?"

"다시 한 번 말한다. 난 너희를 알지도 못하고, 너희들 싸움에는 관심도 없다."

"피는 봤잖아?"

금하명은 좌우를 쓸어 여섯 명의 얼굴을 봤다.

하나같이 감정을 죽인 얼굴들이다. 동료가 무참하게 죽었는데도 안타까움이나 공포 같은 감정들이 전혀 떠올라 있지 않다.

'철저하게 수련된 자들. 쉽지 않겠군.'

이상하게도 마음은 편했다.

해변에서 무인들을 격살한 다음에는 환상까지 봐가며 시달렸는데, 지금은 아무렇지도 않다. 오히려 혈관이 꿈틀거리고 투지가 샘솟는다. 강한 자들을 대해서인가, 죽음에 인이 배겨가는 것인가.

"당신들이 사서 부른 피지."

"어쨌든 피 값은 치러야지?"

"와라. 빨리 쉬고 싶으니까."

금하명은 두 무릎을 살짝 구부렸다. 반동을 이용해 허공으로 치솟고자 하는 몸짓이었다.

"쇠 맛을 보고자 한다면 줘야지. 바동거리는 꼴은 보고 싶지 않으니 깊게 먹여줘라."

말이 끝나기 무섭게 포위하고 있던 다섯 사내가 도를 거뒀다. 대신 손 모양의 철조(鐵抓)를 매단 비조(飛抓)를 꺼내 들었다.

윙윙! 윙윙윙······!

비조가 맹렬한 바람을 일으키며 맴돌았다.

금하명은 움직이지 않았다. 곤을 축 늘어뜨린 채 빙빙 돌아가는 비조만 노려봤다.

'아버님이 백납도에게 당한 이유는 뭔가? 아주 미세한 차이. 대삼검은 드러났고, 백납도의 무공은 처음 보는 것. 드러난 무공을 처음 보는 것처럼 만들기 위해서는 방비하지 못할 정도로 빨라야 한다. 알면서도 당할 수밖에 없을 만큼 현란하며 강해야 한다.'

결국 쾌공(快功)이든 환공(幻功)이든 중공(重功)이든 추구하는 부분에서 타의 추종을 불허하는 경지가 되어야 한다.

아버님이 당한 것은 그런 경지에 이르지 못했기 때문이다.

무서운 속도로 회전하는 비조를 어떻게 대해야 할까?

쉭! 쉭!

비조 두 개가 날았다. 목표는 금하명이 아니다. 손에 잡고 있는 곤이다.

척! 철컥!

곤은 단단한 자물쇠에 채인 듯 비조 두 개에 움켜 잡혔다.

'그것 때문에 너흰 졌어!'

동물적인 감각으로 허점을 발견해 냈다.

비조로 곤을 잡고 있는 자들은 병기가 없다. 물론 그들의 허점을 다른 자들이 방비해 주겠지만 대응할 수 있는 자와 그렇지 않은 자 간에는 큰 차이가 있다.

쉬이익!

곤을 놓고 해사풍을 펼쳤다.

흙먼지가 풀썩이고 번갯불 같은 섬광이 튀어 나갔다.

퍽! 퍼억!

"악!"

곤을 잡고 있던 사내 두 명이 이마에 석부를 박아 넣은 채 짧은 단말마를 내질렀다.

그 순간 곤을 다시 움켜잡은 금하명은 가장 강해 보이는 사내를 향해 곧장 내질렀다.

허공에도 길이 있으니 공도(空道). 수십만, 수천만 개의 길 중에 오직 하나만이 가장 빠른 길이니 직도(直道). 공도에서 직도를 찾아 내지름은 섬광(閃光)에 버금간다.

퍼억!

손에 둔중한 울림이 전해졌다.

해사풍은 더욱 강한 위력을 떨쳐 냈다. 어지럽게 땅을 훑어내는 발자국을 따라서 흙먼지가 자욱하게 피어났다.

쉭! 쉭! 쉭!

흙먼지 속에서 석부 세 자루가 하늘로 솟구쳤다.

"죽엇!"

비조를 휘돌리던 습격자들이 맹렬하게 쳐왔다. 그때, 하늘로 솟구치던 석부가 잠시 멈칫하는가 싶더니 방향을 바꿔 지상으로 곤두박질쳤다.

"엇! 아악!"

"빌어먹…… 크윽!"

세 사내는 비조를 완전히 쳐내지도 못한 채 불귀의 객이 되고 말았다. 머리 정중앙에 석부 한 자루씩을 틀어박고.

"이, 이런 무공이!"

당당하게 죽음을 말하던 사내의 입에서 더듬거리는 소리가 흘러나왔다.

금하명은 곤을 움켜잡은 채 고개를 갸웃거렸다.

분명히 손에 울림이 있었다. 이변이 없다면 우두머리로 보이는 사내는 심장이 꿰뚫린 채 죽어 있어야 한다. 병기로 막아낸 것도 아니다. 가슴을 격중하기는 했지만 꿰뚫지 못한 것이다.

"몸이 무척 단단하군."

"너…… 너…… 너…… 누구냐?"

"아까 말했을 텐데, 표류자라고."

"이, 이렇게 빠른 무공은…… 이런 무공은……."

"나도 좀 묻지. 어떻게 죽지 않을 수 있지? 외공(外功)을 수련한 듯한데 무슨 무공이야?"

"이, 이 복수는 꼭…… 나중에 다시 오마."

마지막 말은 문밖에서 들렸다. 말을 하는 도중에 느닷없이 신법을 펼쳐 도주해 버린 것이다.

곤첨이 뭉그러졌다.

상당히 강한 것에 부딪쳤으나 오히려 강도에서 밀린 것이다. 이쪽에서 밀어내는 힘, 저쪽에서 부딪쳐 오는 반탄력에 중간에서 박달나무만 일그러졌다.

'뚫지 못하는 것이 있었군.'

수련이 부족하다는 사실을 절감했다.

무림문파에서는 대체적으로 극쾌(極快)를 추구하지 않는다. 극쾌를 추구하기 위해서는 일체의 변식(變式)을 배제해야 하며, 변식이 배제된 극쾌는 단 한 번의 움직임만을 허용할 뿐, 진기의 흐름을 제대로 이어가기가 어렵다.

또한 같은 이유로 극쾌에는 전신의 힘을 기울이기가 어렵다.

상대가 방패나 병기로 막아냈을 경우, 공격이 허무하게 무너질 가능성이 농후하다.

 진기의 흐름이 끊어지지 않는 범위 내에서 얼마만한 빠름을 추구하느냐가 소위 쾌공을 구사하는 사람들의 과제다.

 무명곤법은 그 한계를 극복해 냈다고 자부했다.

 섬광 같은 몸놀림 속에서 뻗어낸 곤에는 금하명의 전신진기가 모두 함축되어 있다.

 금하명이 난제로 여긴 것은 일시에 쏟아낸 진기를 얼마나 빠른 순간에 복원시킬 수 있느냐였다. 복원 순간이 느리면 느릴수록 반격에 당할 가능성이 농후해진다.

 무리(武理)에 능통하지 않은 금하명으로서는 난제를 풀기 위해 머리를 감싸 쥘 필요가 없었다.

 이럴 때는 모르는 것도 약인가?

 전신진기를 모두 쏟아내고 나면 일시 공동현상(空洞現像)이 나타난다. 전신이 무기력해지며 반응이 둔해진다.

 금하명은 잠력(潛力)의 폭발로 그 문제를 해결해 냈다.

 진기를 모두 쏟아낸다고 해도 인체에는 남아 있는 진기가 있다. 세맥(細脈) 깊숙이 잠재되어 있는 진기로, 평상시에는 거의 드러나지 않는 진기다.

 진기를 쏟아낸 후 잠력을 끌어 모아 단전에 거둔다. 단전에서 경락을 따라 풀려 나가고 흘러드는 것이 진기인데, 경락의 흐름을 무시하고 진기란 진기는 모조리 끌어 모으는 것이다.

 무리에 능통한 무인이라면 '절대불가(絶對不可)'를 외칠 역천신공(逆天神功)이다.

 경락의 흐름을 무시한 운기법은 몸에 무리를 가져온다. 무리 정도라면 참을 수 있지만 심한 손상을 유발시키고, 급기야는 주화입마(走火入魔)까지도 불러온다.

금하명도 그 정도는 알고 있다. 알고 있기에 시전해 본 것이다.

결과는 해볼 만했다.

잠력을 끌어 모을 때, 무지막지한 통증이 몰려왔다. 나가야 할 곳으로 들어오고 있으니. 편린(片鱗)을 갈퀴로 훑는 듯한 통증. 혈관이란 혈관은 모두 터져 버릴 것 같은 통증.

통증이라면 참을 수 있다. 통증의 강도가 유밀강신술을 시술받을 때와 버금가지만, 더 큰 고통만 아니라면 참아낼 수 있다.

반면에 효과는 막대했다. 처음 쳐낸 곤은 자신의 내공으로 쳐낸 것이지만, 두 번째 곤부터는 알지 못할 힘이 가미되어 본신의 내공보다 두 배는 강한 것 같다.

열 번이든, 스무 번이든…… 백여 번까지는 쳐내본 적이 있지만 위력이 전혀 감소하지 않았다. 그 이상은 시도하지 않았다. 잠력이 모두 소진된다는 것은 생기가 사라진다는 것. 죽음은 부지불식간에 엄습할 것이다.

역천신공을 거둘 때가 염려되었지만 주화입마 같은 현상은 오지 않았다.

나중에 어떤 손상이 올지는 모르지만 이만한 위력이면 해볼 만하지 않은가.

금하명에게 싸움은 적과 싸우는 것이 아니라 자신과 싸운다는 편이 옳았다. 진기를 운용하기 전부터 소름이 돋았다. 곧 다가올 고통을 생각하면 차라리 적에게 목을 내밀고 싶기도 했다. 적의 병기에 맞아 살점이 떨어진다 한들 신경이 가닥가닥 끊어지는 고통에는 비할 바가 못

될 것이다.

유밀강신술은 여러 면에서 상당한 도움을 준다. 이 모든 육체적, 심적 고통을 견뎌내게 해주니까.

사내에게 곤을 쳐낼 때도 역천신공이 운용되었다.

비조로 곤을 붙잡고 있는 자들에게 석부를 날릴 때는 본신진기였지만, 이어지는 곤과 석부는 역천신공으로 운용되었다.

너무나 큰 고통이 전신을 휘어감아 상대를 제대로 보지 못했다. 아니다. 곤이 상대의 가슴팍에 닿을 때까지는 보았다. 그 다음, 손의 울림으로 격살되었다는 것을 직감했고, 그에게 쏟던 신경을 거뒀다. 다음 적을 향해 석부 세 자루를 쏘아내야 했으니까.

만약 상대가 곤을 피해냈다면 계속 뒤따라갔을 터인데.

쾌공과 중공이 어울린 곤인데 뚫지 못하는 것이 있다니. 그것도 피와 살로 이루어진 인간의 육신을.

'정말…… 세상은 넓구나.'

"이자는 비호삼대(秘虎三隊) 대주예요. 도망가게 내버려 둘 수는 없죠."

노노가 도주했던 사내를 걸머지고 들어와 털썩 내동댕이쳤다.

"설마 비호대까지 몰살시킬 줄은 생각지 못했어요. 대단해요."

노노의 표정은 아침과는 사뭇 달랐다. 얼굴을 발그레 물들이며 활짝 웃는 모습에서 쌀쌀한 느낌을 찾기는 어려웠다.

"이제 비호삼대가 몰살했으니 다음 놈들은 무척 조심할 거예요. 공자님을 보자마자 구궁삼뢰진부터 펼칠걸요? 구궁삼뢰진은 정말 무서워요. 아홉 명 중 다섯 명은 비조를 사용하고……."

노노의 입은 다물어지지 않았다. 조잘조잘 끝없이 이어지는 것이 비로소 어린 소녀로 돌아온 듯했다.

금하명은 사내의 앞섶을 열어젖혀 가슴을 살폈다.

곤에 찍힌 자국이 선명하다. 피부가 새카맣게 죽었고, 울혈이 가슴 전반에 걸쳐서 넓게 펼쳐져 있다. 가슴을 살짝 눌러보니 솜처럼 푹신거린다. 가슴뼈도 몇 대 정도는 부러져 나간 것 같다.

이자 역시 고통을 참는 데는 일가견이 있는 것 같다. 이만한 상처를 입고도 눈썹 하나 까딱하지 않았으니까.

'철포삼(鐵布衫)이나 금종조(金鍾罩)를 수련한 것 같지는 않은데…… 도대체 어떤 무공이지? 왜 곤이 뚫지 못했지?'

"이거 찾아요?"

노노가 등 뒤에서 말했다.

"이건 흑함사(黑頷蛇)의 껍질로 만든 보의(補衣)예요. 도검에도 베어지지 않죠. 듣기로는 철추로 내려쳐도 흠집 하나 안 난대요."

'흑함사의 껍질? 보의? 겨우 구렁이 껍질로? 구렁이 껍질로 어떻게 옷을…… 말도 안 돼!'

노노가 들고 있는 보의는 새까만 윤기가 흘렀다. 구렁이 껍질로 만들었다고 보기에는 너무 훌륭한 옷이다. 양팔이 없어서 배심(背心)만 가리는 흉갑(胸鉀)과 비슷했다.

"비호삼대주는 도검을 무서워하지 않기로 유명했어요. 분명히 베였는데도 피 한 방울 안 났으니까요. 우리가 이 흑함보의를 알게 된 것도 얼마 전이에요. 이게 없었어도 비호삼대주는 무서운 사람이었는데…… 치명상을 당해서 혼절해 있지만 않았어도 감히 저 같은 것이 죽이지는 못했을 거예요."

비호삼대주라는 자는 겨우 몇 걸음 도주하지도 못해서 혼절했던 모양이다. 하기는…… 뚫지는 못했지만 보통 사람 같았으면 그 자리에서 절명했을 타격이다.

"저…… 이거 제가 가져도 되나요?"

노노가 보의를 만지작거리며 말했다.

금하명은 갑자기 기운이 쭉 빠졌다. 절정무공을 생각하다가 겨우 보의 덕분이었다 싶으니 맥이 빠졌다. 어디 피 냄새가 없는 곳에서 편히 쉬고 싶은 생각밖에 들지 않았다.

그러나 그전에 확인할 일이 있다.

"그거 저 나무에다가 걸어놔 주겠어? 한 번만 찔러보고. 구멍나지 않는다면 가져."

"약속했어요!"

노노가 함빡 웃으며 흑함보의를 나무에 걸어놨다.

금하명은 곤을 들고 나무 앞에 섰다. 마음을 가다듬고, 한 호흡 들이키고, 진기를 일 주천(一周天)시켰다.

"타앗!"

쩌렁 일갈을 터뜨리며 냅다 곤을 뻗어냈다.

쒸익! 따악!

곤은 번갯불을 튀겨냈다. 검은 실 한 줄이 허공을 찢어냈다.

곧이어 역천신공, 살점이란 살점은 모조리 떨어져 나가는 듯한 충격과 함께 거센 진기가 모여들었다. 그리고 두 번째 곤행(棍行).

쒜에엑! 파앗!

두 번의 곤행은 흑함보의를 나무에 틀어박았다. 곤이 흑함보의를 밀고 들어가 나무를 깊숙이 꿰뚫었다.

'못 뚫었어.'

느낌뿐이다. 하지만 실패했다는 정도는 안다. 곤은 보의를 밀고 들어갔을 뿐, 뚫어내지를 못했다. 뭉툭한 곤첨이 뚫어내기에는 보의가 너무 질겼다.

'곤보다는 창이군. 나를 믿는 것보다 한 가지라도 확실한 것을 소유하는 편이 낫겠지.'

곤에서 창으로의 전환이다. 물이 없어서 사경을 헤맨 적이 있다. 조그만 것을 준비하지 못한 대가로는 엄청난 시련이었다. 지금 만홍도에서 빠져나가지 못하고 있는 것도 그때 그 사건의 연속이지 않은가.

준비할 것은 철저히 갖출 것.

어느 틈엔가 마음속 깊이 틀어박힌 신조가 그로 하여금 곤을 버리고 창을 들게 했다. 허리에 둘둘 감아 맨 연사곤을 사용하면 된다는 생각도 들었지만, 비밀 병기의 효용을 잃어버리고 싶지는 않았다.

무공이란 가급적이면 드러내지 않는 것이 좋지 않겠나. 곤에다가 창두(槍頭)만 매달면 창이 되니 무명곤법을 사용하는 데도 지장이 없을 테고.

"이제 가져도 돼요?"

노노가 그럴 줄 알았다는 듯 나무에서 보의를 빼내며 말했다.

보의는 역시 멀쩡했다.

"이곳이 발각된 것 같은데, 다른 곳으로 옮겨야 하지 않나?"

노노는 흑함보의를 살펴본 후, 옷 위에 걸쳐 입어보기까지 했다. 그러면서 아무렇지도 않은 듯 말했다.

"초옥 밖으로 한 발자국이라도 나가면 배를 안 만들어준대요. 그렇게 들으셨죠? 그게 맞아요. 공자님과 전 여기 있어야 해요."

금하명은 뒤통수를 얻어맞은 기분이었다.

❸

'당했어.'
이런 기가 막힐 일이!
노인은 처음부터 이럴 계획이었다. 자신으로 하여금 야호적을 상대하게 만들려는 계획. 찾아가서 싸우는 것이 아니라 찾아오게끔 만드는 거다. 안전하다는 초옥이 발각된 것도 우연만은 아닐 것이다.
약속한 기한은 한 달, 하루에 한 조만 찾아온다 해도 무려 삼백여 명을 죽여야 한다.
어쩐지…… 한낱 표류자에게 초옥을 내주고, 시녀까지 붙여주더라니.
'뱃삯치고는 너무 비싸.'
금하명은 걸음을 떼어놓았다.
"무슨…… 어딜 가려는 거예요!"
노노가 다급히 다가와 옷소매를 붙들었다.
흑함보의를 얻었다는 즐거움은 가신 듯 사라지고 없었다. 대신 사색(死色)이 되어 간절함을 눈망울에 담았다.
"당신들…… 뭐야?"
"네? 무슨 말씀이세요?"
"내 말은…… 당신들을 뭐라고 부르냐는 거지."
"아! 네. 나찰수(羅刹手)예요."

"썩 듣기 좋은 이름은 아니군."

"야호적에게는 악귀 같은 존재일 테니까요."

"그런가? 그럴 수도 있겠네. 물고 물리는 관계에서는 서로가 악귀처럼 보이겠네. 그런데, 노노."

"예."

"왜 너희 싸움에 날 끌어들이는 거야? 생각해 보니까 뱃값이 너무 비싸네. 배는 굽든 삶든 내가 알아서 해야 할 것 같고. 아무래도 이 섬은 나와 인연이 닿지 않는 것 같아."

노노의 손을 냉담하게 뿌리치고 뚜벅뚜벅 걸어나갔다.

"초옥을 나서면 야호적이 가만있을 것 같아요? 공자님은 죽어요."

금하명은 들은 척도 하지 않았다.

'야호적은 점점 강한 상대를 보내올 것이다. 내가 감당하지 못할 싸움도 일어나겠지. 농도에서 수련한 무공을 점검하기에는 더없이 좋은 기회. 하지만 이건 비무가 아닌 살인. 살인을 할 수는 없다.'

하나, 몇 발자국 떼어놓지도 못했다.

삼박혈검이라고 부르는 노인이 대문을 밀치고 들어섰다. 농도에서 비몽사몽간에 언뜻 본 여인도 같이 들어왔다. 목에 검상이 있는 여인, 빙녀 빙사음.

"가시기 전에 대화를 나눌 수 있나요?"

'이야기를 나누면 당한다. 이대로…… 이대로 가야 해.'

금하명은 빙사음의 눈빛에서 거절하지 못할 간절함을 읽었다.

말을 나누게 되면 빙사음은 나찰수가 되어 싸울 수밖에 없는 사정을 조리있게 말할 것이다. 이유란 것이 인의(仁義)에 바탕을 둔 것은 틀림없을 테고, 자신을 끌어들여 싸우게 만든 사정도 사람의 도리라는 측면에서 합리적으로 말할 게다.

　여인의 말을 듣고도 발길을 옮길 수 있으려면 냉혈한(冷血漢)이 되거나 자신밖에 모르는 이기적인 사람이 되어야 하리라.

　"후후! 멋진 차도살인(借刀殺人). 사람 좋은 얼굴을 하고 호의를 베푸는데 꼼짝없이 걸려들지 않을 수 있나. 원래는 훌훌 떠나려고 했지만, 당신들이 나타났으니 이대로 가면 서운할 테고. 삼박혈검이라고 불리는 노인장, 당신 검도 잔머리만큼이나 뛰어날지 모르겠군. 사람을 이용할 때는 뒤통수 맞을 각오도 해야 하는 법이거든."

　삼박혈검이 눈을 부라렸다.

　"뭐, 뭐! 노인장? 자, 잔머리? 이런 육시랄 놈이! 이놈아, 네놈이 잘나서 싸움을 맡긴 줄 알아! 네놈은 아비 어미도 없냐! 늙은 것도 서러운데 뭐? 노인장?"

　파앗!

　금하명은 질풍처럼 움직였다.

　해사풍이 뿌연 흙먼지를 일으켰고, 그 사이로 단단한 박달나무가 불쑥 혀를 내밀었다.

　따악!

　손에 전달되는 감촉이 달랐다. 살을 뚫고 들어가는 묵직함 대신 곧이 튕겨나는 반탄력이 전달된다.

　쉐엑! 쉐엑!

　석부 두 자루가 허공을 갈랐다.

　딱! 피읏!

　노인은 석부 한 자루마저 쳐냈다. 다른 한 자루는 신법으로 피해냈다. 하지만 완전히 피하지는 못해서 어깨 살이 한 움큼 떨어져 나갔다.

　노인의 왼팔은 붉은 피로 흥건했다. 팔을 타고 흘러내린 피가 대지를 붉게 물들였다.

　'세상에! 장로님마저!'

　빙사음은 입을 쩍 벌린 채 다물지 못했다.

　"낄낄! 오랜만에 피란 놈을 보네. 사십 년 만인가? 몸뚱이는 케케묵었는데, 피는 아직도 붉군. 좋아, 이놈. 해보자 이거지. 선물은 잘 받았고, 이제 내 선물도 받아봐."

　그때, 빙사음이 두 사람 사이로 끼어들었다.

　"공자님, 한마디만 들어주세요."

　'이럴 줄 알았다니까. 좌우지간 여자들은 여시라서 말을 들으면 안 되는데.'

　금하명은 아프다고 고래고래 고함을 지르는 삼박혈검을 쳐다봤다.

　"이년아! 금창약 제대로 바르긴 바른 거야! 왜 아직도 피가 멈추지 않는 거야!"

　"피가 어디 흐른다고 그래요! 피는 멈췄잖아요!"

　"응? 멈췄어? 그런데 왜 아직도 아프냐? 아얏! 이년아, 붕대 좀 살살 감아! 네 살 아니라고 막 후벼 파냐!"

　"한마디만 더 하시면 아예 꽁꽁 묶어버릴 거예욧!"

　"어라? 이년이 흑함보의를 얻었다고 세상 무서운 게 없나 보네. 아님 눈깔이 뒤집혔나? 이년아, 나야, 나. 삼박혈검. 내가 보여?"

　"눈깔 뒤집힌 년이 보이겠어요? 말했죠? 한마디만 더 하면 꽁꽁 묶어버린다고."

"아이고! 이년이 사람 잡네!"

삼박혈검은 노망한 노인처럼, 치기 어린 어린아이처럼 펄쩍펄쩍 뛰며 고함을 질러댔다.

그런 그의 모습에서 절대검자의 모습을 찾아보기 어려웠다.

빙사음이 끼어들기 전, 그는 무서운 기세를 뿜어냈다. 두 눈에서는 용암처럼 뜨거운 불길이 뿜어져 나왔고, 전신에서는 산악이라도 무너뜨릴 것 같은 웅후한 기운이 넘쳐흘렀다.

싸움이 지속되었다면 승패가 어떻게 갈렸을지 모른다.

아니, 승산은 삼박혈검에게 기울어졌다. 그는 곤법을 피해냈고, 비부술도 파해했다. 더군다나 금하명에게는 남아 있는 석부도 없었다.

곤과 검의 싸움이다. 곤이 날아오는 것을 보고, 쳐내 버린 검이다.

겉모양만으로 보면 확실히 삼박혈검에게 승산이 있다.

천만에! 싸움은 끝나지 않았다.

삼박혈검이 어떤 검공을 지녔는지는 모르지만 생사를 다투는 싸움이 벌어진다면 결코 승리를 자신하지 못할 것이다.

수중 수련은 상상 이상으로 힘들었다.

물속에서 뻗어내는 곤이 공기 중에서처럼 빠르게 되기까지는 피를 말리는 시련의 연속이었다. 원완마두의 곤법이 허공에서 길을 찾는 것이라면, 수중 수련은 물이 만들어내는 미세한 파랑까지도 제 것으로 만들어야 하는 과정이었다. 부력(浮力)을 이겨낼 만큼 강한 힘이 깃들어 있어야 하고, 물결을 헤칠 만큼 빨라야 한다.

삼박혈검을 죽일 생각이 없었기에 완전한 곤법을 시전하지 않았다. 사람을 속인 잘못을 질책하고, 삼박혈검의 무공 수위를 알아보기 위해 전개한 공격이다.

'정식으로 싸운다면 누가 이길지 모를 사람이야.'

"피를 흘려서 그런가 현기증이 치밀어서 미치겠네. 아이고! 아니구나. 그러고 보니 엊저녁부터 아무것도 먹지 않았네. 이년아, 배창시가 등거죽에 달라붙었다. 찬밥덩이라도 남은 것 있냐?"

삼박혈검은 금하명과의 싸움은 잊은 듯했다.

빙사음이 말을 이어 나갔다.

"아직까지 이름도 모르고 있군요. 알려주실 수 있나요?"

"금하명."

"금하명. 이름이 좋군요. 좋아요, 금 공자님. 장로님과 저의 안목은 같았어요. 한 달을 약조했지만 나흘을 버텨내지 못할 것이라고. 하지만 이제는 시인해야겠네요. 저희 안목이 틀렸어요. 처음이에요, 사람을 잘못 본 것은."

꼼짝없이 얽혔다.

예측이 맞았다. 말을 나눈 후에도 자리를 박차고 떠날 수 있다면 피가 차디차게 식은 냉혈한이다.

"저희 판단으로는 몸은 중, 마음은 상, 내공은 중이었어요. 투지가 강한 무인이지만 결정적인 살초는 가지지 못했다고 판단한 거죠. 그래서 파검문의 귀사칠검을 생각했어요."

"사음아!"

삼박혈검이 깜짝 놀라 소리쳤다.

빙사음은 삼박혈검을 힐끔 쳐다보며 말을 계속했다.

"장로님은 절대 안 된다고 하셨지만…… 귀사칠검이라면 며칠 사이에 공자님의 몸을 상으로 올려놓을 수 있다고 믿었죠. 그리고 사실이에요. 귀사칠검은 사악한 무공, 마공이죠. 사람을 죽이는 데는 그만한 무공도 없어요."

흥미가 치밀었다. 도대체 어떤 무공이기에 평범한 무인을 며칠 만에 초강자로 탈바꿈시킬 수 있는 것인지.

"하지만 공자님은 이미 초강자. 귀사칠검은 소용없겠네요."

"주시오."

순간, 어린아이 같던 삼박혈검의 표정이 싸늘하게 굳었다.

빙사음은 작정이라도 한 사람처럼 말했다.

"파검문은 남해검문(南海劍門)에 원한을 가진 자들이 결성한 문파예요. 귀사칠검은 해무십결(海武十訣)을 상대하기 위해 만들어진 검공이고요. 귀사칠검을 수련하면 남해검문의 적이 되는 거예요. 그래도 원하시나요?"

빙사음은 아름다웠다. 방긋 웃는 얼굴은 백화가 만개하는 듯하고 크고 초롱초롱한 눈망울은 샛별처럼 빛난다. 빼어난 미모다.

말을 또박또박 조리있게 할 줄 아는 현녀(賢女)이기도 하다.

성격도 밝다. 무림의 여인답게 거침없는 점이 인상적이다.

아직은 빙사음의 성격을 알지 못하지만 비몽사몽간에 보았던 빙녀가 아닌 것만은 분명하다.

"세상에는 목적을 위해서라면 수단 방법을 가리지 않는 사람들이 있지. 그런 사람이오?"

"네."

"그런 사람이다?"

"이 만홍도에서만은 그런 사람이 되려고 해요."

"남해검문으로 돌아가면 아니라는 거군. 정말 웃기는 일이야. 적의 무공을 내주면서 적으로 삼겠다니. 귀사칠검이란 무공이 남해검문에게는 그만큼 위협적인 무공이란 뜻도 되겠군. 주시오."

"정말 남해검문을 적으로 둘 생각인가요?"

"우습지 않아?"

"……"

"귀사칠검을 수련해도 이 만홍도에서 뼈를 묻을 수밖에 없다는 생각 하나. 어쩌면 모두 쓸어내고 이 섬에서 빠져나갈지도 모른다는 생각 둘. 어쨌든 내게 이런 말을 하는 것은 지금 내 무공으로는 버티지 못한 다는 뜻일 테고. 주려고 작정했으면서 두 번, 세 번 확인할 필요가 있 나? 아! 나중 생각…… 야호적을 쓸어낸 뒤에 나까지 죽이려니 마음에 걸리는군."

"똑똑한 분이셨군요."

빙사음은 부정하지 않았다.

"내 무공을 높이 평가해 준 것은 고마운데…… 호기심이나 생기지 말게 처음부터 말을 하지 말던가. 되게 우스워. 귀사칠검이라는 무공, 완전히 계륵(鷄肋)이군. 안 주려니 내 무공으로는 감당하지 못할 것 같 고, 주려니 나를 죽여야 하고."

"그래요. 마공이니까요."

"줘봐. 무공에 관한 한 궁금한 것은 못 참는 성격이 되어버렸으니 까."

삼박혈검이 정색을 하고 걸어와 탁자에 두 손을 짚었다. 그리고 진 정 검을 전개하려고 할 때처럼 두 눈에 불을 뿜어내며 말했다.

"부탁하는 쪽은 우리니 달라면 줘야지. 하지만 남해검문을 욕하진 마라. 귀사칠검이 정말 뛰어난 무공이라면 얼마든지 장려한다. 적의 무공이라고 금지시킬 만큼 속 좁은 문파는 아니다. 귀사칠검은 마공(魔

功)이다. 순진한 놈도 피를 즐기는 마인으로 변하게 만들고, 종래에는 하루도 피를 보지 않고는 살 수 없는 놈이 되고 말지. 그래서 죽이는 거다."

금하명은 고개를 돌리며 말했다.

"입 냄새 되게 나네."

빙사음은 불안했다.

본 문에서 금기시하는 귀사칠검을 몰래 빼내오고, 외인에게 전했다는 불안감은 아니다. 처음부터 그런 부분은 감수할 각오가 되어 있으며, 마무리까지 확실히 지을 결심도 굳혔다.

한데도 불안했다.

'잘못한 건 아닌지 모르겠네. 왜 이렇게 불안하지.'

찻잔을 들어 올리는 손이 달달 떨렸다.

남해검문은 정명치 못한 문파다. 암중에서 야호적을 움직이는 대해문(大海門)도 썩은 문파다.

무림은 썩었다.

해적(海賊)인 야호적을 자금줄로 이용하는 대해문은 문파라는 이름으로 존립할 가치가 없다. 문파의 이름에 먹칠을 하지 않으려고 광동성(廣東省)에서 멀리 떨어진 복건성 외딴 섬을 이용한 것도 손바닥으로 하늘을 가리는 짓거리다.

남해검문도 마찬가지다. 대해문이 해적을 이용하는 줄 알았으면 몸통을 쳤어야 옳았다. 대해문으로 곧장 쳐들어가서 호통을 칠 만한 배짱은 없단 말인가.

말은 번지르르하다. 남해검문과 대해문이 부딪치면 공멸(共滅)한다고 했는가? 그러면 어떤가. 해적질에 손을 댄 문파를 두 눈 뜨고 지켜보면서 내가 다칠까 봐 건들지 못한다니 말이 되는가.

아버님이라면...... 청화신군이라면 절대 몸을 사리지 않았다.

만홍도에서 벌어지는 사건도 치졸하다.

남해검문은 대해문 무인이 들어와 있는 것을 알고, 대해문도 남해검문이 들어와 있는 것을 안다. 그럼 당사자들끼리 검을 겨룰 일이지, 굳이 대리전 양상을 띠는 것은 뭔가.

속 보이는 짓거리들이다. 서로 환히 알면서도 애써 못 본 척한다.

지금 이 순간, 남해에서는 남해검문 문주와 대해문 문주가 술자리를 같이 하고 있을지도 모른다. 서로 친근한 척 껄껄 웃으면서.

어떤 일이 있더라도 두 문파 간에 직접적인 충돌은 자제한다는 것이 그들만의 불문율인 듯하다. 그러기에 상대 무인들에 대해서는 직접적인 공격을 하지 않고 있는 게다. 아니, 본인들조차도 만홍도 싸움에 가담하지 않는 것이다.

금하명은 우스웠다.

세상에 정(正)이 있으면 반(反) 또한 있다는 것 정도는 자신도 알고 있는데 세상 풍파깨나 겪었다는 사람들이 망각하고 있다니.

아니다. 그들도 알고 있다. 다만 상대를 꺾을 수 있다는 자신이 지나쳐서 자만으로 이어진 것이 탈일 게다.

먼저 발동을 건 사람들은 남해검문 쪽이리라. 그들은 야호적을 제압하기 위해서 외인들을 끌어들였다. 야호적에게 핍박당하는 사람들을 대상으로 무공을 전수해 주는 것도 한계가 있을 테니까. 언제까지 만홍도에 눌러 있을 수도 없고, 남해검문의 무공도 아닌 외인의 무공을 전수하는 것은 극도의 성과를 거둘 수 없으니까.

　대해문도 악수(惡手)를 두었다. 야호적을 제압하는 무인들을 상대하기 위해 좀 더 강한 무공을 전수했다. 야호적이라면 누구나 알고 있는 구마궁의 합격술이 대표적인 사례다.

　결론적으로 야호적이 승리했다. 그들은 남해검문이 끌어들인 무인들을 제압했고, 한 걸음 더 나아가 남해검문 문도까지 추살하는 지경에 이르렀다.

　여기까지는 대해문도 원치 않았으리라. 야호적에 저항하는 자들을 죽이는 선에서 그쳐 주기를 원했으리라.

　시위는 활을 떠났다.

　남해검문으로서는 직접 나서자니 대해문과의 충돌이 불가피하고, 외인도 끌어들일 수 없는 난감한 지경에 처한 시점이다.

　정의라는 이름으로 야호적을 쓸어버리는 방법을 선택할 수 있다. 하지만 야호적 뒤에는 대해문이 있으니, 야호적을 쫓다 보면 대해문을 모른 척할 수 없게 된다.

　다른 방법도 선택할 수 있다. 이제 그만 만홍도에서 손을 털고 물러서는 방법이다. 하지만 그러자니 그동안 무공을 전수해 준 저항자들이 일거에 도륙당하고 만다.

　이럴 때 남해검문의 장로와 버금가는 무공을 지닌 자가 나타났으니 오죽 좋았으랴.

　남해검문 금지옥엽(金枝玉葉)이 부탁할 만하다. 목적을 위해서라면.

　금하명에게는 남해검문이나 대해문이나 똑같은 문파로 비쳐졌다.

　새삼 아버지가 존경스럽다. 아버지라면 이럴 때 과감하게 몸통을 쳤을 게다.

야호적이나 야호적에게 저항하는 사람들이나 불쌍한 사람들이다. 무림문파의 입김에 놀아나 죽을 둥 살 둥 싸우는 사람들이다.

하지만 몰랐다면 모르겠거니와 알아버린 이상은 병기를 잡을 수밖에 없다.

해적은 나쁘다. 무력으로 핍박하는 것도 나쁘다. 그런 자신들에게 저항한다는 이유로 무차별 살육하는 것도 나쁘다.

이럴 경우, 무인이라면 병기를 잡아 해적을 소탕하고 만홍도를 옛날처럼 안락한 낙원으로 만들 의무가 있다.

'귀사칠검을 수련하면 남해검문의 적, 야호적을 소탕하면 대해문의 적. 이래저래 남해에는 발길을 들여놓지 못하겠군.'

금하명은 쓰게 웃으며 귀사칠검 비급을 펼쳤다.

'이건!'

대경실색했다.

한 번 쓱 훑어보았다. 하나, 비급에 어떤 종류의 무공이 기재되어 있는지는 짐작할 수 있다.

―오욕칠정말살(五慾七情抹殺 : 오욕칠정을 느끼지 못하며), 살기중중(殺氣重重 : 살기가 일어나고), 혈심구사(血心求死 : 피에 젖은 마음은 죽음을 갈구하며)……

귀사칠검은 대성(大成)했을 때 어떠한 변화가 일어난다는 것을 서두(序頭)에 적어놨다. 마인치고는 양심이 있는 마인인가?

―의수화음(意守會陰:뜻을 화음혈에 두고), 화음지호흡(會陰之呼吸:화음으로 호흡을 한다). 폭섬흡기(爆閃吸氣:기운을 들이마심은 섬광이 터지는 것과 같이 하고), 살겁운심(殺劫云心:마음은 살겁에 둔다). 화음이백회(會陰移百會:화음은 백회로 움직이고), 백회인화음진기(百會引會陰眞氣:백회는 화음의 진기를 끌어당긴다)…….

인체의 중심이 단전이라는 것은 삼척동자도 아는 일, 하지만 귀사칠검은 중심을 회음혈에 둔다. 급하게 일어난 진기는 무척 빠른 속도로 독맥(督脈)을 스치듯 지나 백회에 머문다. 항문에서 삼 촌(三寸) 밑에 있는 회음혈과 정수리에 있는 백회혈이 원래부터 한자리에 있었던 듯 진기의 움직임조차 느끼지 못할 만큼 빨리 운기해야 한다.

무리에서 벗어나도 너무 벗어난 운기법이다.

폭섬흡기도 이해할 수 없는 부분이다. 세상에 존재하는 모든 무공은 완만흡기(緩慢吸氣)를 철칙으로 한다.

한마디로 금하명이 수련한 것과는 종류가 다른 또 하나의 역천신공이다.

절정으로 수련하면 쌍안변득이상몽롱(雙眼變得異常朦朧)이라 했으니 두 눈이 항시 몽롱한 상태가 되리라.

'눈동자가 변한다? 뇌에 극심한 부담을 주는 무공이군. 도대체 어떤 위력이기에…….'

귀사칠검의 초식은 무명곤법의 범주에서 벗어나지 않았다. 수비를 염두에 두지 않고 공격만을 추구하는 초식으로 상대의 목숨을 취할 수 있다면 내 목숨까지도 내놓을 수 있다는 극단의 초식들이다.

귀사칠검의 진가는 파천신공(破天神功)이라고 명명된 운기법에 있다.

금하명은 비급에서 파검문의 한(恨)을 보았다.

오죽 한에 맺혔으면, 오죽 답답했으면 이런 무공을 창안했을까.

자신 역시 극한의 고통을 참아야 전개할 수 있는 역천신공을 수련했기에 비급 속에 잠들어 있는 한이 절절히 느껴졌다.

비급에 적힌 대로 운기를 해보았다.

단전 대신 회음에 의수를 집중하고, 천지간의 기운을 한꺼번에 빨아들이듯 급하게 휘돌렸다. 임맥도 무시하고, 독맥도 무시하고…… 회음혈에서 백회혈로 곧장 수직 상승시키듯이 끌어올렸다.

'헉!'

너무 큰 충격에 하마터면 경악성을 토해낼 뻔했다.

곧장 치솟은 진기는 백회혈을 뚫어버릴 듯 강타했다. 순간, 전신에 깃든 잠력이 예상치 못한 충격에 대항하느라 곤두섰다.

전신에 힘이 넘친다. 넘친 힘을 폭발시키지 않으면, 어딘가로 쏟아내지 않으면 미쳐 버릴 것 같다. 갈증이 치민다. 세상에서 가장 구수한 냄새는 비릿한 선혈. 피를…… 피 냄새를 맡고 싶다.

빠악!

곤을 힘껏 뻗어내 흙벽을 꿰뚫었다.

안 된다. 이 정도로는 불타듯 일어나는 갈증을 해소시킬 수 없다.

빠악! 파앗! 퍼억……!

좁은 방 안에서 곤을 미친 듯 휘둘렀다. 집기란 집기는 모두 깨져 나가고, 벽에는 구멍이 숭숭 뚫렸다. 천장에도 커다란 구멍이 생겨서 시린 달빛이 환하게 비쳐들었다.

그래도 너무 밋밋하다. 주체할 수 없는 힘을 폭발시키는 대상치고는 너무 가볍다.

방문을 부숴 버리고 마당으로 뛰쳐나갔다.

신법을 펼친 것은 아니나 해사풍을 펼쳤을 때처럼 빠른 속도로 축사로 향했다. 울타리가 보였다 싶은 순간 곤이 번쩍였다.

쫴액!

돼지 한 마리가 멱따는 비명을 내질렀다.

금하명은 멈추지 않았다. 혈기(血氣)가 이끄는 대로 피를 보고 나니, 이번에는 더욱 많은 피를 요구한다.

퍽퍽퍽……!

축사 안에 있던 돼지 두 마리는 순식간에 형체도 알아볼 수 없을 만큼 짓이겨졌다.

들끓는 진기를 수습한 것은 그로부터 일각이라는 시간이 더 지난 후였다.

'마공이라더니 정말 마공이군. 이러니 평범한 무인도 단숨에 절정고수가 될 수 있겠지. 하지만 충격이 너무 커. 이런 무공을 계속 사용하다가는 폐인이 되고 말 거야. 이런 무공으로라도 남해검문을 치고 싶었단 말인가. 어지간한 사람들이었군. 파검문을 만든 사람들.'

돼지 피로 흥건해진 축사에는 다른 냄새도 섞여 있었다.

그중에서도 비릿함과는 전혀 어울리지 않는 자단향과 풀잎 같은 풋풋한 냄새는 단번에 드러났다.

'빙사음, 삼박혈검. 놀랐겠군. 어쩌면 비급을 괜히 줬다고 후회하고 있을지도.'

금하명은 피에 젖은 곤을 던져 버리고 폐허로 변한 방 안으로 걸어 들어갔다.

그의 머리 속에는 빙사음과 삼박혈검의 영상은 이미 지워지고 없었다. 금방이라도 공격해 올지 모를 야호적에 대한 생각도 까마득히 멀어졌다.

오직 한 가지만 생각했다.

순간적인 진기 폭발은 파천신공이 천하제일이라고 할 수 있다. 어떻게 하면 자신이 수련한 역천신공에 접목시킬 수 있을까. 어떻게 하면 진기의 묘용만 빼내올 수 있을까. 살기만 억누를 수 있다면, 넘치는 혈기만 조절할 수 있다면 불가능한 일은 아닌데.

"낄낄! 호랑이에게 날개를 달아줬군. 이젠 나도 저놈, 자신없다. 저놈은 날이 갈수록 혈인(血人)이 되어갈 테고. 이젠 어쩔 거냐! 그래, 귀사칠검이 세상이 나타나니 이젠 직성이 풀려? 넌 반드시 저놈의 귀사칠검 때문에 후회할 날이 있을 게다."

"독(毒)을 사용할 생각이에요."

"뭐라고!"

"금 공자가 지금보다 서너 배 강해져도 버틸 수 없는 독이에요. 독성은 믿어도 좋아요. 결국 금 공자는 이 섬에서 죽을 거예요. 시간이 지나면…… 금 공자가 정신이 올바르다면 스스로 죽여달라고 부탁할지도 모르죠."

삼박혈검은 빙사음을 쳐다보며 눈을 끔뻑거렸다.

"이상하세요?"

"이상하지. 이상해도 한참 이상해. 내가 아는 넌 이런 여자가 아니었거든. 지금 넌 제정신이 아냐. 무엇에 홀려도 단단히 홀렸어. 복수귀가 되었던가. 말해 봐. 무슨 일이냐? 설마 청청이 때문에……."

"그것도 지울 수 없어요. 하지만 그 정도라면 참을 수 있어요. 이 섬에 올 때는 죽음까지 각오했으니까요. 싸움이 격렬해지면 앞뒤를 가릴 수 없게 되죠. 본 문이라고 안전하지 않아요. 여긴 전장이잖아요."

"그럼?"

"금 공자를 조금만 일찍 만났어도 귀사칠검을 주지는 않았을 거예요. 능력에 부친다고 여겨져도요."

"무슨 일이 있었구나? 뭐냐?"

"해변 마을 주민들이 몰살됐어요."

"휴우! 이미 들은 말이 아니야. 야호적 놈들이 갈수록 잔인해지니 걱정이다만 하루 이틀 일도 아닌데……."

"비합당(秘合堂)에서 전서(傳書)를 보내왔어요. 대해문에서 거물을 보냈다더군요."

"구마굉보다 더한 놈이야? 그렇겠군. 약한 놈이면 보낼 리가 없지. 그자가 누구래?"

"천검공자(千劍公子)."

"뭐? 방금 누구라고 했냐?"

"천검공자가 그제 만홍도에 들어왔어요. 섬에 들어온 기념으로 해변 마을 주민을 몰살시켰죠. 노인, 여자, 어린아이 할 것 없이 모두 죽였어요. 그놈에게 이 섬사람들은 유희를 즐기는 도구에 지나지 않아요."

"천검공자까지…… 대해문 놈들, 정신이 있는 거야 없는 거야! 어쩌자고 그런 마인들을 끌어들이는 거야! 대가가 뭐야? 도대체 그놈들에게 뭘 쥐어준 거야! 그렇게 해서라도 이 섬을 쥐어야 하나? 도대체 무슨 짓거리를 하는데 돈이 그렇게 많이 필요한 거야? 가만! 천검공자가

왔다면 우리 목숨도……?"

"조심해야죠."

"쯧! 저놈이 시기 적절할 때 왔군. 저놈이 오지 않았으면 어쩔 뻔했노."

"제가 귀사칠검을 수련할 생각이었어요."

삼박혈검은 입을 쩍 벌렸다.

第十二章
황제불급(皇帝不急), 급사태감(急死太監)
내시는 황제는 급하지 않은데 초조해 죽으려 한다

황제불급(皇帝不急), 급사태감(急死太監)
…황제는 급하지 않은데, 내시는 초조해 죽으려고 한다

슈욱!

느닷없이 퇴비 속에서 도광이 튀어나왔다.

닭에게 모이를 주던 금하명은 창졸간에 앞뒤 좌우에서 도격(刀擊)을 받았다.

'안 돼. 기습하기 전에 먼저 피 냄새부터 지워야 해. 몸에 묻은 피는 닦아낼 수 있지. 날이 상한 병기는 버리면 되지. 하지만 평생 걸머져야 할 업보는 무슨 수로 지울까.'

타다닥!

두 발이 스치듯 지면을 쓸었다. 움직이는 발을 따라서 흙이며, 자잘한 돌멩이며, 지푸라기 등등이 분분히 솟구쳤다. 손에 들고 있던 닭 모이, 곡물도 암기처럼 휘뿌려졌다.

"크윽!"

"억!"

답답한 비음이 터지며 네 가닥 핏줄기가 허공을 수놓았다.

언제 발출했는지 모를 석부가 그들의 이마를 정확히 찍어놓았다.

구마굉의 구궁삼뢰진은 상대가 반응하는 모든 움직임을 예상하고 짜여졌다. 천차만별(千差萬別), 십인십색(十人十色)인 무학들을 총망라했다고 봐도 과언이 아니다.

반격에서 암기 또한 빼놓을 수 없는 부분이다.

눈으로 식별할 수 없는 우모침(牛毛針)이 세상을 빼곡하게 메운다면, 사천당문의 고수들이 듣도 보도 못한 암기들을 쳐낸다면…….

그래서 구궁삼뢰진은 일격필살(一擊必殺)을 노리지 않는다.

네 명이 일조로 전방에서 공격하고, 다섯 명이 일조로 후방을 맡아준다. 전살수는 살(殺)을 염두에 두고, 후살수는 수(守)에 집중한다. 공격이 여의치 않을 경우, 전살수는 후살수 뒤로 물러선다. 후살수는 원거리 공격이 가능한 비조로 상대를 옭아매며, 전살수에게 공격 기회를 만들어준다.

구궁삼뢰진은 대표적인 장기전 진법이다.

감일백수(坎一白水)는 정북(正北)에 거(居)하고, 곤이흑토(坤二黑土)는 서남(西南)에 거하고, 진삼벽목(震三碧木)은 정동(正東)에 거하고, 손사녹목(巽四綠木)은 동남(東南)에 거하니 이들이 전살수다.

중오황토(中五黃土)는 중궁(中宮)에 거하니, 곧 구궁삼뢰진의 핵심이며 사천삼백이십 변화의 중추다.

건육백금(乾六白金)은 서북(西北)에 거하고, 태칠적금(兌七赤金)은 정서(正西)에 거하고, 간팔백토(艮八白土)는 동북(東北)에 거하고, 이구자화(離九紫火)는 정남(正南)에 거한다.

이들은 구궁의 위치를 점하고, 상호 보완하여 상대를 핍박한다.

전살수와 후살수가 교차할 때는 구성(九星)의 위치가 틀어지며, 이때 발출되는 공격은 번개가 내리치는 충격에 비유할 수 있다. 구궁의 위치가 돌고 돌아 세 번의 자리 변화가 일어날 때, 지상에는 남아 있는 것이 있을 수 없다. 그래서 삼뢰(三雷).

금하명은 본신진기를 모두 쏟아내서 해사풍을 펼쳤다. 역천신공이 펼쳐지고, 모아진 잠력은 비부술에 쏟아 부었다.

단 한 수에 전살수 네 명을 죽이지 않으면 구궁삼뢰진에 갇히는 결과를 초래한다.

삼박혈검에게서 구궁삼뢰진의 변화를 듣는 순간 불현듯 떠오른 파해법이었다.

한 번의 기회를 놓치면 진법에 휘말릴 수밖에 없다. 구궁삼뢰진을 깨기 위해 접근하려다가는 비조 다섯 개를 일시에 상대해야 한다. 비조를 물리쳤다 생각할 순간에 도광 네 개가 휘몰아친다.

결론적으로 일수구타(一手九打)를 할 자신이 없으면 부딪치지 말고 기회를 노려야 하는데, 숨 돌릴 틈도 주지 않고 몰아치는 차륜전은 생각할 여유조차 주지 않는다.

첫 공격이 시작될 때가 구궁삼뢰진을 깰 수 있는 유일한 기회다.

생각이 옳았다. 첫 공격을 감행한 네 명의 도수(刀手)는 공격 즉시 물러서려고 했다. 하지만 금하명의 비부술은 그들이 염두에 둔 쾌공이나 암기술과는 차원이 달랐다.

파라라락……!

비조 다섯 개가 일시에 내리 꽂혔다.

전살수 네 명의 죽음을 생각하지 않은, 진의 변화를 고려한 공격. 전살수의 퇴로를 확보해 주기 위한 공격. 오방(五方)에서 구궁 속에 갇힌 태원(太元)이 움직일 공간을 모두 차단한 공격.

위력은 말 그대로 번개가 터지는 것 같았다.

오방의 밀집된 공격 앞에 해사풍은 위력을 잃었다. 움직임도, 흙먼지도, 천번지복(天飜地覆)도…… 그 무엇도 비조의 공격에서 벗어날 수는 없었다.

"타앗!"

우렁찬 고함과 함께 남아 있던 석부 다섯 자루를 모두 쳐냈다.

목표는 날아오는 비조. 사람을 공격해야 비조의 움직임도 그칠 테지만, 석부가 상대를 치기 전에 자신의 몸이 먼저 어육(魚肉)이 될 판이었다.

까가가강!

석부와 비조가 얽혀들었다.

비조의 다섯 손가락은 어처구니없게도 날아오는 석부를 낚아챘다.

윙윙윙……!

다섯 사내의 머리 위에서 비조가 선풍(旋風)을 일으켰.

일차 접전 결과 상대는 전살수 네 명을 잃었지만, 금하명은 병기를 모두 잃었다. 곤은 닭 모이를 주느라 토방에 얹혀 있고, 석부는 모두 쳐내고 없다.

'삼뢰가 터지지 않는 구궁삼뢰진은 끝난 거지.'

전살수가 후살수를 밀치고 들어설 때, 후살수는 자리를 내주기 위해 몸을 틀어야 한다. 단지 자리를 비켜주는 것만으로는 안 된다. 전살수의 퇴로를 확보하기 위해 공격을 펼쳐야 한다. 선후로 따지면 공격 진행 중에 신법을 전개해야 한다.

그런 미묘한 움직임이 진기의 흐름을 가속시키고, 공격의 위력을 배가시킨다.

구궁삼뢰진의 뇌는 거기서 나온다.

구궁삼뢰진을 펼치는 자들이 그런 변화까지 감지하고 있다면 아직도 번개가 터질 가능성은 높다. 하지만…… 구마굉이 자신의 전부라 할 수 있는 진법의 정화를 야호적에게 전수했을까? 야호적 중에 진법의 대가가 있다면 한눈에 알아봤을 터이지만, 해적질이나 하던 사람들이 진법을 알까?

금하명은 허리에 손을 얹었다.

'일수오타. 비조까지 감안하면 일수십타는 생각해야 한다. 지금 내 내공으로는 일수삼타가 고작. 내 무공보다 세 배는 빨라야 한다.'

방법이 없었다. 연사곤이 장병이라고는 하지만 비조는 더욱 긴 장병이다. 상대보다 두 배는 빨라야 칠 수 있으며, 합공해 오는 비조까지 감안하면 일수십타로도 오히려 부족한 느낌이 든다.

"타앗!"

다시 한 번 거센 고함을 터뜨렸다.

찰칵! 하는 소리와 함께 연사곤이 시커먼 묵광을 드러냈다. 허공에 묵선이 그려지고, 전신진기를 내포한 허초(虛招)는 애꿎은 허공만 찢어 놨다.

역천신공을 따라 전신에서 급속히 빨려온 진기가 단전을 터뜨릴 듯 팽창시킨다.

꽈꽈꽉!

비조 다섯 개가 맹렬히 다가왔다.

역시 맞다. 구마굉은 구궁삼뢰진은 전수했지만 뇌가 터지는 근본 이

치는 설명해 주지 않았다. 좀 전에 비해서 한결 위력이 떨어지는 합격술이다.

연사곤을 허공에 휘저어 비조의 손등을 때렸다. 비조는 연사곤을 움켜잡으려고 했지만 연사곤이 한 수 빨라서 허공만 움켜잡았다. 금하명은 비조를 두들김과 동시에 해사풍을 일으키며 쏜살같이 짓쳐 나가 앞에 서 있는 자의 머리를 후려쳤다.

퍼억!

바위도 으스러뜨리는 일격이다. 앞에 선 자의 머리가 찰나 만에 반쯤 날아가 버렸다.

쒜엑! 퍽! 퍼퍼퍽!

금하명은 날카로운 경풍 소리를 듣고 경각심을 일으켰지만, 이미 늦었다. 등에서 강한 충격이 느껴졌다. 한두 개도 아니고 연이어 네 번이나 후려친 철권(鐵拳).

연사곤을 움켜쥐는 데 실패한 비조가 되돌아가지 않고, 꽉 쥔 주먹 형태로 변해서 계속 따라붙은 것이다.

"욱!"

금하명은 구토가 치미는 것을 억지로 참았다. 뱃속의 것이 급격하게 치밀어 오르느라 목젖을 건드렸다. 입 안에서는 짭짤한 맛과 함께 비릿한 냄새도 풍겨났다.

'내장이 격탕될 정도란 말이지. 과연 비호대.'

싸움을 하면서 두 번씩이나 운을 기대할 수는 없다. 이들로서는 어쩌면 마지막이나 다름없을 소중한 기회를 놓친 것이다. 등을 가격했을 때, 비조가 손을 벌리고 있었다면 척추를 잡아 뜯었을 수도 있다. 아니, 타격만 제대로 했더라도 척추가 으스러졌을 게다.

금하명은 한 명을 더 죽였지만 결과적으로 무모한 공격이었다.

두 손으로 연사곤을 움켜쥐고, 한 발을 앞으로 내밀어 허보(虛步)를 취했다.

'석부만 있었다면……'

땅에 흩어져 있는 석부가 눈에 들어왔지만 적을 앞에 두고 감히 석부를 집을 수는 없는 노릇. 석부는 이미 내 병기가 아니다.

'이렇게 되면 어쩔 수 없다. 파천신공.'

아는 게 병이다. 파천신공을 몰랐다면 어떻게든 역천신공으로 뚫어 나갔을 게다. 해사풍을 좀 더 정밀하게 펼치면 반격을 당하지 않고 한 명 정도는 더 눕힐 수 있다. 그러면 남은 자는 세 명뿐, 한결 수월한 싸움이 된다.

하지만 알고 있는 무공을 사용하지 않기란 호색한이 금욕(禁慾)하는 것보다 어렵다. 싸움이 고전(苦戰)일 경우에는 더 더욱 그렇다.

꽈앙!

머리 속에서 벼락이 쳤다.

회음에서 일어난 진기가 너무 거세게 치솟아 독맥(督脈) 요혈(要穴) 들이 전부 뭉개진 것 같다. 백회혈이 감당해야 할 충격은 더욱 크다. 송곳으로 천령개(天靈蓋)를 찍힌 충격에 버금간다.

금하명은 순간적으로 이지(理智)를 놓쳤다.

두 눈이 백치처럼 몽롱하게 변하고, 연사곤을 움켜쥔 손은 잔뜩 부풀어 오른 혈맥을 감당할 수 없어서 부들부들 떨렸다.

'터뜨리지 않으면 내가 죽어. 피! 피!'

파파파팟!

해사풍과는 전혀 다른 신법이 펼쳐졌다. 신법이라고 할 수도 없었다. 꼬리에 불붙은 멧돼지가 좌충우돌 닥치는 대로 부딪치는 몸부림에 불과했다.

"사(死)!"

비호대 중 한 사내가 환히 노출된 허점을 놓치지 않고 소리쳤다.

윙! 쒜엥! 퍽!

금하명은 비틀거렸다. 비조가 손가락을 활짝 벌린 채 그의 어깨를 강타했다. 또한 강타한 순간에 어깨를 꽉 움켜잡았고, 밀병을 떼어내듯 어깨 살을 찢어발겼다. 하지만 그도 무사하지는 못했다.

쐐악! 쾅!

금하명은 아픔을 느끼지 못하는 사람처럼 달려들어 그의 가슴에 연사곤을 찔러 넣었다.

피가 확 솟구쳐, 금하명의 얼굴을 붉게 물들였다.

연사곤은 이미 죽음의 신, 잠시도 멈추지 않았다. 사내를 발로 차서 연사곤을 빼낸 후, 옆에 선 자를 후려쳤다.

비호대원은 비조를 날려 연사곤을 휘감은 후, 옆으로 당겨내려고 했지만 내공에서 밀리고 말았다.

퍼억!

사내의 얼굴이 짓이긴 두부처럼 으깨졌다.

이런 건 일방적인 도살이라고도 할 수 없다. 피를 그리워하는 아수라(阿修羅)의 현신이다.

파천신공의 후유증은 상당히 심각했다.

전신의 기력이란 기력은 모두 빠져나가 손가락조차 움직이기 싫은 무력감에 시달렸다. 누가 말을 거는 것도 싫었다. 상처를 치료하는 것도 귀찮았다.
 '으음……!'
 아랫입술을 잘근 깨물었다.
 노노가 어깨에 난 상처를 치료해 주고 있다. 한데, 그것마저 귀찮아서 한 대 패주고 싶은 생각이 치민다. 건드리는 자는, 가만히 있는 몸뚱이를 건드리는 자는 모두 패주고 싶다.
 "비호이대예요. 비호대는 모두 삼 대가 있는데, 그중 두 개가 공자님 손에 끝난 거예요. 비호일대는 더욱 무서울 거예요. 구마괭의 진전을 거의 이어받은 사람들이니까. 비호일대가 당하면 구마괭이 직접 나서겠죠? 구마괭은 대해문 문도가 아니니 서슴없이 나설 거예요. 그 사람들은 돈만 주면 제 형제도 죽일 사람들이니까요."
 이죽이죽 지껄이는 주둥이를 짓뭉개고 싶다.
 그러고 보니 살이 제법 통통하게 올랐다. 살갗의 감촉은 그윽하기 이를 데 없어서 살이 착 달라붙을 것 같다.
 향기가 좋다. 살 내음이 좋다.
 통통한 가슴을 한입 가득 베어 물고 싶다.
 거부? 감히 어디서! 스스로 옷을 벗으면 조금 살살 다뤄주고, 반항하면 죽도록 패주면 되는데. 힘이 있는데 무엇을 못하나. 반쯤 죽여놓은 후에 겁탈하는 재미도 괜찮을 거야.
 꽉 깨문 아랫입술에서 피가 주르륵 흘러내렸다.
 '내가 지금 무슨 생각을…… 이게 마공인가. 이래서 마공은 수련하면 안 되는 건가.'
 경천동지의 위력을 얻는 대가는 확실히 치러야 한다.
 이래서 세상에 공짜는 없는 법이다. 수련으로 얻지 않은 것에는 그에 상응하는 다른 것을 내놔야 한다. 마공의 경우, 지불해야 할 것은 올바른 심성이다.

"노노…… 됐어."

"잠깐만 참아요. 다 됐어요."

참긴 어떻게 참아. 지금 당장이라도 젖가슴을 움켜잡고 싶은데.

"그, 급한 일…… 어서 가서…… 사, 삼박혈검을…… 삼박혈검을 불러줘. 빨리!"

금하명의 음성은 다급했다.

노노가 의아한 눈으로 쳐다보는 게 느껴진다.

금하명은 그 눈길마저 피하고 싶어서 두 눈을 질끈 감아버렸다.

노노가 삼박혈검을 부르러 간 사이, 금하명은 귀사칠검 비급을 처음부터 훑어봤다. 읽고 또 읽고…… 비급의 자자구구가 뇌리에 완전히 각인된 다음에도 읽기를 멈추지 않았다.

비급에는 성정이 폭급해진다는 구절은 있어도 음욕(淫慾)이 일어난다는 설명은 없었다.

'이건…… 세상에 존재해서는 안 될 무공이야.'

비급에 불을 붙였다.

기름을 먹여 황토색으로 번들거리는 비급은 동지를 만났다는 듯 활활 타 들어갔다.

한 권의 비급이 새까만 재로 변하는 데는 숨 몇 번 들이킬 시간이면 충분했다.

'첫 번째는 폭력을 구사하고 싶었다. 두 번째는 파괴하고 싶은 마음뿐이었다. 살아 있는 생명은 모두 숨을 끊어놓고 싶었다. 거기에 음심까지 일었다. 세 번째는…… 사용하기가 무섭다. 이건 금단의 무공이야, 인간이라면 절대 손대서는 안 되는.'

빙사음은 귀사칠검을 익힌 자는 무조건 척살한다고 했다. 남해검문의 존망을 걸고 지옥 끝까지라도 따라가서 추살한다고.

단순한 이기심 정도로 생각했는데, 이제는 이해한다.

귀사칠검은 수련한 자는 가급적 빨리 죽여주는 것이 본인을 위해서도 좋을 것이다. 지금은 폭력을 추구하고 음심을 일으키는 정도에서 그치지만 종국에는 마귀에게 점령당해서 살인밖에 모르는 도구로 전락할 테니까.

삼박혈검은 일 다경(一茶頃) 만에 들어왔다.

"비호이대를 요절냈다며? 대단해. 비호이대라면 나도 상당히 고전했을 텐데."

"내게 준 귀사칠검의 비급, 진본인가?"

"낄낄! 보아하니 효험을 단단히 본 모양이네. 그런 무공은 하나면 족하지. 필사본은 없어. 그게 진본이야. 쩝! 사음이가 그걸 들고 나올 줄 누가 알았나. 괘씸한 계집애 같으니."

남해검문주의 여식이 아니었으면 금고(禁庫)에 접근조차도 못한다는 소리는 들었다. 그걸 추궁하자는 것이 아니다. 지옥의 마공은 절대 존재해서는 안 된다.

"귀사칠검을 수련한 사람은 없고?"

"짜식! 오냐오냐 해줬더니 아예 혓바닥이 반 토막이네. 얼굴 몇 번 봤다 이거지? 그래. 좋다, 좋아. 봐주지. 귀사칠검에 매혹되지 않는 놈은 드무니까. 쓸 만한 놈이야. 그거 네놈밖에 익힌 놈 없어. 숨어서 익힌 놈도 없어. 네놈도 효과를 봤으니 알겠지? 그 무공은 사람을 가만히 내버려 두지 않아. 익힌 놈이 있다면 벌써 피바람을 일으키고 있을 걸?"

"이런 무공인 줄 알면서도 진작 태워 버리지 않은 저의가 뭔데?"

"이놈아, 그 무공…… 마공이긴 해도 쓸 만한 구석은 있어. 악심(惡心)만 제어하면 괜찮은 무공이잖아. 소림사의 반야수미심결(般若須彌心訣)이라면 제어할 수 있을 텐데…… 호랑말코 같은 중놈들이 내놓을 생각을 해야지."

금하명은 방바닥 나무를 들어내고 오래 묵은 듯한 술병을 꺼냈다.

"어? 그게 거기 있는 건 어떻게 알았냐?"

대답없이 술을 들이켰다.

독한 술기운이 식도를 타고 흘러들어 뱃속을 후끈 달아 올랐다.

청화장에 있을 적에 호기심으로 몇 번 마셔본 적은 있지만 술을 가까이 하지는 않았다. 그러기에는 세상에 그릴 것이 너무 많았다. 세상은 퍼내고 또 퍼내도 마르지 않는 거대한 호수처럼 그리고 또 그려도 그린 것보다는 못 그린 것이 더 많았다.

"이런 맛이군, 술맛이란 게."

"어쭈! 늙은이 앞에서 점점 못하는 소리가 없네?"

"그 무공으로 날 죽일 수 있을까?"

삼박혈검의 눈에서 이채가 떠올랐다가 사라졌다.

"왜? 죽고 싶으냐?"

"내가 미치면."

"걱정 마라, 죽여줄 테니."

"그 무공으로 미친놈을 때려잡을 수 있느냐가 문제지."

"못 잡지. 미친놈을 어떻게 잡아. 보나마나 힘은 항우장사에게다 독하기로는 오뉴월에 한을 품고 죽은 여자 귀신보다 더할 텐데. 독을 생각하는 것 같더라."

"독……"

불현듯 능완아가 떠올랐다.

무슨 놈의 신세가 여자만 만났다 하면 독살을 당할 운명이란 말인가. 능완아의 독은 약했는데, 빙사음은 독은 어떤 독일까? 결국 백납도와는 손속 한번 부딪쳐 보지 못하고…….

비호일대는 비호이대보다 훨씬 강하다고 한다. 그 위에는 구마굉이라는 작자들이 존재하고. 또 그 위에 어떤 자들이 있을까? 누가 되었든 구마굉보다는 강한 자일 게다.

파천신공을 사용치 않을 생각이지만, 과연 그럴 수 있을까?

술 한 모금을 더 들이켰다. 입을 댄 김에 아예 꿀꺽꿀꺽 쏟아 부었다. 술에 원수라도 진 사람처럼.

"그거 무척 독한 건데. 좋아, 좋아. 그렇게 술버릇을 들이면 나중에라도 안주 걱정은 하지 않아서 좋지. 킬킬."

"노노를 데려가는 게 좋겠어. 정 시중들 사람을 둬야 한다면, 숨어서 밤이슬을 맞는 놈 중 하나가 좋겠지."

"낄낄낄! 들킬 줄 알았지. 놈들…… 그러고도 은신술에는 일가견있다고 자부하는 꼴이라니. 왜? 노노가 마음에 안 들어? 다른 애로 바꿔줄까?"

"겁탈당해도 좋을 여자면."

삼박혈검의 눈이 동그랗게 커졌다.

"노옴…… 귀사칠검의 약효가 상상 이상으로 세군. 이 정도였는기!"

"쌍안변득이상몽롱(雙眼變得異常朦朧). 내 두 눈이 몽롱한 상태라면 내 눈에 띄지 않는 게 장수에 도움이 될 거요."

금하명은 술병을 바닥냈다.

❷

잠이 오지 않았다.

취기에 젖어 몸이 흔들거리는데도 정신은 더욱 또렷해졌다.

반야수미심결을 구할 방도는 없다. 소림사가 이유없이 절학을 내줄 문파도 아니다. 귀사칠검을 수련해서 악성을 제거해야 한다고 하면 오히려 잡아서 뇌옥(牢獄)에 처넣을지도 모른다.

남해검문은 오랜 세월 동안 악성을 제거할 수 있는 방법을 연구해 왔다. 마공(魔功)에서 선공(善功)으로 탈바꿈시킬 수만 있다면 해무십결에 버금가는 절학으로 재탄생한다.

그런 남해검문도 아직까지 뾰족한 수를 찾지 못했다.

금하명은 마음을 차분하게 가라앉혔다. 파천심공을 운용하지 않는 외에 다른 수가 없다고 생각하니 오히려 마음이 편안해졌다.

'역천신공으로 끝을 봐야 해. 역천신공만 해도 감당할 수 없는 무게인데 파천신공까지…… 차라리 몸을 짓이기는 고통이라면 감내하겠는데…… 이건 안 돼.'

살점이 한 움큼 떨어져 나간 어깨에서 통증이 일었다.

이 정도는 아픔도 아니다. 흑벌 한 마리에 쏘인 정도밖에는 되지 않는다.

유등의 심지를 돋우고, 삼박혈검이 건네준 지도를 펼쳤다.

지도에는 야호적의 현황이 상세하게 기재되어 있었다.

'뱀을 잡으려면 머리를 치라는 말이 있지. 머리만 날아가면 야호적은 스스로 와해되고 말아. 현재 머리라 하면…… 비호일대, 구마굉, 그리고 천검공자라고 했나? 후후! 환갑을 훌쩍 넘긴 사람이 공자 소리를 듣고 있다니.'

구마굉이나 천검공자라는 명호는 처음 들어봤다.

청화장 장서고에 무림인물사라는 책이 있기는 했지만 무림에 관심이 없었던 탓으로 읽어보지 않았다.

그야말로 무림에 대해서는 백지나 다름없는 수준이다.

삼박혈검의 말을 빌리자면 구마굉이나 천검공자 모두 버거운 상대라고 한다. 구마굉의 구궁삼뢰진은 비호이대와는 천양지차, 천검공자는 한술 더 떠서 구마굉조차 쩔쩔맬 정도.

사실이 그렇다면 파천신공을 사용하지 않을 수 없다.

금하명은 침상에 누워 억지로 잠을 청했다.

물이 없어서 사경을 헤매는 일은 한 번으로 족하다. 준비해 둘 것은 철저하게 준비해야 한다. 지금 해야 할 일은 지친 몸과 마음을 최대한으로 끌어올리는 일이다.

"따라올 거야?"

노노조차 떠나고 없는 빈 초옥에는 쓸쓸한 바람만 맴돌았다.

"지켜주려는 건지 감시하는 건지 모르겠지만 오늘만은 따라오지 마. 어제 너희를 죽일 뻔했거든. 살심을 참느라고 혼났어. 어제부터 새로운 목숨을 얻은 거라고 생각해."

독백처럼 대답없는 말을 중얼거렸다.

초옥 문을 밀치고 나설 때까지, 비릿한 냄새와 퀴퀴한 냄새는 움직이지 않았다. 하지만 골목으로 들어서는 순간부터 두 냄새는 일정한 간격을 두고 따라붙었다.

'따라오지 말라고 했는데. 할 수 없지. 그럼 빌기라도 해, 오늘은 파천신공을 쓰는 일이 없게 해달라고.'

이목을 피하기 위해 깨끗한 청삼으로 갈아입었다. 머리에는 만홍도 주민들이 논일을 할 때 쓰는 초립(草笠)을 썼다. 신발만은 신지 못했다. 신어보려고 노력은 했지만 몇 해 동안 맨땅에 길들여진 발이 거부했다.

골목을 벗어나 대로로 들어섰다.

처음 섬에 들어섰을 때 광경과 별반 다르지 않았다. 사람들은 큰 싸움이 있는지조차 모르는 듯 태평스러웠다. 어깨에 조잡한 호랑이 문신을 한 야호적도 사람들과 스스럼없이 어울려 웃고 떠들었다.

질식할 듯한 긴장은 그 어디서도 찾아보기 힘들었다.

'남해검문과 대해문. 당신들만 떠나면 돼. 이 섬은 원래부터 이들 것이었어. 고기를 잡든 해적질을 하든 이들에게 맡기면 돼. 이 섬은 무림문파가 끼어들지 말았어야 해.'

야호적의 씀씀이는 헤펐다.

공짜로 생긴 돈이라서인지 물건을 살 때도, 술집에서 술을 마실 때도 원래 값보다 후한 돈을 내놨다. 덕분에 섬사람들의 생활은 풍요로웠다. 해적들과 어울려 살아서인지 거칠기는 했지만 곤궁해 보이지는 않았다.

대해문은 옥 광산을 가지고 있다. 거기서 벌어들이는 수입만으로도 떵떵거리며 살 정도가 된다. 그런데 기가 막히게 야호적이 강탈하는 재화(財貨)가 옥 광산에 버금간다는 것이다.

 야호적을 수중에 넣으면 광산을 한 개 가지는 것과 진배없으니 욕심을 낼 만하다.

 금하명은 해안을 끼고 계속 걸었다.

 만홍도에는 배를 댈 수 있는 곳이 네 군데 있다. 다른 세 곳은 폐쇄되어 어선 한 척도 댈 수 없는 반면, 다른 한 곳은 야호적이 해적질에 사용하는 큰 배들이 정박해 있다.

 당연하지만 만홍도에서 가장 번화한 곳도 그곳이다.

 방금 벗어난 마을처럼 큰 시장을 가지고 있는 마을은 여섯 군데인데, 그중에서도 남쪽 항(港)이 제일 크다.

 금하명이 가고자 하는 곳이다.

 섬 지리는 지도로 익혀놔서인지 별로 낯설지 않았다.

 철썩! 철썩! 쏴아아아……!

 파도는 끊임없이 몰려와 섬을 두들겼다.

 농도와 만홍도는 크기로는 비교할 수도 없지만 밀려왔다 밀려가는 파도는 똑같았다. 저 멀리 펼쳐진 수평선은 마치 자신이 농도에 있는 것이 아닌가 하는 착각마저 들게 한다.

 '피 냄새…… 왔군.'

 싸우고 싶지 않은 장소에서 피 냄새를 맡았다.

 한쪽에는 고운 백사장이 펼쳐져 있고, 다른 한쪽은 해송(海松)이 멋들어진 자태를 뽐내고 있는 곳이다. 바닷바람도 싱그럽고, 바람에 실려온 해송 냄새도 상쾌하다.

 이런 곳에 피를 쏟아내고 싶지는 않다.

'이, 이렇게…… 너무 많다!'

몇 명인지 헤아릴 수도 없을 만큼 천지사방이 피 냄새로 가득하다.

이들은 암습을 펼칠 생각이 없는 듯 스스로 몸을 드러냈다.

예상보다 훨씬 많다. 백여 명쯤 생각했는데, 사방에서 몸을 드러낸 야호적은 오백여 명을 훌쩍 넘어선다.

이럴 계획은 아니었는데, 이들과 부딪치고 싶지는 않았는데.

이들을 전부 죽일 자신이 없다. 무공으로 앞선다고 해도 사람이 사람을 오백여 명이나 죽일 수는 없다. 지금까지만 해도 서른 명 가까이 죽였다. 그것도 많다. 꿈자리가 뒤숭숭할 정도로 죄책감에 시달린다. 그런데 오백여 명이라니.

이들보다 무공이 강한 비호대도 죽였는데, 야호적 두령은 무슨 생각에서 이들을 죽음으로 내모는 것인가. 전부 죽여보라는 것인가. 그러느니 차라리 이들에게 목숨을 내맡기는 건 어떨까?

금하명은 생각을 바꿨다.

야호적…… 이들은 해적이다. 해적질을 하는 모습은 본 적이 없지만 무차별적인 살인과 강간이 저질러졌을 게다. 지금 이들을 놔준다면, 이들은 다른 자의 생명을 갉아먹을 것이다.

상대가 되지 않는 적수지만 이렇게 많은 자들을 상대로 싸워보는 기회는 일생에 단 한 번뿐이리라. 농도에서 수련한 무공을 최상의 경지로 끌어올릴 수 있는 기회이기도 하다.

어쩌면 중간에서 진기가 탈진되어 먼저 쓰러질지도 모르겠다.

딸칵!

허리에 둘러져 있던 연사곤이 제 모습을 찾았다. 손가락 굵기의 철곤이 새카만 독아(毒牙)를 드러냈다.

삐이익!

야호적 사이에서 호각 소리가 들렸다.

그것이 신호인가. 야호적은 전살수 네 명, 후살수 다섯 명을 일조로 하여 일제히 짓쳐왔다.

쐐엑! 쐐에에엑! 콰콰콰콱!

석부 아홉 자루를 일시에 쳐냈다.

환부난무(幻斧亂舞), 손끝에서부터 목표에 틀어박히기까지 걸리는 시간은 촌각(寸刻). 각기 다른 방향으로 쏘아내되, 목표에는 동시에 틀어박힌다.

"아악! 아아악!"

아홉 생명이 일수에 스러졌다. 거센 충격에 제자리에서 죽지도 못하고 뒤로 나가떨어졌다.

'이제는 곤밖에 남은 게 없군. 곤은 나, 나는 곤. 곤아일체(棍我一體), 무념무상(無念無想), 직도출입(直道出入).'

금하명은 자신을 망각했다. 육체도 잊고, 곤도 잊고, 적도 잊었다. 남아 있는 것은 아무것도 없다. 공격해 오는 적은 반쪽의 그림, 나의 움직임도 반쪽의 그림. 두 그림이 합쳐서 한 폭의 그림이 완성된다.

쉬익! 퍽퍽!

섬광처럼 전개한 직도출입 두 번. 한 명은 이마에 동그란 구멍이 뚫리며 무너졌다. 다른 한 명은 목젖에서 시작하여 뒷머리까지 관통되어 비명도 지르지 못하고 죽었다.

쉬잉!

짧게 그린 횡소천군(橫掃千軍)에 두 명의 허리가 걸렸다.

무명곤법은 단 일식이다. 아니, 일식조차도 없다. 초식이 없는 곤법이다. 감각에 따라 움직이고, 뻗고 싶은 곳으로 곤을 쳐낸다. 해사풍은 짧은 보폭으로 순식간에 삼십육 방위를 밟는다. 어느 때, 어느 곳으로든 곤을 쳐낼 수 있도록 도와주는 보조 역할을 한다.

취릭! 촤악!

날아오는 비조를 연사곤으로 훑은 후에, 주인에게 다시 돌려줬다. 주인들이 잠시 주춤하는 사이, 연사곤은 가슴을 나무판자처럼 뻥뻥 뚫어놓았다.

"저, 전신(戰神)이군! 싸움에 미친놈이거나. 뭐 해! 어서 명을 내리지 않고!"

빙사음은 냉철한 눈으로 싸움을 주시했다.

삼박혈검 말대로 금하명은 전신이다. 싸움이 시작된 지 얼마 되지도 않았는데, 벌써 오십 명 가까이 시신이 되어 드러누웠다. 백사장이며 송림이며 붉은 피가 흥건하다. 핏물이 작은 내가 되어 줄줄 흐른다.

"어서 명을 내리라니까! 저놈이 탈진하면 천검공자를 막지 못해!"

삼박혈검이 재촉했다.

나찰수들은 이제나저제나 명만을 기다리고 있다. 병기를 쥔 손에는 힘이 들어가고, 눈에서는 투지가 불타오르고 있다. 금하명이 싸우는 모습에서 사기가 고무되었다.

'불길해. 이건 아닌데…… 대해문 입장에서는 비호대보다도 이들이 중요해. 천검공자는 죽어도 되지만 이들은 남겨둬야 해. 해적질을 하려면 사람이 있어야 하니까. 그런데 이들을 죽음으로 몰아넣는 것

은…… 이건 아닌데.'

이런 상황을 예측했다.

금하명이 초옥을 나섰다는 말을 듣는 순간, '멍청한 놈'이라고 욕을 했다. 하지만 곧 생각을 돌렸다. 어쩌면 야호적을 뿌리 뽑을 수 있는 좋은 기회인 것 같았다.

동원할 수 있는 나찰수는 총 백여 명.

그들을 모두 소집하여 금하명의 뒤를 밟았다.

생각대로 되었다. 야호적은 금하명에게 온 정신을 빼앗기고 있다. 그들의 배후에 나찰수가 있다는 것을 새까맣게 잊어버리고.

공격 명령만 내리면 야호적은 지리멸렬한다.

그런데도 불안하다. 전에도 무공이 강하다는 자들을 데려온 적이 있지만 이런 대응은 없었다.

비호삼대가 무너지면, 비호이대. 비호이대가 무너지면 비호일대.

이름깨나 알려진 무인들을 데려왔지만 아직까지 비호일대의 벽을 넘어선 무인은 없다.

이번에도 그렇게 했어야 옳다. 이런 싸움은…… 아무 의미가 없다.

"안 싸울 거야! 저놈 혼자 혈귀(血鬼)가 되게 내버려 둘 거야! 어서 명을 내리라니까!"

세 번째 재촉을 받은 후에야 빙사음은 결단을 내렸다.

"모두 물러나요."

"뭣! 설마 내가 잘못 들은 건 아니겠지?"

"모두 물러나요, 가급적 빨리! 이건 함정이에요!"

"뭣!"

"반대예요. 포전인옥(抛磚引玉). 놈들은 우릴 끌어낸 거예요, 일거에 섬멸하려고."

"그래도 저놈들만 없으면……."

야호적과 나찰수는 지루한 싸움을 해왔다.

야호적이 해적질을 하고 돌아와 쉬는 기간은 두어 달. 그동안 나찰수는 야호적을 끊임없이 암습하여 죽였다. 야호적도 가만있지는 않았다. 나찰수와 연관있는 사람들은 어른.아이 할 것 없이 씨를 말렸다.

야호적은 겉으로 드러나 있고, 나찰수는 은밀히 숨어서 간세(奸細)처럼 움직였지만 끝없는 피만 있을 뿐, 어느 쪽도 확실한 승기를 잡지 못했다.

야호적만 모두 사라지면 싸움은 끝나는 것인데.

"왕군(王君)! 지금 빨리! 빨리 돌려보내요!"

왕군은 병기를 불끈 쥐었다.

항명(抗命)! 마음은 고군분투하는 자를 따라서 야호적을 치자고 한다. 하지만 번민은 잠깐, 명을 받들었다.

나찰수들은 올 때와 마찬가지로 소리없이 전장에서 이탈했다.

빙사음은 그래도 안심하지 못했다.

"음양쌍검(陰陽雙劍), 저들의 뒤를 봐줘요."

금하명을 그림자처럼 뒤쫓던 두 인영은 대답이 없었다. 단지 약간의 바람만 불었을 뿐.

❸

손발이 무거워진다. 잠력조차도 제대로 모이지 않는다.

야호적은 결코 무모하지 않았다. 정면 승부로는 승산이 없다는 것을 직감한 후부터는 아예 도부를 뒤로 물리고 후살수만으로 싸움을 걸어왔다.

또한 그들에게는 비조와 도만 있는 게 아니다. 활도 있고, 비수도 있고, 한 번에 철편(鐵片) 백여 개를 쏘아낼 수 있는 연자통(蓮子筒)도 있다.

무공의 고하를 가리는 싸움이 아니라 죽고 죽이는 싸움이라는 걸 실감했다.

오십여 명을 죽이는 데까지는 수월했지만 그 이후부터는 상황이 역전되었다.

다리에 철편이 박혀 해사풍을 전개하기가 용이치 않다. 갑옷도 뚫을 수 있는 화살은 복부에 꿰였다. 원거리에서 날아온 비조는 내장을 격탕시켰다.

비호일대…… 그들은 야호직 사이에 숨어 있다.

그들이 전개한 비조는 다른 자들이 전개한 비조와는 비교조차 할 수 없다. 간혹, 섬뜩한 한기가 치밀 때는 어김없이 그들이 날린 비조가 몸뚱이를 짓이겨 놨다.

"후웁!"

큰 숨을 들이켰다.

야호적은 곤이 미치지 않는 원거리에서 잔인하고 철저한 방식으로 사냥을 즐기고 있다.

먹이를 잡기 위해서는 양 떼 속으로 뛰어들어야 한다. 하나, 그가 한 걸음 내디디면 급살 맞은 사람처럼 펄쩍 놀라 물러선다. 또한 발목을 붙잡아 놓는 암기 세례가 폭우처럼 쏟아진다.

금하명은 죽음을 예감했다.

이 년 동안 한시도 쉬지 않고 고련(苦練)한 끝에 일개 해적 무리에게 죽는 것이 어처구니없지만 현실을 타개할 방도가 없다.

야호적을 너무 얕봤다.

비호대를 비교적 가볍게 무너뜨린 것이 화근이었다.

무인도에 들어가면서 물을 준비하지 않는 우를 또 한 번 저지른 것이다. 야호적을 철저히 분석하고, 이들의 싸움 방식을 알았다면 이처럼 말도 안 되게 당하지는 않았을 텐데.

'준비가 부족했어. 하지만 죽음이 뭔지는 알았다. 이것으로 족한 거야. 남은 건 후회없도록 싸우는 것뿐.'

펑! 파라라락……!

등 뒤에서 요란한 소리가 터져 나왔다. 등줄기에서 소름이 오싹 돋는다.

금하명은 해사풍을 전개해 옆으로 미끄러졌다.

정상적인 상태라면 일 장 정도는 움직였을 것을.

'으음……!'

가는 신음이 절로 새어 나왔다. 하지만 소리로 터뜨리지는 않았다. 철편이 몸에 쑤셔 박히는 아픔은 뼛골을 저려 울리지만 이 정도의 아픔은 얼마든지 참을 수 있다.

답답한 것은 양 떼들을 빤히 보면서 그들 속으로 뛰어들지 못한다는 것이다.

'간과했어. 해사풍이 절대는 아니었어. 허공을 점하는 신법이 필요했는데…….'

아버지가 신법을 세 가지로 분류한 것에는 이유가 있었다.
지금과 같은 상황에서는 유운보(流雲步)를 펼쳐 허공으로 도약해야 한다. 일차 도약 후에 비룡번신(飛龍翻身)으로 몸을 뒤틀어 공격 위치를 잡고, 무명곤법을 시전하면…… 야호적은 서너 명쯤 목숨을 내놔야 할 게다.
금하명은 해사풍을 연구하며 허공으로 도약하는 부분을 제거했다. 싸움이란 찰나 간에 시작되어 단 일 합으로 끝날 것이기에. 그런 곤법을 연구했기에.
물론 유운보를 알고 있기는 하다. 하지만 해사풍처럼 능숙하게 펼칠 자신은 없다. 해사풍조차도 속도가 떨어지는 마당에 수련을 놓은 지 오래된 유운보로 화살 공격을 막을 수 있을까.
'나는 곧 탈진한다. 내공이 고갈됐어. 빈 껍데기만 남았단 말이군. 후후후! 이름이 뭐라고 했지? 빙사음이라고 했나? 은혜를 입은 건지 원수인지 분간할 수가 없네.'
절대 펼치지 않으리라 작심한 파천신공을 끌어올렸다.
꽈꽝!
머리가 터져 나가는 느낌이다.
파천신공은 운용하면 할수록 상승 속도가 빨라진다. 마치 영성(靈性)이 있어서 독맥의 각 요혈을 어떤 방식으로 무너뜨려야 빨리 지나갈 수 있는지 스스로 깨우치는 것 같다.
"아아아악……!"
입에서 괴성이 흘러나왔다. 방금 전까지만 해도 들고 서 있기는 것도 벅차 보였던 연사곤이 활기를 되찾았다. 신형이 팽이처럼 빙글 돌았다. 연사곤에서는 허공을 갈가리 찢는 파음(破音)이 새어 나왔다.

"타앗!"

산천을 쩌렁 울리는 고함과 함께 허공으로 솟구친 금하명은 양 떼들의 머리 위에서 무자비한 살초를 전개했다.

두 손으로 곤의 중심을 잡고 바람개비처럼 돌려서 날아오는 화살을 떨궈냈다. 아니, 그러는가 싶더니 어느새 손은 파단(把段)으로 돌려져 도끼로 찍듯이 내려쳤다.

퍽! 퍼억!

피와 살이 난무했다. 턱뼈와 이빨이 우수수 부서져 나갔고, 깨진 머리뼈가 사방으로 비산했다.

팔이나 다리를 맞은 자들은 운이 좋은 편이다. 혼절한 자는 더욱 운이 좋다. 악귀가 되어 날뛰는 혈인을 보지 않아도 되니까.

삐이익!

호각 소리가 들리고, 야호적은 썰물처럼 빠져나갔다.

금하명은 호각 소리를 듣지 못했다. 물러서는 자들도 용납할 수 없다. 목숨을 내놓지 않으려면 무엇 때문에 싸우러 왔는가.

죽어라 도주하는 토끼를 뒤쫓아가서 날카로운 발톱으로 단숨에 찢어발겼다.

한 명, 두 명, 세 명…… 눈에 보이는 자들은, 살아 움직이는 자들은 절대로 요행을 바랄 수 없다.

꽈광! 꽈광……!

파천신공은 연신 백회혈을 두들겼다. 백회혈은 하늘이다. 하늘에 부딪쳐 우박이 된 진기는 전신을 휘감는다. 사지백해로 감당할 수 없는 진기가 넘쳐흐른다.

'죽엇! 크흐흐흐! 한 놈도 살려두지 않는다. 크하하핫! 나왓! 이놈의

쥐새끼들이 어디 숨었냐. 크흐흐흐!'

심마(心魔)가 일어났다.

살심이 너무 강해서 금하명이라는 인간도 죽이고 싶었다. 완벽하게 살심으로만 똘똘 뭉쳐진 인간이 되어 세상을 피로 물들이고 싶었다.

'안 돼! 여기서 지면 난 마인이 된다! 오직 피만 쫓아다니는 살인마가 되는 거야. 정신 차려, 금하명! 살심을 일으키는 것도 너, 제어하는 것도 너. 도와줄 사람은 아무도 없어. 너 혼자 해야 돼. 너 혼자 이겨내야 해!'

그때, 지금까지와는 비교도 할 수 없는 예기(銳氣)가 덮쳐 왔다.

살심을 간신히 억누르던 한 가닥 이성은 여지없이 무너졌다.

'누가 감히 나를! 죽인닷!'

쒜에엑! 빠빠빡!

비조가 어떻게 튕겨 나가는지, 도가 어떻게 부러지는지 관심거리도 되지 않았다.

연사곤은 순식간에 아홉 명을 도륙했다.

도를 세 번 맞고, 비조에 살점이 뭉텅 떨어져 나갔지만 아프다는 감각도 없었다.

삐이익!

세 번째 호각이 울렸다.

야호적은 불길을 만난 메뚜기처럼 사방으로 흩어져 달아났다. 무려 백여 명에 달하는 시신을 남겨둔 채.

금하명은 연사곤을 땅에 박았다.

곤을 들고 있으면 허공이라도 찢어발겨야 속이 풀릴 것 같았다.
무릎을 털썩 꿇고 연사곤에 체중을 실었다.
'진기를 눌러야 한다. 들끓는 진기를 가라앉혀야 한다.'
쉽지 않은 일이다. 무엇보다 주변 환경이 너무 좋지 않다. 죽어서 널브러진 시신들, 후각을 강하게 자극하는 피 냄새는 끊임없이 살심을 부추긴다.
본신진기를 생성시키는 심법은 아버님이 평생 심혈을 기울여 창안한 천우신기(天宇神氣)다. 오래 연성할수록 사악한 마음이 사라지고 광명정대함이 양성된다는 정종무공(正宗武功)이기도 하다.
파천신공은 천우신기를 완전히 제압했다. 회음에서 일어나 전신으로 쇄도하는 진기는 단전을 거들떠보지도 않았다.
'의수(意守)가 문제야. 파천신공을 운용하는 동안에는 단전을 의식하지 못해. 파천을 일으키는 순간 천우신기는 내쳐진 서자(庶子) 꼴이 되는 거군. 후후후!'
조금은 파천신공에 대해서 알 것 같다.
천우신기를 대하는 관점도 달라졌다. 단순하게 혈도를 따라 진기를 운행시킴으로써 내공을 양성하는 무공 정도로 알고 수련했지만, 지금은 달리 본다. 천우신기는 내공보다도 마음을 정순하게 만들어주는 역할을 한다.
그게 본목적이다. 그동안 곁가지에 집착하느라 나무를 보지 못했다. 숲을 보지 못했다.
'여기를 벗어나는 게 급선무겠군. 피 냄새가 없는 곳으로 가야겠어. 내 스스로 살심을 억제하지 못하니 주변이라도 깨끗해야지.'
금하명은 일어서서 곤을 뽑았다. 그리고 휘청이는 걸음으로 전장을 벗어나기 시작했다.

시신을 보지 않으려고 두 눈을 질끈 감았다. 하지만 콧속으로 스며드는 피 냄새만은 어쩌지 못했다. 발이 핏물을 밟아 미끈거릴 때도 파괴 욕구를 참기 힘들었다.

"놀라운 사람이군요. 저런 상처를 입고도 저만한 무위를 떨칠 수 있다니……."

빙사음의 눈가에 이채가 번뜩였다.

"미련한 놈이지. 희한한 놈이기도 하고. 이까짓 야호적 무리쯤은 간단히 눕힐 수 있는 무공인데, 저런 중상을 당할 건 뭐야. 한마디로 싸움을 모르는 놈이야. 싸움이 무공만 가지고 되나."

삼박혈검이 시무룩하게 앉아서 말했다.

아직도 빙사음이 나찰수를 물린 데 대해서 불만을 가지고 있는 듯하다.

"도와줘야겠어요. 저런 상처로는 구마굉은 버텨낼 수 있을지 몰라도 천검공자에게는 안 돼요."

"놔둬. 어차피 쓰고 버릴 놈이잖아. 놈은 이제 우리 손을 떠났어. 천검공자까지 죽인다 해도 우리 손으로 죽여야 할 판이야."

"……."

"왜? 호기심이 생겨?"

"저렇게 싸우는 사람은 보지 못했어요. 저 사람은 진짜 낭인(狼人)이에요. 무공의 극(極)을 알기 위해 사는 사람 같아요."

"그럴 거였으면 귀사칠검을 주지 말았어야지. 이젠 늦었어. 낄낄! 세상은 항시 요지경이라니까."

"나중은 나중에 생각하고 우선 금창약이라도 발라줘야겠어요. 저 상태에서 부딪치면 오늘을 넘기지 못해요."

"놔두라니까! 놈도 손이 있고 발이 있어. 치료를 해도 제 놈이 하게 내버려 둬."

삼박혈검의 거친 말에 빙사음이 고개를 돌려 쳐다봤다.

"장로님 혹시……."

"그래, 맞아. 클클! 저놈이 좋아지기 시작했어. 그러면 뭐 해, 어차피 죽을 놈인데."

"그래도 상처는……."

"지금 저놈은 악마야. 악마 곁에 다가가면 어떻게 되는지 알지? 노노를 왜 초옥에서 데려왔는지 알아? 놈이 그러더군. 겁탈해도 좋다면 옆에 두라고. 음심이 생긴 거야. 똑똑하니 무슨 말인지 알 거다. 우리와 놈의 인연은 여기서 끝이야. 다음에 또 말을 나눌 기회가 생긴다면 그때는 서로를 죽이려고 할 때겠지."

삼박혈검은 애잔한 눈빛으로 금하명을 쳐다봤다.

삼박혈검의 말을 듣고는 빙사음도 움직일 수 없었다.

'미안하군요. 귀사칠검이 이럴 줄은 몰랐어요. 심성을 변화시킨다는 말은 들었지만 이렇게 빠를 줄은…… 미안해요. 죽으면 봉분이라도 세워줘야 하는데, 묘비를 어떻게 써야 할지 모르겠네요.'

다른 한쪽,

"세상에 저런 놈이 있다니 믿기 어렵군. 비호일대를 단숨에 작살냈어. 저런 놈이 어떻게 아직까지 알려지지 않았지?"

젊고 잔잔한 음성이 흘러나왔다.

"말투로 보면 복건 놈입니다."

대답하는 음성도 잔잔했다.

"복건…… 청화신군을 죽인 자가 백납도라고 했나?"

"네, 그렇습니다."

"백납도라는 자는 검을 사용하니, 그자는 아닌 것 같고."

"죄송합니다. 무공 연원을 알아보려고 했습니다만……."

"괜찮아. 귀제갈(鬼諸葛)이 알아내지 못했다면 불가항력이지. 빙사음이 의외로 발이 넓군. 아주 좋은 놈을 데려왔어. 하하! 머리나 식힐 겸 해서 놀러 왔더니 더 골치 썩이게 생겼군. 귀제갈."

"네."

"어떻게 될 것 같아?"

"구마굉은 상대가 안 됩니다. 놈은 이미 구궁삼뢰진의 파해법을 알아냈습니다. 하지만 지금 바로 붙인다면 재기 불능의 타격을 입힐 수는 있을 겁니다."

"구마굉을 버리라는 말이군."

"어차피 소모품입니다."

"그리고 천검공자를 붙인다?"

"마무리를 확실하게 지어줄 겁니다."

"저놈은 그렇게 하고…… 나찰수는?"

"계획대로 진행될 겁니다. 나찰수를 소집했다는 자체가 빙사음의 실수. 물 위로 떠오른 나찰수를 제거하는 데는 한 시진이면 충분합니다."

"그럼 오늘 저녁은 평화로운 밤이 되겠군."

"독주(毒酒)를 드셔도 좋을 겁니다."

"그러지. 역시 오기를 잘했어. 아주 바람이 상쾌하군. 참! 이번 기회에 죽지 못해 안달하는 늙은이도 보내줘."

"삼박혈검…… 말입니까? 그러자면 빙사음도……."

"빙사음은 내가 맡지. 나도 몸 좀 풀어야 하니까."

"재고를 부탁드립니다. 일은 인간이 하나 성패는 하늘에 달린 것. 만에 하나 구멍이라도 생기면 전면전입니다."

"귀제갈은 실수가 없는 것으로 알고 있는데, 잘못 알았나?"

"남해검문을 제거하는 것까지는 계획에 넣지 않았습니다."

"지금 넣어."

"재고를……."

"모든 일은 남해검문의 비합전서(飛鴿傳書)를 완벽하게 막아낼 수 있다고 자신했을 때 시작해. 남해검문과 나찰수는 한날한시에 뼈를 묻는 거야. 오늘 저녁에 독주를 마셔도 좋다는 말, 아직도 유효한가?"

"재고를 부탁드립니다."

"날씨가 아주 좋군. 하하! 전에는 빙사음 그 계집애 목에다 칼집을 내줬는데, 이번에는 어디를 베어줄까? 고민이네. 심장을 베자니 가슴이 걸리고, 목을 떨구자니 너무 흉측한 것 같고. 하하하! 남해검문주. 새파랗게 질린 얼굴이 눈에 선하군. 하하하!"

반악(潘岳)이나 송옥(宋玉)과도 용모를 다툴 만큼 빼어난 미공자였다. 피부는 여인처럼 매끄럽고, 이목구비는 각이 또렷했다. 미공자가 입을 열 때마다 드러나는 하얀 이는 상아보다도 맑았다.

미공자가 몸을 돌려 걸어가며 말했다.

"빙사음이 없었다면 내가 올 이유도 없지. 귀제갈이라면 천검공자

같은 놈과 한 배를 탈 때부터 내 생각 정도는 읽었다고 생각했는데? 난 나를 거부한 자는 용서하지 않아. 상대가 누가 되었든. 하하하!"
 미장부의 맑은 웃음소리가 멀리 퍼져 나갔다.

第十三章
천무절인지로(天無絶人之路)
하늘은 사람을 궁지에 몰지 않는다

천무절인지로(天無絶人之路)
…하늘은 사람을 궁지에 몰지 않는다

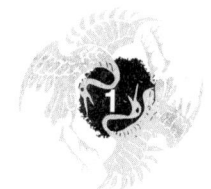

백회혈(百會穴)에서는 인체의 모든 기가 교차한다.

범인(凡人)들도 백회혈을 자극해 주면 뇌의 혈액 순환이 촉진되고, 뇌 기능이 활성화하여 정신을 맑아진다. 의원들에게는 신경과 관련되어 일어나는 모든 질병을 치료하는 주요 혈이기도 하다.

고혈압, 불면증, 두통, 신경 쇠약, 과로, 우울증, 신경통, 빈혈, 숙취, 야뇨증, 어지럼증…….

침이나 뜸을 사용하면 좋지만 부드럽게 문질러 주기만 해도 효과가 있다.

이런 혈에 태풍이 불고 있다.

쾅! 쾅! 쾅! 쾅……!

파천신공은 금하명의 의지와는 상관없이 계속 백회혈을 두들겨 댔다.

회음혈에서 의수를 거두려고 했지만, 그것 또한 마음대로 되지 않았다. 여우에 홀린 사람처럼 정신없이 휘말려 들어가 진기를 끌어올리고 전신에 분산시켰다.

혈맥이 팽창할 대로 팽창하여 금방이라도 터질 것 같다. 혈맥이 터지지 않더라도 이대로 백회혈을 두들겨 맞다가는 정신 이상이 되지 않을까 싶다.

'쏟아내야 해. 이 진기를 가두고만 있으면 내가 죽어.'

파앗! 퍽! 퍽! 쉬익! 퍽!

산에 있는 돌과 나무들이 휴지처럼 구겨졌다.

지도에서는 이 산을 일컬어 금부산(金釜山)이라고 한다. 도끼 산이라는 뜻으로 산의 형태가 도끼를 거꾸로 세워놓은 것 같아서 붙여진 이름이다.

산 정상으로 올라가는 길은 거의 벼랑에 가깝다. 정상은 도끼날처럼 날카로워서, 올라가 본 사람의 말을 빌리면 한 발만 삐끗해도 천 길 아래로 떨어질 만큼 위험하다고 한다.

금하명은 금부산에 구멍을 내겠다는 듯 연사곤을 쳐내고 또 쳐냈다.

'이 정도면 진기가 고갈될 만한데 어디서 끊임없이 일어나는 거냐. 이러다 갑자기 진기가 뚝 끊겨 목숨을 달라고 하겠지? 준다. 줄 테니까 가만히 앉아서 죽을 수 있게만 해다오.'

기혈(氣穴)이 들끓었다. 머리끝에서 발끝까지 하나로 이어져 있는 살 조각들이 산산이 부서지는 느낌이었다.

실같이 가느다란 한 조각 이성을 붙잡고 있는 것만도 초인적인 의지를 필요로 했다.

독심이나 강인한 의지 같은 것은 효과가 없었다. 혼을 빼앗고자 하는 파천신공의 부작용은 인간이 견뎌낼 성질의 것이 아니었다. 유밀강신술을 시술받지 못했다면 진작 넋을 놓고 말았으리라.

그러나 그것도 곧 한계에 도달했다.

세상에서 가장 지독한 고통이라는 흑벌침의 고통도 뇌리에서 지워져 갔다.

'이놈이 나를 죽이고 있어. 죽이려면 몸뚱이만 죽여! 날 빼앗지는 마! 그것만은 절대…… 절대 안 돼!'

끊어지려는 이성을 간신히 붙잡았다.

인간의 힘은 어디까지인가. 천 명이 다가서면 천 명을 죽이고, 만 명이 다가서면 만 명을 죽인다. 천하를 발 아래 굴복시켜 오시(傲視)하고, 마음에 들지 않는 자는 일장(一掌)에 때려죽인다.

그럴 수 있는 힘이 있다. 무엇 때문에 참는가. 누굴 위해서 참는가. 영웅(英雄)만이 역사에 남는 것은 아니다. 패웅(覇雄)도 마웅(魔雄)도 역사를 장식한다. 백납도가 도전할 생각을 못할 만큼 강한 자가 되고자 했는가? 이 힘만 터뜨리면 될 수 있다. 터뜨려라. 터뜨려. 참지 말고 터뜨려라!

'이래 죽으나 저래 죽으나 마찬가지. 길길이 날뛰다 죽을 바에는…… 아니, 이대로 가다가 미친놈이 되어 세상을 뜨느니 차라리 주화입마를. 그래, 주화입마를 당해서 사지를 움직이지 못하면 최소한 미친놈 소리는 듣지 않겠지.'

이미 살인마가 되었다. 해적이라고는 하지만 섬에 들어와서 죽인 자가 무려 백오십여 명에 달한다. 그렇게 많은 사람을 죽이리라고는 꿈에도 생각해 본 적이 없다.

더 죽일 수는 없다.

꽝!

파천신공이 백회혈을 강타했다. 순간, 파천신공과는 성질을 달리하는 천우신기를 끌어올렸다.

퍽퍽퍽퍽……!

혈도를 따라 정상적으로 운행하려던 진기와 백회혈에서 사정없이 쏟아져 내리는 진기가 뒤엉켰다. 아니, 거대한 충돌을 일으켰다. 인중(人中)에서, 기해(氣海)에서, 곡지(曲池)에서…….

"끄윽……!"

금하명은 요동치는 기혈을 이겨내지 못하고 신음을 토해냈다.

유밀강신술을 시술받은 이후에 입으로 신음을 토하기는 처음이지만, 본인은 의식조차 하지 못했다.

쾅! 쾅쾅!

저항을 받은 파천신공은 더욱 거세게 들이쳤다. 천우신기를 단숨에 밀어내려는 듯.

'역천신공…… 역천신공으로 잠력을…….'

콰콰콰광……!

몸속에서 거대한 폭발이 일어났다.

유밀강신술은 아무리 효험이 뛰어나더라도 두 번 다시 시술받고 싶지 않다. 한데, 이번 폭발로 유밀강신술 따위는 어린아이 소꿉장난에 지나지 않는다는 것을 알게 되었다.

금하명은 푸른 하늘을 보고자 했으나 시커먼 암흑밖에 보이지 않았다. 그리고 썩은 나무 기둥 무너지듯 풀썩 쓰러지고 말았다.

쉭! 쉬익……!

혼절한 금하명 곁에 일단의 무리가 내려섰다.

"이놈, 미친놈 아냐?"

"흐흐흐! 제정신이 아닌 것만은 분명해."

"그러나저러나 이걸 좀 봐. 엄청난 곤법이군. 바위가 아예 가루가 됐어. 이놈이 눈을 뜨면 우리 정도는 손짓 한 번에 날려 버리겠는데."

"그러니 하늘이 우리 편이라는 거지. 절륜한 무공을 가지고 있으면 뭐 해. 혼절한 놈은 개미새끼 한 마리 죽이지 못하지."

아홉 명, 농부들이 즐겨 입는 허름한 무명옷을 입은 사람들이 여유롭게 한마디씩 내뱉었다.

그중 한 명이 대도를 뽑아 들었다.

"밤이 길면 꿈도 많은 법이지. 할 일은 빨리 하는 게 좋아."

그가 뚜벅뚜벅 걸어서 금하명 옆에 섰다. 그리고 금하명의 목을 향해 냅다 도를 내려쳤다. 순간,

쒜에엑!

어디선가 흘러온 날카로운 파공음이 귓전을 때렸다.

"엇!"

대도를 내려치던 자는 깜짝 놀라 뒤로 물러섰다. 찰나, 파공음은 정체를 드러냈다. 한 자루의 비수가 아슬아슬하게 사내의 얼굴을 스쳐 지나갔다. 대도를 계속 내려쳤다면 금하명의 목을 떼어낼 수는 있었으나 자신 역시 무사하지 못할 상황이었다.

아홉 사내 중 한 명이 절벽에 꽂힌 비수를 뽑아냈다.

"흐흐흐! 묵강한철(墨鋼寒鐵). 묵강한철로 비수를 만들어서 쉽게 버릴 수 있는 문파는 남해검문밖에 없지. 빙사음. 흐흐흐! 오늘은 그 잘난 해무십결을 볼 수 있겠군."

비수를 던진 사람은 빙사음이었다.

삼박혈검에게 말을 듣기는 했지만 금하명의 상세가 적이 염려되어 뒤를 따랐다.

금하명은 미쳐 날뛰었다. 그의 발광은 광인(狂人)과 다름없었다. 그가 전개한 곤법은 무공의 흐름을 따른 것이 아니라 오직 파괴만을 목적으로 하는 무지막지한 살초였다.

삼박혈검 말대로 이성을 잃었다.

금방이라도 세상에 존재하는 모든 생명을 말살시킬 것처럼 길길이 날뛰던 사람이 갑작스럽게 혼절한 것은 전혀 예상치 못한 일이다.

수련은 하지 않았지만 귀사칠검을 훑어본 적이 있다. 거기에는 귀사칠검을 수련했을 때 나타나는 반응이 상세하게 적혀 있었지만 혼절 운운하는 부분은 없었다. 하기는 색욕이 치미는 부분도 없었으니.

이럴 때 구마굉이 나타난 것도 뜻밖의 변수다.

하필이면 지금…….

어쩔 수 없는 상황에서 비수를 날리기는 했지만 구마굉은 상대하기 껄끄러운 고수들이다.

빙사음은 검을 뽑아 들고 나섰다.

'이미 엎질러진 물이야.'

"흐흐흐! 빙사음의 미모가 하늘을 울린다더니 과연 절색이군. 오늘은 몸보신을 톡톡히 하겠어."

"주둥이가 더럽군."

"어른에게 그렇게 말하면 쓰나. 곧 달콤한 타액을 넘겨줄 입인데 주둥이라니."

'구궁삼뢰진을 펼치게 해서는 안 돼.'

하지만 마음뿐이었다. 강호의 늙은 여우들은 빙사음이 나타남과 동시에 싸울 위치를 잡았다. 발을 딛고 서 있는 곳은 구궁(九宮)의 접점. 움직임이 시작됨과 동시에 구성(九星)의 변화가 일어난다.

빙사음은 긴장했다.

구마굉이 마인이면서도 아직까지 목숨을 부지하고 있는 것은 결정적인 사선(死線)은 넘지 않았기 때문이다.

그들이 저지른 악행이라는 것은 한쪽 눈만 질끔 감으면 넘어갈 수 있는 미미한 것들이었다. 그들의 소행이라고 추측되는 큰 사건이 없는 것은 아니지만 단서를 일절 남기지 않았기에 추궁을 할 수 없었다.

더군다나 구마굉의 무공은 경시하지 못할 만큼 강하다. 어느 문파든 이들을 잡기 위해서는 상당한 피해를 각오해야 한다.

구마굉은 그런 점을 역이용해서 무림문파가 나서지 못할 만큼 작은 사건들만 일으켜 왔다.

남해검문주의 여식을 합공하여 죽인다면 사선을 넘게 된다.

구마굉이 아무리 날고뛰는 재주가 있어도 남해검문을 적으로 돌려서는 살 가망이 없다.

방법은 오직 하나, 죽이되 흔적을 남기지 않는 것이다. 지금까지 발각되지 않은 많은 사건들처럼 그들 소행이라고 짐작되는 흔적은 말끔히 지워지리라.

한마디로 이들에게 당한다면 시신도 남지 못한다.

'이걸로 미안한 마음이 가셨으면 좋겠네요.'

혼절해 있는 금하명을 힐끔 쳐다보았다.

무엇 때문에 혼절했는지는 모르지만 겉으로 보기에도 기식(氣息)이 엄연한 것이 가만히 내버려 두어도 오래 살 것 같지는 않았다.

"힘들게 이럴 게 아니라 그냥 다리 벌리지 그래. 남해검문주라면 몰라도 네 무공으로는 고생만 할 뿐이야. 이렇게 하지. 넌 이를 악물고 참는 거야. 쾌감을 느끼면 노부가 이기는 거고, 못 느끼면 졌다고 인정하지. 물론 졌을 때는 내 목을 가져가. 어때? 괜찮지?"

"흐흐흐! 이 형, 그거 내가 먼저 하면 안 되겠소?"

"입 다물어. 윤간이라도 하는 줄 알고 놀라잖아. 흐흐흐! 아가, 너무 염려 마. 윤간도 괜찮은 거야. 일단 쾌감을 느끼지 시작하면 노부 한 사람으로는 만족하지 못할걸? 여기 있는 이 어른들이 한 번씩 하고 나서도 더 해달라고 할 거야. 쩝! 오늘은 피골이 상접하는 날이군. 그래도 할 수 없지 뭐. 육보시란 해줄 때는 확실하게 해주라고 했으니까."

'격장지계(激將之計). 흔들리면 안 돼.'

화를 내면 안 된다. 화가 치밀면 기혈이 혼탁해지고, 내공을 십분 떨쳐 낼 수 없다. 하지만 화가 났다. 더러운 늙은이들의 음란한 말을 듣고 있노라니 전신에서 벌레가 기어가는 듯 스멀거렸다.

'어차피 싸울 거라면 선공(先攻).'

파앗!

허공을 박차고 도약했다.

해무십결(海武十訣) 중 제구결(第九訣), 천빙소(天氷笑) 사식(四式) 이십육초(二十六招)!

노리는 자는 중궁(中宮)을 점하고 있는 중오황토(中五黃土), 사천삼백이십 변화의 중추.

천빙소는 난검(亂劍)이다. 삼식까지는 매 육 초로 이루어지며, 마지막 사식은 팔 초로 구성된다. 이십육 초는 서로 연환하며, 각 초식마다 삼검을 뿜어내니 사식을 모두 전개하면 무려 칠십팔 검이 된다.

그중 허초는 육십오 검이요, 실초는 십삼 검이다.

빙사음은 허공에 뜸과 동시에 십팔 검을 쏟아냈다.

구마굉은 각기 자신이 공격받고 있다는 착각에 빠졌다. 하지만 그들은 강호에서 산전수전 다 겪은 능구렁이들이다. 난검의 허초는 시간이 지나면 변화할 수밖에 없다는 점을 알고 있다.

스스슥!

뒤로 이 보씩 물러섰다.

그 정도로도 허초와 실초가 판가름되었다.

"전살!"

도를 뽑아 든 네 명이 득달같이 달려나와 실초를 맞이했다.

차앙!

도와 검이 부딪쳤다.

예정대로라면 빙사음의 검은 도와 부딪치는 순간 구렁이 담 너머 가듯 도신을 부드럽게 미끄러져 가슴을 노려야 한다.

빙사음은 그럴 기회를 잡지 못했다. 도에서 전달되는 강한 진력(眞力)이 검을 튕겨내는 순간 난검은 변화를 이어가지 못했다.

해무십결 중 제사결(第四訣), 폭멸검(爆滅劍) 이식(二式) 십팔초(十八招)!

내공이 강한 상대, 중공(重功)을 수련한 상대, 혹은 철퇴(鐵槌)처럼 중병을 든 상대와 만나면 병기를 부딪치기가 곤란하다. 힘의 차이가 확연하면 일수에 검을 놓치거나 부러지는 수도 있다.

폭멸검은 그런 상대를 제압하기 위한 검법으로 이강제강(以剛制剛)에 역점을 둔다.

모든 진기는 검과 손에 집중하고, 몸은 표표히 허공을 난다.

깡깡깡……!

도에 비하면 연약하게까지 보이는 검이 연속적으로 부딪쳤다.

첫 번째 부딪침에서 검은 이빨이 빠졌다. 두 번째 부딪침에서는 금이 갔고, 세 번째에서는 깨진 유리 조각처럼 갈라졌다. 네 번째…… 마지막 부딪침에서 검은 파편이 되어 상대의 전신으로 쏘아졌다.

"크윽!"

전살수 중 한 명이 답답한 비음을 토해내며 물러섰다.

그는 혈인이 되었다. 전신에서 붉은 핏물을 뚝뚝 흘려내며 척추 없는 문어처럼 흐물거렸다. 파편은 두 눈을 찢어놓았다. 이마에 박힌 파편은 안으로 쑥 들어가 보이지도 않았다. 목에도, 가슴에도…… 상반신이 어떻게 손을 써볼 수가 없을 만큼 찢어지고 갈라졌다.

빙사음도 무사하지는 못했다.

이강제강으로 도를 네 번이나 받는 동안, 손아귀가 찢어졌다. 검도 손잡이만 남았다.

구마굉 중 살아남은 사람은 팔 인.

"독한 계집애! 이게 말로만 듣던 폭멸검이군. 검 한 자루에 목숨 하나라고 했던가! 이제 그 뜻을 알겠군."

후살수 다섯 명이 비조를 돌려댔다. 전살수 세 명도 조금씩 거리를 좁혀 왔다. 검도 없는 여인지만 그들은 조금도 방심하지 않았다.

휘르르릉……!

첫 번째 번개가 터졌다.

'이건!'

구마굉 중 다섯 명의 연수합격. 다섯 명이 진기를 한데 모아 일시에 쳐낸 것과 같다.

빙사음은 소도(小刀)를 꺼내 들고 비연약파(飛燕掠派)를 시전했다.

물 찬 제비가 넘실거리는 파도 위를 날듯 부드럽고 빠른 신법은 비조의 공격 범위를 벗어났다. 그러나 비연약파도 삼면에 쳐진 도벽(刀壁)을 넘어서지는 못했다.

해무십결 제오결(第五訣), 천지검(天地劍) 일식(一式) 삼초(三招)!

하늘로 도약하여 두 손으로 검병(劍柄)을 잡고 일직선으로 그어 내린다. 검과 병기가 부딪치는 순간, 혹은 검과 물체가 부딪치는 순간 반탄력을 이용해 검을 끌어 올린다. 진기는 풀었다 모으며, 모이는 순간 재타격을 가한다. 두 번의 타격으로 병기 혹은 물체가 쳐지면, 유성낙벽(流星落壁) 신법을 사용하여 전신을 던진다. 진기가 밀집된 검은 떨어지는 가속에 힘입어 배의 위력을 나타낼 것이며, 천지간 무너지지 않는 게 없으리라.

카앙! 깡! 파앗!

소도가 도벽을 무너뜨렸다. 유성낙벽에 힘입은 소도는 이마를 뚫고 들어가 천령개로 빠져나왔다.

빙사음은 뒤로 무너지는 구마굉의 가슴을 박차며 재도약했다. 그때,

촤라라락……!

머리 위에서 섬뜩한 한기가 느껴졌다.

빙사음이 머리를 보호하기 위해 고개를 숙이는 찰나, 엄청난 타격이 등을 후려쳤다.

"악!"

짤막한 비명이 절로 튀어나왔다.

무너지는 신형을 바로잡으려고 했지만 몸이 말을 듣지 않았다.

슈욱!

옆구리도 갈라졌다. 구마굉의 도는 매우 날카롭게 갈려 있어서 따끔

한 느낌이 들었을 뿐인데도 핏물이 솟구쳤다.
"끝났군. 형제 둘을 잃었어."
중오황토를 점하고 있는 자가 말했다.
'아직 끝나지 않았어.'
빙사음은 일어서려고 했다. 하지만 두 발이 마치 남의 발인 양 의지대로 움직여 주지 않았다. 그때서야 빙사음은 비조 하나가 허벅지에 틀어박혀 있다는 것을 깨달았다.
철조가 뒤쪽 허벅지를 잔뜩 움켜잡고 있다. 철지(鐵指) 다섯 개가 살을 파고들어 당장이라도 살점을 뜯어낼 듯하다.
'장로님도 힘든 상대라더니.'
쉬익! 쉬이익!
구마쾡은 이심전심으로 서로의 생각을 읽는 듯 일시에 비조를 날렸다. 하나는 다른 쪽 종아리를, 다른 두 개는 양팔을, 마지막 한 개는 목을 움켜쥐었다.
"넌 지금부터 대가를 치러야 돼. 형제를 둘씩이나 죽였으니 값이 아주 비쌀 거야."
팔다리를 잡은 네 명이 비조를 잡아당기자 빙사음은 허공에 붕 들렸다가 엉덩방아를 찧었다. 큰 대(大) 자로 사지를 활짝 벌리고 누워 있는 형국이었다.
"우선 기해(氣海)를 파괴할 생각이야. 네년은 무공을 펼치고 싶어도 펼치지 못하지. 찢어 죽일 놈 하고 이를 갈아도 네 이만 아파. 이로써 남해옥봉(南海玉鳳)은 죽고 창녀만 남는 거야."
'이렇게 허무하게……'
구마쾡 같은 자들에게 당했다는 것이 자존심 상했다. 남해검문주의 금지옥엽이면 구마괭 정도는 가볍게 처리할 수 있어야 하는데.

"어떻게 창녀가 되냐고? 흐흐흐! 넌 환락산(歡樂散)을 제공받을 거야. 황홀하지. 몸뚱이가 뜨거워서 팔팔 뛸걸? 사내라면 애 어른 가리지 않고 달려드는 개가 되는 거지. 네년은 야호적에게 상당한 사랑을 받을 거야."

구마괭 중 도를 든 자가 가까이 다가와 기해혈에 손을 얹었다.

"해무십결을 말하면 이 자리에서 윤간하는 것으로 끝내줄 수도 있지. 어차피 환락산 맛을 들이면 네년 스스로 입을 열게 될 테니 버텨도 소용없어."

이런 자들에게 치욕을 당할 바에는 죽는 게 낫지.

빙사음은 눈을 감았다. 하지만 역시 능구렁이들, 그녀가 혀를 깨무는 것보다 투박한 손이 턱 밑을 더듬는 것이 먼저였다.

'아혈(啞穴)마저…… 능욕을…… 안 돼!'

구마괭 중 중오황토를 점한 자가 말했다.

"기해를 파괴해. 어차피 저년은 제 입으로 불 수밖에 없어."

❷

구마괭의 욕심은 숨 몇 번 들이킬 사이에 끝나고 말았다.

"운우지락(雲雨之樂)도 모르는 것들이. 무식한 놈들은 미녀를 다루는 방법도 모른단 말이야. 여자에게도 층(層)이 있다는 것을 모르나? 남해옥봉은 최상급이야. 너희 같은 무지렁이들이 손댈 여자가 아냐."

구마괭의 얼굴이 썩은 감빛으로 물들었다.

"오셨습니까."

그들은 욕을 얻어먹었음에도 화를 내기는커녕 고양이 앞에 쥐처럼 머리를 조아렸다.

"미친놈 하나 때려잡으라고 해서 왔더니 운우지락이 기다리는군. 역시 만홍도는 좋은 섬이야. 섬에 들어설 때부터 좋은 느낌이 팍 왔어."

백색 장삼을 입은 사내다. 손에는 섭선(摺扇)을 들고, 어깨에는 십(十)자로 쌍검을 걸머맸다. 나이는 서른쯤? 평범한 용모지만 입술이 유난히 붉어서 홍색 물감을 칠해놓은 것 같다.

나이는 환갑이 넘었지만 얼굴이 늙지 않는다는 천검공자다.

"수고했다. 너흰 저놈이나 요절내고 그만 가봐."

천검공자는 산책이라도 나온 듯 유유히 걸어와 빙사음 옆에 쭈그리고 앉았다.

빙사음은 짙은 사향(麝香) 냄새를 맡았다.

여인들이나 지니는 향낭(香囊)을 지닌 사내.

손이 목뒤로 들어와 천주혈(天柱穴)을 짚었다.

'안 돼!'

안 된다고 안 되겠는가. 천주혈을 짚은 손에 힘이 들어가고, 빙사음은 까마득한 혼절 속으로 빠져 들어갔다.

"뭐 해? 장난감들 치우지 않고."

구마굉은 화들짝 놀라 비조를 거뒀다.

"돌아가서 나는 내일쯤 돌아간다고 해. 오늘은 아무도 찾아오지 마. 아무리 급한 일이 있어도, 찾아오는 놈은 모가지를 비틀어 버릴 테니까 알아서들 해."

천검공자가 빙사음을 옆구리에 끼고 신형을 띄웠다.

"죽 쒀서 개 준다고 꼭 그 짝이군. 빌어먹을 놈! 하필이면 이때 나타날 게 뭐야!"

천검공자가 떠나자마자 중오황토에 있는 자가 신경질적으로 투덜거렸다.

"뭐 해! 어서 저놈 모가지나 따!"

"형님은…… 신경질나는 건 우리도 마찬가진데 왜 우리에게 성질이쇼. 에잇! 감질만 났네."

도를 든 자가 신경질을 부리며 금하명에게 다가섰다. 그리고 사정없이 도를 내려쳤다. 그런데,

"큭!"

느닷없이 비명이 터져 나왔다.

혼절한 자는 비명을 지르지 못하는 법, 천검공자가 사라진 방향을 닭 쫓던 개마냥 멍하니 쳐다보던 구마굉은 일제히 고개를 돌렸다.

목을 베어야 할 자가 깃대에 꽂힌 깃발처럼 허공에 들려져 있다. 턱 밑에서 뚫고 들어가 정수리를 뚫고 나온 것은 틀림없이 연사곤.

"노, 놈이 깨어났어! 빌어먹을!"

살아남은 구마굉 중 여섯 명은 즉시 싸움 태세를 갖췄다.

전살수는 한 명밖에 남지 않았으니 구궁삼뢰진은 무너졌다고 봐야 한다. 아니다. 그것은 야호적에게 해당하는 말이고, 구마굉은 단 두 명만 있어도 번개를 때릴 수 있는 묘법을 알고 있다.

스스스슥……!

여섯 명의 위치가 일순간에 변화했다.

도를 들고 있던 자는 도를 버렸다. 대신 겸(鎌)을 꺼내 들었다. 비조처럼 자루에 쇠사슬이 달려 있는 겸이다. 비조를 든 자들 중에서도 두

명은 비조 대신 겸을 취했다.

비조 셋, 겸 셋.

촤락! 촤락! 촤락……!

금하명을 포위하고, 머리 위로 빙글빙글 겸과 비조를 돌렸다.

파앗!

공격은 금하명이 먼저 시작했다. 흙먼지가 자욱하게 피어나는 가운데, 왼쪽 겸을 든 자를 향해서 불쑥 곤을 뻗어냈다.

촤라랑……!

비조와 겸들이 일시에 날아들었다. 공격을 받은 자도 목숨을 도외시하고 겸을 쳐왔다. 마치 동귀어진(同歸於盡)을 감당할 수 있으면 계속 공격해 보라는 듯이.

곤첨직출직입(棍尖直出直入)을 최우선시하던 무명곤법이 변화한 것은 그때다.

곤첨이 살짝 들리며 겸과 이어진 쇠사슬을 휘감았다. 신형이 빙글 돌려지고, 사정없이 쇄도하는 비조와 겸들도 한 번에 옭아 넣었다.

"호호호! 이놈아, 우리가 이 수법을 모를 것 같냐! 무림인이라면 백이면 백, 이 방법을 쓰지."

구마굉은 여유롭게 웃었다. 비조와 겸이 연사곤과 함께 얽혀 있지만 승산은 자신들 쪽으로 기울어졌다고 믿었다. 이제 홀수와 짝수로 나누어서 서로 교차하여 반대 방향으로 움직이기만 하면 된다. 쇠사슬은 비비 꼬일 것이고, 금하명은 꼼짝없이 그물에 걸린 고기가 된다.

그런데 묘한 곳에서 일이 틀어졌다.

딸각!

신경을 거슬리는 금속성이 들린다 싶었는데, 연사곤이 흐물흐물한 요대가 되어 축 늘어졌다.

딸칵!

또 한 번의 금속성은 흐물흐물하던 뱀 껍질을 단단한 철곤으로 변형시켰다.

퍼억! 퍽!

한 명은 심장이 꿰뚫려 뒤로 나가떨어졌고, 한 명은 복부에 곤이 꽂혀 허공에 들려졌다. 그것도 잠깐, 곤 끝에 꿰인 자를 내동댕이친 곤이 꽉꽉 얽혀 있는 쇠사슬을 밟고 올라서서 횡소천군으로 그어졌다.

퍽! 퍽!

구마굉 중 세 명의 머리가 잘 익은 꽈리가 되어 터져 나갔다.

"너무 빨라!"

그것이 그자의 마지막 말이었다. 하늘에서 떨어진 벼락은 숨 돌릴 틈조차 주지 않고 천령개를 박살 냈다.

구마굉 중 여섯 명이 고혼이 되어 세상을 떠나는 데는 차 한 잔 마실 시간이 걸리지 않았다.

'사향 냄새. 북쪽!'

천검공자라는 자는 생선 썩는 비릿함을 풍겼다.

그 냄새가 워낙 지독해서 뒤를 쫓는 데는 사향 냄새보다도 더 효과적이었다.

'무척 빠른 자군. 해사풍을 최대한으로 펼쳤는데도 좀처럼 거리가 좁혀들지 않아.'

내공이 무척 심후한 자다.

구마굉이 쩔쩔매는 데는 이유가 있을 것이다. 그들 스스로 상대가 안 된다고 판단할 만큼 강하다는 뜻이다.

천검공자의 냄새는 절벽이 끝나는 곳에서 좌측으로 꺾어졌다.

수림이 울창하여 대낮에도 칠흑같이 어두운 곳이다. 나무들은 하나같이 거목이어서 수령이 적어도 몇백 년씩은 됨 직했다.

천검공자는 쉽게 찾아냈다.

그는 수림에 들어가자마자 평평한 곳을 찾았고, 제법 널찍하고 풀이 깔려 푹신해 보이는 곳을 운우지락의 장소로 결정했다.

빙사음은 완전한 나신(裸身)이 되어 누워 있다. 그 곁에서 천검공자가 감미로운 눈길로 육체를 감상하고 있다. 손가락 끝으로 빙글빙글 원을 그리며 살갗을 훑어간다.

저벅! 저벅……!

금하명은 발걸음 소리를 죽이지 않고 걸었다.

천검공자가 고개를 들어 힐끔 쳐다봤다.

"어? 너 아직 안 죽었어?"

'대꾸할 가치도 없는 자.'

금하명은 파천신공을 끌어올렸다.

꽝!

백회혈을 때린 진기가 폭죽처럼 비산하여 사지백해로 쏟아졌다.

살심이 들끓는다. 넘쳐 나는 힘을 주체할 수 없다. 눈에 띄는 것은 모조리 때려부숴야 직성이 풀리겠다.

하나, 전처럼 당황하지는 않았다. 막강한 진기가 혈맥을 부풀리는 순간, 역천신공을 전개해 단전으로 가는 길을 열어주었다.

쏟아진다. 쏟아져 들어온다. 감당할 수 없는 물결이 단전을 휘감는다. 진기의 대해(大海)인 단전조차도 거센 풍랑을 감당할 수 없다며 비명을 지른다.

　이때 또 해야 할 것이 있다. 단전을 터뜨릴 듯 밀려드는 진기를 도인(導引)하여 다시 사지백해로 풀어냈다.

　천우신기에서 역천신공으로, 역천에서 파천신공으로 이어지는 진기의 순서를 거꾸로 전개한 것이다. 파천에서 역천으로, 그리고 마지막 천우신기로 갈무리하는 운공.

　누가 가르쳐 준 것이 아니다. 스스로 깨달은 것도 아니다. 혼절해 있는 동안, 몸 안에서 부딪친 파천신공의 진기와 역천신공의 잠력이 스스로 제 살길을 찾은 것뿐이다.

　인체는 조화를 원한다. 스스로 생존할 길을 찾으며, 물리칠 수 없는 적이라면 공존(共存)하는 방법을 택한다.

　구마굉과 싸울 때, 제일 먼저 파천신공이 일어났다. 거의 동시에 역천신공도 발동되었다. 마지막으로 그토록 의수를 원했어도 집중되지 않던 단전에서 천우신기가 풀려 나갔다.

　의수의 이동은 금하명 자신도 깜짝 놀랄 만큼 자연스러웠다.

　남들은 운집하고 집중하면 공격을 할 수 있다. 반면에 금하명은 끌어올리고, 모으고, 다시 풀어야 공격이 가능하다.

　이런 상태는 정중구동(靜中求動)으로 들어서서 송(松), 산(散), 통(通), 공(쏘)에 이르게 한다.

　"네놈이 살아 있는 걸 보니 구마굉이 요절난 모양인데, 운 좋게 살았으면 쥐 굴이나 찾아가 숨어 있을 것이지 여기가 어디라고 나서? 조금만 기다려. 지금 즐기는 중이니까 이것 마저 끝내고 죽여줄게."

　저벅! 저벅! 쉬익!

　태연히 걷던 발걸음에 해사풍이 얹혔다.

곤은 이미 발출되어 천검공자의 이마를 찍었다.

원완마두의 곤법 중 제삼초다. 한 번 도약으로 상대의 옆으로 건너가며 곤을 내지른다. 원완마두는 곤을 분질러 양쪽을 찍어댔으니 약간 변형된 곤법이라고 해야 할까?

"이놈이!"

천검공자의 머리가 뒤로 발딱 젖혀졌다가 돌아왔다.

그는 벌써 일어났으며, 양손에 쌍검을 움켜쥔 상태였다.

'무섭게 빠른 발검술. 삼박혈검보다 한 수 위다.'

파앗! 쉬익!

숲에서 전개한 해사풍은 풀잎을 찢어 올렸다. 연사곤은 일직선으로 뻗어 나가 머리와 목, 가슴을 노렸다. 전에도 그의 곤법은 섬광처럼 빨랐다. 한데 삼기일체(三氣一體)가 된 이후에는 눈으로 보이지 않을 정도로 빨라졌다.

차앙! 찌익!

천검공자는 연사곤을 막아냈다. 하지만 검을 밀치고 들어온 곤첨에 옷이 찢어지는 낭패를 겪어야 했다.

"이, 이런! 어떻게 이런……!"

천검공자는 믿을 수 없다는 표정으로 연사곤과 찢어진 옷을 번갈아 쳐다봤다. 하지만 마냥 놀라고만 있을 틈이 없었다. 나타나서 말 한마디 건네지 않은 괴물이 어느새 허공으로 솟구쳐서 직도양단(直刀兩斷)을 펼쳐 왔다.

파앙!

천검공자는 뒤로 물러섰다.

연사곤은 그가 서 있던 땅을 가격했다. 땅이 움푹 들어가고, 풀잎과 흙먼지가 암기처럼 솟구쳤다가 낙엽이 되어 하늘하늘 떨어졌다.
'나보다 빠른 놈은 처음…… 컥!'
천검공자는 눈을 부릅떴다.
어느 틈에 찔러왔는지…… 묵빛 강철이 목을 뚫고 들어와 아름드리 나무까지 꿰어놓았다.
'평…… 생을…… 신법과 쾌검…… 에만 쏟아…… 부었는데…… 빌어먹을! 이렇…… 게 빠른 놈…… 이라니!'
천검공자는 박제처럼 나무에 꿰인 채 숨을 떨궜다.

빙사음의 상처는 중했다.
비조에 강타당한 등은 시커먼 울혈이 맺혔고, 갈라진 옆구리에서는 선혈이 끊임없이 새어 나왔다. 허벅지 상처도 중했다. 비조의 철지가 의외로 깊게 파고들어서 뼈가 상하지 않았나 싶다.
마혈을 짚지 않았어도 혼절했을 상처다.
천검공자는 지혈도 시키지 않은 채 여체를 즐겼던 것이다.
'안고 싶다.'
금하명은 부지불식간 떠오른 생각에 깜짝 놀랐다.
삼기일체가 된 이후, 흉성(凶性)을 자제할 수 있게 되었다. 파천신공을 끌어올릴 때는 세상을 파괴하고 싶지만, 천우신기로 이어질 때는 아늑하고 편안한 마음이 되었다.
그래서 이제는 귀사칠검의 저주로부터 벗어났다고 믿었다.
'아직도? 아냐. 이 정도는 자제할 수 있어.'
안고 싶은 욕망을 억누르고 옆구리에 흐르는 피를 지혈했다. 더 이상 피가 흐르지 않도록 금창약을 두텁게 발랐다.

손에 닿는 살결이 매끄럽다. 깊디깊은 유혹의 늪이 사정없이 빨아당기는 느낌이다. 분홍빛 도화(桃花)에서 눈을 뗄 수가 없다. 우악스럽게 움켜잡고 얼굴을 파묻으면 영혼까지도 편해질 것 같다.

이제는 확실히 알았다.

'천우신기로는 부족해. 소림사의 반야수미심결이라고 했나? 그걸 얻어야 이 지독한 유혹에서 벗어날 수 있어. 신공과는 상관없어. 이건 심마(心魔)야. 마음을 다스리는 공부를 해야 돼. 반야수미심결이라는 것도 그런 종류일 것. 무공이 아닌 이상 소림사가 내주지 않을 이유가 없어.'

등에 난 울혈은 당장 치료할 필요가 없다. 하지만 뼈라도 부러졌다면…… 부러진 뼈가 장기를 찌를 수도 있다.

뼈를 찾아가는 길은 무공 수련을 하는 것보다 더욱 힘들었다.

어깨에 손이 닿는 순간 짜르르한 전율이 일었다.

척추를 따라 뼈란 뼈는 모두 만져 보는 치료의 손길이었는데, 화들짝 놀라 정신을 차려보면 여체를 탐하는 손길로 바뀌어 있곤 했다.

'뼈는 상하지 않았다. 비조를 내려칠 때 사정을 두었어. 그 순간 잡을 수 있다고 느낀 거지.'

애써서 구마굉을 떠올렸다. 그들의 무공을, 죽어 있는 모습을 떠올렸다. 그러다 보면 색욕이 가라앉지 않을까 싶어서.

허벅지에 난 상처는 더욱 난감했다.

상처보다도 여인의 비소(秘所)로 눈길이 돌아갔다.

'이대로는 안 되겠어.'

얼마나 심마에 시달렸는지 이마에서 굵은 땀이 방울방울 떨어져 내렸다. 입은 바짝 마르고 손은 덜덜 떨렸다.

크게 심호흡을 해서 맑은 공기를 폐부 깊숙이 끌어넣었다. 그리고 천우신기를 끌어올렸다.

앗차! 틀렸다. 이제는 천우신기가 끌어올려지지 않는다. 의수는 천우신기를 생각했는데, 파천신공부터 터지기 시작했다.

결국 흉성과 색욕을 억제하는 것은 마음에 달렸단 말인가.

허벅지도 상처가 깊기는 했지만 다행스럽게 뼈는 이상없었다.

"휴우!"

비로소 안도의 한숨이 터져 나왔다.

색욕을 이겨냈다는 쾌감이 사르르 번져 갔다.

범한다고 해도 저항을 하지 못하는 여인. 쉽게 찾아볼 수 없는 빼어난 여인. 마음만 먹으면 범할 수 있게 나신이 되어 있는 여인.

이 모든 유혹을 떨쳐 냈다.

금하명은 상쾌한 기분으로 천주혈을 주물러 주었다. 빙사음이 나신이라는 것을 깜빡 잊은 채.

"마성을 이기지 못한다고 들었어요."

"괘, 괜찮은 것 같은데……."

금하명은 말을 더듬거렸다. 상처를 치료해 주는 동안 색심에 흔들렸던 게 들킨 것 같아서 얼굴을 마주할 수 없었다. 마혈이 제압당해 있었다고는 하지만 이지(理智)를 잃었던 것은 아니다. 손끝이 흔들리는 미세한 감촉만으로도 마음을 엿볼 수 있었으리라.

"그래요. 괜찮아 보이네요. 색욕은 어때요?"

"……."

말을 못했다. 얼굴이 화끈거렸다. 정말 마음을 엿본 것일까?

"말해 줄래요?"

"아직은…… 이 섬에서 나가면 소림사부터 들를 생각인데…… 줄지 안 줄지는 몰라도."

"반야수미심결요?"

금하명은 눈길을 마주치지 않기 위해 나무를 기어오르는 다람쥐를 쫓았다.

천검공자는 옷을 남겨놓지 않았다. 범한 후에 죽일 생각이 확실했기에 남겨둘 필요가 없었다. 하지만 그는 옷을 찢는 대가로 자신의 옷을 입혀주게 되리라고는 생각지 못했을 게다.

아리따운 여인이 헐렁한 장포를 입고 있는 모습은 또 다른 유혹이었다.

"그것 때문이라면 갈 필요 없어요. 반야수미심결은 소림 칠십이종절예에 버금가는 심공이에요. 절대 안 줄 거예요."

마음을 닦는 공부가 아니라 심공이었단 말인가. 불경(佛經) 종류로 생각했는데 무공이었다니. 그럼 천우신기가 파천신공을 따라가지 못한다는 말이지 않은가.

"어느 정도예요?"

"뭐가 말이오?"

"색욕요."

"차, 참을 수는……."

금하명은 움찔했다. 빙사음이 어깨에 머리를 기대왔다. 두 손으로는 팔을 잡아 끌어당겼다.

봉긋한 감촉이 느껴진다. 풋풋한 내음이 풍긴다.

"소, 소저!"

빙사음이 어깨를 기댄 채 차분하게 말했다.

"참을 수 있겠어요?"

"소, 소저! 이게 무슨!"

"휴우!"

빙사음은 가늘게 한숨을 내쉬었다.

부들부들 떨리고 있는 팔, 쿵쾅쿵쾅 뛰는 심장 소리, 뜨겁게 달궈진 얼굴.

금하명의 상태는 명확하다.

빙사음은 팔을 놓고 일어났다.

"한 가지만 말씀드릴게요."

"……."

"구마괭이 죽었고, 천검공자도 죽었어요. 이제 남은 건 야호적뿐인데 그들이라면 나찰수로 상대할 수 있어요."

혼란스러웠다. 머리를 기대오는 것이 무슨 의미일까 하고 당황했는데, 그것과는 전혀 다른 이야기를 하고 있다.

"염서(炎嶼)에 가면 해적선이 있어요. 공자님 무공이라면 야호적은 상대가 안 될 터이니…… 오늘 떠나세요. 고마웠어요."

"후후후!"

금하명은 웃었다.

이제야 알았다. 일종의 시험이었다.

"내 흉성이 얼마나 지독한지, 색욕이 어느 정도인지 알아보고 싶었군. 나도 심한 줄은 알았지만 어깨에 머리를 기대는 정도로 들켜 버릴 줄은 몰랐네. 그런데 말이야. 꼭 이런 시험을 해봐야 했나?"

"마공을 수련한 사람치고 선인으로 돌아선 사람은 없어요."

귀사칠검을 수련한 이상 죽여야 한다는 말. 그나마 도움을 주었으니 사정을 봐준다는 말.

"됐어. 가봐."

금하명은 팔베개를 하고 누워 시린 하늘을 쳐다봤다.

무림의 여인들은 무섭다. 목적을 위해서는 마음에 없는 사람에게도 머리를 기댈 수 있다. 그런 점이 무섭다. 순수한 마음은 어디서 찾는단 말인가.

하늘은 맑았다. 눈이 시릴 만큼 시원했다. 그리고 하늘의 시원함을 닮은 풋풋한 냄새가 멀어져 갔다.

❸

나찰수는 절강성(浙江省)에서 화려하게 일어났다가 일 년도 되지 않아서 흔적없이 사라진 홍은문(紅殷門)의 무공을 수련했다.

홍은문의 무학은 화려했다. 남녀가 어울려서 검무(劍舞)를 추면 한 쌍의 나비가 너울대는 것 같았다. 초식도 유연하고 부드러워서 수련하는 모습만 보고도 감탄이 절로 새어 나왔다.

하지만 홍은문의 무학에는 결정적인 단점이 있었다. 살기를 머금고 달려드는 늑대에게는 여지없이 찢겨 나간다는 것이다. 초식에 실전과는 전혀 상관없는 미(美)를 가미한 결과였다.

남해검문은 홍은문의 무학을 보존시켰다.

실패한 부분을 제거하고, 실전에 적합하도록 재구성했다.

나찰수는 백여 명밖에 되지 않지만 일인이 능히 서너 명의 야호적을 상대할 수준이었다.

 싸움은 나찰수에게 유리했다. 나찰수가 공세를 취하고, 야호적이 수세를 취하는 입장이었다. 그때 구마굉이 나타나서 구궁삼뢰진을 전수했다.

 야호적이 구궁삼뢰진의 오묘한 이치를 깨우치지는 못했지만 아홉 명이 한 조가 되어 몰려다닌다는 것만으로도 나찰수에게는 큰 부담이었다. 더욱이 비호일대, 이대, 삼대로 거론되는 특단의 살수들은 너무 벅찼다.

 홍은문의 무공 중에는 아쉽게도 구궁삼뢰진을 상대할 수 있는 무공이 없었다.

 나찰수란 사람들이 무공에 탁월한 재질을 지녀서 무공을 수련한 사람들도 아니다. 단지 야호적에 대항하는 젊은이들로 들끓는 의기 하나만으로 뭉친 사람들이다.

 남해검문이 그들을 양성시키는 데는 한계가 있었다.

 그때부터 나찰수는 음지로 숨어들었다. 야밤을 기해서, 으슥한 곳을 골라서, 여자로 유인해서…… 야호적을 한 명, 두 명 암살하는 것이 고작이었다.

 죽고 죽이고, 물고 물리는 싸움은 지루하게 지속되었다.

 대해문 입장에서는 남해검문의 방해만 없었다면 벌써 섬을 장악하고도 남았다. 남해검문 쪽으로 보면 구마굉만 없었다면 벌써 평정했을 섬이다.

 그러면서도 남해검문이나 대해문은 직접 나서지 않았다.

 서로가 사람을 파견해 놓았다는 것을 알면서도 모른 척했다.

 직접 나서서 한쪽을 전멸시킬 수는 있다. 시신쯤이야 바다 아무 곳에나 던져 버려도 영원히 찾지 못한다. 하지만 본 문으로 연락되는 연결망까지 끊어놔야만 가능하다. 그렇지 않을 경우, 본 문에서 타파의 문도를 살상한 책임을 져야 하고, 결국은 전면전으로 흐를 공산이 높다.

이는 두 문파의 몰락을 의미한다.

대해문이나 남해검문 모두 상대를 압도적으로 누를 만한 힘을 갖고 있지 않다. 객관적인 평가는 비등(比等)이니, 싸움이 시작되면 공멸만 있을 뿐이다.

이제 상황이 바뀌었다.

그토록 무섭던 비호대가 몰살했다. 구마괭도 죽었고, 섬에 들어오자마자 마을 한 개를 지도에서 지워 버린 천검공자도 죽었다.

섬에는 아직도 대해문 사람이 남아 있겠지만 그들은 나서지 못한다.

나찰수는 병기를 꺼냈다.

"그 사람 그럴 줄 알았어. 싸우는 모습 봤어? 싸움은 이렇게 해야 하는 거야 하고 가르치는 것 같더라니까."

"그래도 설마 했는데 정말 구마괭과 천검공자까지 죽일 줄이야."

"이제 야호적 놈들은 다 죽었어. 이 섬이 어떤 섬인데 해적 소굴로 만들어."

"이럴 줄 알았으면 저번에 끝냈어도 됐잖아. 전부 모여 있었는데."

"지금이라도 하나하나 찾아서 죽이면 되지 뭐."

"하기는…… 지금까지는 우리가 사냥당했으니까 우리도 사냥하는 맛을 봐야지."

나찰수들은 금방이라도 폭발할 기세였다.

왕군은 나찰수를 대표해서 빙사음을 찾았다.

"공격해야겠습니다."

빙사음은 자신있게 대답했다.

"개과천선하는 자는 기회를 줘."

"떡을 칠! 나찰수 놈들, 어디서 그런 악귀를 불러온 거야!"

"걱정 마. 우리에게는 구마굉 어른이 계시잖아. 얼마 전에 무시무시한 사람도 왔고. 그분들이 놈을 죽이러 갔으니까 조만간 목을 따올 거야."

"그러나저러나 출항은 언제 한대? 뭐니 뭐니 해도 시원한 바다에 나가서 마음껏 빼앗는 재미가 제일 좋지."

"하하하! 출항도 조만간 할 모양이야. 오늘은 실컷 술이나 먹자고. 그런데 오늘은 몇 잔 마시지도 않았는데 왜 이렇게 취기가 돌지? 그놈을 보고 나서 너무 마음이 허해졌나?"

"어? 나도 그런데. 난 나만 취기가 도나 했지. 끄응! 아무래도 오늘은 이만 파해야 될까 봐. 술도 먹히지 않고. 그만들 일어나지."

주점에 모여 술을 마시던 야호적 아홉 명은 비틀거리며 일어섰다.

술은 몇 잔 마시지도 않았는데, 행동거지를 보면 몇 독쯤은 마신 사람들 같았다.

그들은 병기를 챙겨 들고 걸어나가려 했지만 몇 걸음 떼어놓지 않아서 풀썩풀썩 무너지고 말았다.

"이런! 오늘은 나리들이 빨리 취하시네. 그렇다고 이런 데서 주무시면 안 되는데."

점소이가 다가와 야호적의 안색을 살폈다. 손에는 비수를 든 채.

"후후! 이렇게 죽는 게 제일 편하게 죽는 거야. 다른 놈들은 공포에 질려서 죽어갈걸? 지옥에 가서도 내게 감사해야 해. 그리고 이놈들아, 알려면 똑바로 알아. 너희가 신처럼 떠받는 구마괭과 천검공자라는 놈은 벌써 지옥에 갔어."

점소이는 비수로 야호적의 목을 서슴없이 그었다.

사냥은 은밀하면서도 동시 다발적으로 진행되고 있다. 야호적의 동태는 낱낱이 파악한 후이니 척살에 어려움도 없다.

"쿨럭!"

쓰러진 야호적이 거센 기침을 토해냈다. 그가 세상에서 토해낸 마지막 소리였다.

점소이는 두 번째 야호적에게 다가서려다 말고 흠칫 멈춰 섰다.

'강적!'

등에 소름이 돋았다. 등줄기를 타고 얼음물이 흘러내리는 듯 섬뜩한 느낌이 들었다. 무재(武才)는 아니라고 하나 홍은문의 무학을 수련한 몸이니 강적 정도는 알아볼 안목을 지녔다.

"어린 놈…… 손속이 잔인하구나."

대낮부터 취해서 탁자에 고개를 박고 있던 야호적이 눈을 뜨며 한 말이다.

"그냥 잠이나 잤으면 편히 죽여줄 텐데."

점소이는 즉각 싸움 태세를 갖췄다. 그러나 야호적은 그의 느낌처럼 강적이었다, 그가 상대할 수 없는.

쉬익!

눈앞에서 바람이 일렁거린다 싶었는데…… 갑자기 목이 화끈거렸다.

"끄…… 윽!"

허파를 쥐어짜는 듯한 비명은 뒤늦게 새어 나왔다.

야호적은 점소이의 시신은 거들떠보지도 않고 회계대로 갔다.

"얼마야?"

"그, 그냥… 그냥 가십…… 시오."

살집이 후덕한 주인은 살벌한 위세에 눌려 벌벌 떨었다.

"그럴 수는 없지. 나찰수 삼십칠 호를 죽였는데 관 값이라도 내놔야지. 사양 말고 받아. 얼마야?"

"그, 그럼 서, 석 냥만."

야호적은 여섯 냥을 내놨다.

"석 냥은 삼십칠 호 관 값. 나머지 석 냥은 이십구 호 관 값."

순간, 주인의 행동이 비호처럼 민첩해졌다. 뚱뚱한 몸이 허공으로 붕 떠올랐다. 동시에 양손에서는 무서운 한광이 발출되었다.

야호적의 피 묻은 도도 움직였다. 뚱뚱한 주인이 허공으로 떠오를 때, 그의 도는 가슴에서부터 낭심까지 내려 긋고 있었다.

'뭔가 잘못됐어!'

빙사음과 삼박혈검은 혈인이 된 왕군을 쳐다보며 침통한 표정을 풀지 못했다.

야호적이 없는 세상에서 만홍도를 이끌어갈 도주(島主)였다. 무지한 섬사람답지 않게 학문도 익혔고, 무예에도 남다른 면이 있어서 성취가 가장 높았다. 홍은문 검법을 자유자재로 구사하는 몇 안 되는 나찰수이기도 했다.

그런 사람이 두 다리가 잘렸다. 두 팔도 달아났다. 두 눈에는 송곳이 꽂혀 있고, 양물(陽物)이 잘려 나갔다.

야호적의 살인 방식이다.

왕군은 그런 몸으로 집 앞에 던져져 있었다.

"음양쌍검, 목숨을 버리는 한이 있어도 비합전서를 지켜야 한다."

스스스슥……!

천장에서 조용한 움직임이 일었다.

"휴우! 제가 당한 것 같네요."

"그런 것 같다. 아마도 나찰수는 모두 전멸했을 게다."

삼박혈검은 예의 농담도 하지 못했다. 온몸이 긴장으로 팽팽하게 굳어진 채 진기를 두 귀에 모았다.

"스물한 명. 개개인이 구마굉보다 못하지 않은 것 같은데…… 어디서 이런 놈들이 나타났지? 벌써 갈 만한 길은 다 막았군. 빠져나가지 못하겠어."

"대해문이 기어코 일을 벌이는군요."

빙사음은 양 허리에 검을 찼다.

남해검문도 쌍검을 찰 때는 적을 죽이지 못한다면 내가 죽겠다는 검습(劍習)이다. 쌍검을 패용한 후에 문파를 나선 사람은 둘 중 하나만 가져와야 한다. 상대의 수급이나 자신의 수급이나.

"여긴 내가 지키마. 가거라."

"살아서 봬요."

이런 날이 오지 말란 법은 없다. 상대를 완벽하게 죽일 수 있다면 더없이 좋은 방법이다. 이는 본 문과의 연락을 차단할 방책이 수립되어 있다는 뜻이기도 하다.

만홍도에 들어온 사람은 죽더라도 사실만은 본 문에 알려야 한다. 그리고 그 몫은 빙사음의 것이다.

"클클! 죽을 나이가 지났는데, 더 살아서 뭐 한다고. 너나 시집가서 애 쑥쑥 낳고 잘살아라. 가끔 생각나면 술 한잔 따라주고. 어서 가. 놈들이 공격하기로 작심했으면 너도 무사하긴 힘들어."

삼박혈검의 낯빛은 어두웠다.

대해문의 공격이 너무 신속하다. 아침에 나찰수들이 움직였는데, 이제 정오가 갓 지났을 뿐. 빠르다 해도 이런 속전속결(速戰速決)이 없다.

빙사음은 정중하게 포권지례를 취했다.

"인사는 무슨……."

삼박혈검이 침상을 밀어내고 나무 바닥을 뜯었다.

칠흑처럼 어두운 동공이 모습을 드러냈다. 차디찬 한풍이 훅 하고 몰아친다. 바다와 연결된 곳인지 짠물 냄새도 섞여 있다.

"어서!"

빙사음은 망설이는 듯했으나 이내 결심을 굳히고 동공 속으로 뛰어들었다.

삼박혈검은 침상을 제자리에 돌려놓고 술병을 집어 들었다.

"항상 궁금했지, 마지막에 마시는 술이 뭘까 하고. 이거였군. 화주(火酒). 이럴 줄 알았으면 그놈이 다 처먹지 못하게 하는 건데. 쩝! 보물은 임자가 따로 있다고, 난 기껏 담가만 놓고 처먹기는 엄한 놈이 처먹고."

삼박혈검은 독하디독한 화주를 꿀꺽꿀꺽 들이켰다.

'이놈들아, 조금만 기다려라. 시간을 주는 김에 조금만 더. 아주 조금만 더 주면 이 술 다 마실 수 있어.'

음양쌍검이 떠난 천장에서 미세한 기척이 일어났다.

적이 지붕 위로 올라왔다. 이제 반 병밖에 마시지 못했는데 벌써 검을 들라고 한다.

삼박혈검은 죽장(竹杖)을 잡았다.

남해검문에 입문하여 사부님으로부터 받은 검은 검집에 홍옥(紅玉)이 일곱 개나 박혀 있는 미잔검(迷潺劍)이다. 검신이 물 흐르듯 유려해서 붙여진 이름.

하지만 미잔검은 사부님이 운명하시는 날로 광 속에 던져 넣었다.

그 대신 잡은 검이 죽장검이다. 왜소하고 초라한 외양을 지닌 자신에게는 더없이 친근하게 느껴지는 검. 천덕꾸러기처럼 아무 곳에나 막 굴려도 좋은 자신처럼, 눈여겨보는 사람도 없고 탐내는 사람도 없는 평범한 검.

"크윽! 이거 너무 급하게 마셨나? 술에 얹히면 약도 없다던데. 빌어먹을 놈들! 내가 많은 시간을 달래? 그래, 술 한 병 넉넉하게 먹을 시간도 못 주나?"

"넉넉하게 마시면 되지, 누가 먹지 말랬나?"

천장에서 어눌한 것 같기도 하고, 뱃속에 있는 진심만 말하는 것 같기도 한 음성이 들려왔다.

삼박혈검의 눈에 광채가 돌았다.

금하명이다! 해적선을 빼앗아 타고 떠난 줄 알았는데, 아직 떠나지 않았다. 그렇다면 아직 살 희망이 있다. 아니, 살지는 못하더라도 비합전서만은 확실히 날릴 수 있다.

"너…… 이놈!"

"아까 들었는데, 내가 마신 술에 미련이 많은 것 같더라고? 뭐 별로 좋지도 않던데."

"끌끌! 왜 아직 안 떠나고 귀신처럼 붙어다니노? 생각해 보니까 사음이만한 여자도 없디? 꿈 깨라, 이놈아. 언감생심 어딜 눈독 들여."

"이래서 늙으면 탈이라니까. 검흔이 목에서부터 가슴까지 이어졌데? 그런 여자를 누가 반기나?"

"너, 너 이 자식! …봤냐?"

"보면 뭐 해. 눈만 버렸지."

"말 찍찍 갈기는 것 보니까 좀 있으면 친구 하자고 하겠다?"

"난 친구 아니면 안 싸워. 키도 나보다 작은데 친구 하면 내가 손해지 뭐."

"이놈아! 나이는 네 세 갑절은 먹었어!"

"어디로 먹었을까? 내 눈에는 안 보이는데."

쉬잇!

금하명이 먼저 신형을 띄웠다. 삼박혈검도 같이 날았다. 금하명은 지붕을 뚫고 나갔고, 삼박혈검은 봉창을 부수고 뛰쳐나갔다.

야호적.

어디서나 볼 수 있는 야호적이다. 팔이 환히 드러나는 옷에 조잡한 문신을 새겼다. 하지만 신위는 확실히 다르다. 이들은 전문적으로 무공을 수련한 무인들이다. 해적질 따위는 눈 아래로 꼽아볼 강한 자들이다.

"독사어(毒沙魚:사어=상어)!"

삼박혈검이 야호적의 진면목을 알아보고 대경실색했다.

"사람 겁먹게 왜 놀라는 거유?"

"조심해라. 이놈들…… 대해문 필살검수들이야."

"내 눈에는 종이호랑이로밖에 안 보이는데?"

금하명은 상당히 여유를 찾았다.

천무절인지로(天無絶人之路) 263

이제는 무림이란 곳에 대해서 어느 정도 알 것 같다. 구마굉, 천검공자와 같은 사람이 있는가 하면 삼박혈검과 같은 사람도 있다.

삼박혈검에게는 남다른 정이 느껴진다.

그는 꼭 능 총관 같은 사람이다. 아끼는 사람을 위해서는 목숨도 내놓을 수 있는 사람. 죽음을 맞이하면서도 웃으며 죽을 수 있는 사람.

능 총관이 그렇게 죽지 않았는가. 자신을 도주시키기 위해 상대가 안 되는 줄 알면서도 백포인에게 달려들지 않았는가.

시신도 수습하지 못했다. 누가 시신이라도 수습해 주었으면. 들짐승에게 뜯어 먹히지나 않았는지. 벌써 백골이 되어 길가에 뒹굴고 있는 것은 아닌지.

능 총관을 대하듯 삼박혈검을 대하니 마음이 편했다.

남해검문의 장로 신분이면 무림에서의 위치도 상당할 텐데, 자신과 같은 무명소졸과 허물없이 대화해 주는 것이 좋았다.

삼박혈검은 미워할 수 없는 사람이다. 그를 위해서라면 싸워줄 수 있을 것 같다.

쉬익!

허공으로 치솟으며 연사곤을 사선(斜線)으로 내질렀다.

해사풍을 보완해야 한다는 생각에 나름대로 강구한 신법이다.

해사풍은 좁은 보폭으로 찰나 만에 삼십육 방위를 밟는다. 전후좌우 어느 방향으로든 곤을 뻗어낼 수 있다. 그러나 허공에 떠오르면 오직 하나의 방위밖에 잡지 못한다. 방위 하나로는 전후좌우를 모두 쳐낼 수 없다.

방법을 찾아야 한다.

물론 비천나운(飛天拏雲)과 같은 신법을 펼치면 어느 각도로든 곤을 뻗어낼 수 있지만, 무명곤법이 추구하는 쾌공과는 거리가 멀어진다. 비천나운을 펼치는 시간만큼 공격이 늦춰질 테니까.

　금하명은 허리의 비틀림, 양발의 각도, 양팔이 움직일 수 있는 범위를 연구했다. 허공에 떠오름과 동시에 삼백육십오 방위 어디로든 곤을 쳐낼 수 있어야 한다.

　까앙!

　독사어라고 불린 필살검수는 연사곤을 받아쳤다. 그가 도로 친 곳은 곤첨. 그는 빙글 몸을 돌리며 두 번째 도를 쳐냈고, 이번에는 중단(中段)을 가격했다.

　그가 또 한 번 몸을 돌리며 도를 쳐왔다. 금하명은 두 발이 막 땅에 닿으려는 찰나였다.

　세 번째 도가 노리는 부분은 곤이 아니라 몸통이었다.

　쉬익!

　도는 금하명의 등을 노리고 득달같이 달려들었지만, 금하명은 허리를 뒤로 툭 꺾어 배 위로 흘려보냈다. 동시에 들고 있던 곤이 아래에서 위로 쳐올려지며 가슴에 구멍을 뚫어놓았다.

　피를 맛본 연사곤은 먹이를 찾아서 미친 듯이 날뛰었다.

　붉은 피를 잔뜩 머금은 곤이 몸통에서 빠져나오자마자 쭉 뒤로 빠지며 뒤에 있는 자의 턱을 가격했다. 순식간에 곤첨과 손잡이 부분이 바뀐 것이다.

　딸칵!

　연사곤이 연편(軟鞭)으로 변해 흐물거렸다. 아니다. 어느새 강철이 되어 다가오는 자의 낭심을 후려쳤다.

　연사곤은 여의봉(如意棒)이었다. 앞뒤로, 좌우로 마음껏 늘어났다가

줄어들었다. 어떤 때는 연편으로, 어떤 때는 강철봉으로 변했다.

곤이 쳐 나가는 속도는 눈에 보이지 않았다. 섬광이 번쩍이면 피가 튀어 올랐다. 신법은 민활했다. 앞에 서 있는가 하면, 어느새 옆으로 미끄러져 독아(毒牙)를 날름거렸다.

또 그는 결코 두 명과 싸우지 않았다. 그를 노리는 자는 많았지만 병기를 맞대는 자는 한 명뿐이었다. 혹여 합공을 받을 것 같으면 당장 죽일 수 있는 자라도 죽이지 않고 다른 자를 골랐다. 그는 항시 합공당하지 않을 위치를 선점했고, 거기서 필요한 적을 골라 싸웠다.

스물한 명, 정확히 스물한 명째 야호적이 땅에 쓰러질 때까지 걸린 시간은 불과 밥 한 그릇 먹을 시간밖에 되지 않았다.

"너, 너…… 그, 그게 무슨 곤법이냐?"

삼박혈검이 말까지 더듬거리며 물어왔다.

"놀란 토끼 눈이네?"

"무, 무슨 곤법이냐니까!"

"무명곤법. 아직 이름을 정하지 못했으니 당분간은 무명곤법으로 부를 참이오."

"네놈이 창안한 곤법이란 말이냐?"

삼박혈검은 비명 소리가 잦아진 지도 한참이 지나서야 안정을 되찾았다. 싸움 때문에 심장의 고동이 빨라진 건 아니다. 죽은 자들 때문은 더욱 아니며, 자신의 목숨 때문도 아니다. 이제 겨우 애송이티를 벗어난 젊은이가 놀라운 무위를 선보였기 때문이다.

안다. 귀사칠검을 수련했기에 이토록 놀랍게 변신했다는 것도. 하나, 아무리 뛰어난 마공도 근본이 뛰어나지 않으면 받아들일 수 없는 게다. 범인이 마공을 수련한다고 모두 절정마인이 되는 것은 아니다.

삼박혈검은 눈이 핑핑 돌아가게 만든 곤법과 신법을 주목했다.
 이건 분명 귀사칠검의 초식이 아니다. 검법을 곤법에 응용했나 싶어서 눈이 뚫어져라 지켜보았지만 단 한 구석도 찾아내지 못했다.
 놈은 도대체 귀사칠검을 어디로 익혔단 말인가.
 독사어의 무서운 점은 먹이를 물면 놓치지 않는다는 점에 있다. 자신의 팔다리가 떨어져 나가도 악착같이 물고 늘어진다. 그러면 그럴수록 다른 독사어가 죽일 가망이 높아지니까. 그래서 내 목숨을 내놓고 겨우 손가락 하나 자르는 일이 있더라도 망설이지 않는다.
 대해문은 독사어에게 많은 투자를 한다.
 일단 독사어로 선발되기만 하면 가족들은 평생 영화를 누리며 산다고 보아도 좋다.
 독사어는 결국 죽는다. 독사어로 선발되어서 오 년 이상 살아남은 자가 없다. 이들은 죽으러 싸움판에 나선 것이다.
 그런 자들이 금하명의 옷깃도 건드리지 못했다. 처음 보는 신법, 처음 보는 곤법에 의해서. 무섭도록 빠른 섬광에 의해서.
 "네놈을 잘못 보았구나. 그저 그런 놈인 줄 알았는데…… 나조차도 상대하지 못할 놈이었어."
 하고 싶은 말은 많다. 금하명이 만홍도에 들어선 지가 이제 겨우 닷새. 한데 그사이에 금하명의 무공은 배나 강해졌다. 처음에는 가볍게 다룰 수 있었는데, 이제는 오히려 반대가 되고 말았다. 귀사칠검의 초식도 사용하지 않고.
 "금칠은 그만 하쇼. 그런 데는 익숙하지 않아서."
 금하명이 씩 웃었다.
 "네놈 그 곤법…… 분광환영곤(分光幻影棍)이라고 하면 어떠냐? 지으려고 해서 지은 이름이 아니라 쳐다보고 있자니 자연스럽게 떠오른 이름이다."

"분광환영곤? 하하하! 난 곧 창으로 바꾸려고 하는데 어쩌나? 곤으로는 뚫지 못하는 게 있더라고."

"흑함보의! 이런! 빨리 따라와!"

삼박혈검이 꽥 소리를 지르며 침상을 확 밀어젖혔다.

바다에서 밀려온 짠 냄새가 훅 하고 다가왔다.

금하명과 삼박혈검이 떠난 자리에 유삼(儒衫)을 입은 유생(儒生)이 걸어왔다. 한손에는 학우선(鶴羽扇)을, 다른 손에는 염주를 들었다.

"독사어가 전멸을! 변수…… 이래서 일은 사람이 벌이되 성패는 하늘에 달린 것이라고 했거늘. 일을 벌일 때는 돌다리도 두들겨 보고 건너야 하는 것을."

미장부가 귀제갈이라고 부르던 자다.

"이번 일은 실패야. 변수를 제거하지 못하면 승산이 없지. 성급한 소주(少主). 후후!"

지금쯤 소주와 함께 들어온 자들은 결코 벌여서는 안 될 일을 벌이고 있을 게다.

대해사수(大海四手)는 남해옥봉 빙사음에게 검을 들이댈 것이며, 음유탄검(陰柔彈劍)은 비합전서를 처리하고 있을 게다.

남해검문으로 가는 비합전서는 모두 네 곳에서 보내진다.

빙사음이 하나를 보내고, 그녀의 시녀인 노노가 또 하나를 보낸다. 어둠의 그림자라는 음양쌍검이 세 번째 전서구를 날리고, 빙사음에게 연락을 받은 약초꾼이 마지막 네 번째 전서를 날린다.

그중 하나라도 남해검문에 도착하면 전면전이다.

비합전서는 날지 못한다. 누가 어디서 날리는지를 알아내는 것이 어렵지 알고 있다면 문제가 되지 않는다. 음유탄검이라면 빙사음을 제외한 세 군데를 깨끗이 정리할 수 있다. 빙사음은 대해사수를 결코 벗어나지 못할 것이고.

설혹 비합전서가 난다 해도 해적선이 바다를 봉쇄하고 있다.

그들은 만홍도에서 날아오르는 새란 새는 모조리 떨어뜨리고 있다.

남해검문까지 날아갈 전서구는 단연코 없다.

하지만 그러면 뭐 하나? 지금쯤 죽어 있어야 할 삼박혈검이 살아서 움직인 것을.

변수와 삼박혈검은 다른 자를 구하러 갔을 것이다.

구마굉을 죽이고, 천검공자를 죽인 자. 독사어를 몰살시킨 자.

그런 자를 상대하기 위해서는 적어도 대해문 장로 두 명 이상이 합공을 펼쳐야 한다. 아니면 대해문주가 직접 손을 쓰던지.

음유탄검으로는 역부족이다. 대해사수도 안 된다. 소주는 무공의 삼할을 감추고 있기에 정확히 판가름할 수 없지만…… 역시 안 될 것 같다.

몰살도 시키지 못하는데 비합전서만 잡으면 뭐 하나.

'놈을 파악하지 못한 게 마음에 걸렸어. 치명적인 부상을 당했는데도 구마굉과 천검공자를 죽일 수 있다니. 도대체 누구란 말인가. 그런 자가 이런 오지에 무엇 때문에 왔단 말인가.'

생각이 이어지는 중에도 귀제갈은 할 일을 잊지 않았다.

품에서 폭죽을 꺼내 쏘아 올렸다.

펑!

대낮에 폭죽이 터졌다.

푸른색 일색으로 만홍도 어디서나 볼 수 있을 만큼 높은 곳에서 터진 폭죽이다.

'하지만…… 이것으로 남해검문은 사라지는 거야.'

일을 벌일 때는 항시 두 가지를 동시에 진행시켜야 한다. 성공했을 때와 실패했을 때. 어느 쪽이든 유리한 결말이 되도록 만들어야 한다.

재고에 재고를 요청했을 때는 만에 하나 있을 변수를 염려했기 때문이다. 변수가 실제로 일어났고, 계획이 무위로 끝났으니 두 번째 계획으로 들어가야 한다.

第十四章
남아당자강(男兒當自强)
사내는 스스로 강해져야 한다

남아당자강(男兒當自强)
…사내는 스스로 강해져야 한다

 빙사음은 암굴에 들어서자 빠른 걸음으로 삼십 보를 걸었다.
 칠흑 같은 어둠이 깔려 있어서 자신의 손조차도 보이지 않았지만 수십 번이나 왕래한 길이니만치 방향 잃을 염려는 없었다.
 '삼십 보.'
 손을 더듬어 문의 손잡이를 찾았다.
 그것 역시 손에 익은 곳에 있어서 쉽게 찾을 수 있었다.
 끼익!
 육중한 철문을 밀어내고 안으로 들어섰다.
 암굴에서는 불을 밝히면 안 된다. 사방에 기름칠을 해놓아서 약간의 불기만으로도 불바다로 변한다. 대해문이 암굴로 추적해 온다면 암굴에서 적어도 서너 명은 목숨을 잃을 게다.
 기름 냄새를 없애기 위해 철문에 구멍을 뚫었다. 바닷바람이 철문에

난 구멍으로 스며들어 와 암굴에서 회오리친다.

　암굴에 들어선 자는 짜디짠 바다 냄새만 맡을 수 있을 뿐, 기름 냄새는 맡지 못하리라.

　철문을 닫은 후에는 화섭자를 꺼내 불을 밝혔다.

　제일 먼저 할 일은 대해문의 습격을 알리는 일.

　석벽 밑에 놓인 어린아이 손목 굵기의 밧줄을 잡아당겼다.

　스윽!

　밧줄이 따라 올라왔다. 빙사음은 홍색 천을 감아놓은 부분까지 끌어당긴 후, 안도의 한숨을 내쉬었다.

　이제 대해문의 습격은 본 문에 알려진다. 대해문이 습격을 시도할 때는 만반의 준비를 갖춘 후이겠지만 어림도 없다. 만일에 만일을 대비한 수가 준비되어 있다.

　횃불을 들고 암굴을 치달렸다.

　중간 부분까지 이어지던 밧줄은 석벽 틈으로 사라졌다.

　암굴의 길이는 백여 장. 신법을 전개하면 눈 깜짝할 사이에 지나칠 수 있는 거리다.

　암굴 밖은 암석 해안이었다.

　배를 댈 수도 없고, 사람이 드나들 수도 없는 암석 해안에는 높은 파도만 일렁거렸다.

　바깥의 밝음과 암굴의 어둠이 교차하는 곳에 두 번째 할 일이 기다리고 있다.

　'새장?'

　전서구가 들어 있는 새장이 있어야 하는데 없다.

　'손을 탔어!'

누군가가 들어와 새장을 옮겨놨다. 지극히 은밀한 곳에 위치해 있으며, 입구라고 해봐야 사람 한 명이 간신히 빠져나갈 공간이라 발각될 우려도 없는데 발각되었다.

스르릉!

쌍검을 뽑아 들고 성큼성큼 걸어나갔다.

암동 입구에 서자 탁 트인 바다가 시원하게 다가왔다. 하지만 뾰족한 바위에 서 있는 야호적 네 명은 결코 시원하지 않았다.

암석 더미 한구석에 내동댕이쳐져 있는 새장도 보였다. 먼먼 바다를 날아 남해검문으로 돌아가야 할 전서구도 목이 비틀어진 채 널브러져 있었다.

'야호적이 아냐. 야호적 중에는 이런 자들이 없어. 그럼 누구……?'

험한 파도를 고스란히 맞으며 서 있는 야호적은 검이 무엇인지 아는 자들이다. 몸에서 풍기는 살기와 검기가 오한이 치밀 만큼 차갑다.

'혹시…… 대해사수(大海四手)?'

보지는 못했지만 귀가 따갑도록 들어본 명호.

대해문 소주(少主)에게는 네 명의 검수가 붙어 다닌다. 평소에는 친구들이며, 유사시에는 호법(護法) 혹은 수하(手下)로 변신하는 자들이다. 개개인이 습득한 검학(劍學)은 소주에 비견될 정도라는 평판이다. 아마도 삼단계로 이루어진 대해문의 검공, 난파표풍검(亂波飄風劍)을 완전히 습득하지 않았나 싶다.

'어렵겠어.'

불길한 예감이 머리 속을 스쳐 갔다.

이들이 대해사수가 맞는다면 소주라는 작자도 만홍도에 들어와 있다는 결론이 된다.

언제 들어왔는가. 본 문에서는 이들의 움직임을 어째서 잡아내지 못했을까. 소주 같은 인물이 뱃길로 닷새나 걸리는 먼 길을 왔는데.

그러고 보니 갑작스럽게 반전된 일단의 사건들이 이해된다.

소주란 자에게는 대해사수 이외에도 결코 경시하지 못할 자가 붙어 다닌다.

귀제갈과 독사어.

귀제갈의 출신 연원은 확실하지 않으나 뛰어난 지모를 지닌 자인 것만은 틀림없다. 독사어가 그의 작품이며, 대해문을 곱지 않은 눈으로 쳐다보던 청류문(淸流門), 현무문(玄武門) 등의 몰락에도 깊이 간여한 정황이 포착된다.

이들이 만홍도에 들어왔다면 전세를 뒤집고, 남해검문을 때려잡는 것은 일도 아니다.

'그때 들어왔어. 천검공자하고 같이. 금 공자가 야호적과 싸울 때……. 역시 그곳은 함정이었어. 나찰수를 내보냈다면 단숨에 몰살됐어. 아냐, 나찰수를 소집한 것부터가 잘못이야. 소집해서 정체를 드러내는 순간, 난 진 거야.'

귀제갈이라면 남해검문도를 바다로 쓸어 넣을 수 있다.

남해검문은 속사정을 꿰뚫어 보면서도 인상 한번 찡그릴 수 없다. 아무런 증거도 남기지 않고 실종된 사람들인데, 대해문 소행이라고 몰아붙일 수는 없지 않은가.

이 모두가 절대적인 힘이 없기 때문이다.

대해문 정도는 콧김만으로도 날려 버릴 힘이 있다면 굳이 만홍도에 들어와 수고할 필요도 없이 좋게 '하지 말라'는 말 한마디만 하면 끝나는 일이다.

대해사수가 검을 뽑았다.

양발은 편하게 어깨 넓이로 벌리고, 검은 비스듬히 사선으로 축 늘어져 있으며, 한쪽 팔은 등 뒤로 돌려져 있다.

난파표풍검의 전형적인 기수식(起手式)이다. 등 뒤로 숨긴 팔에는 독비(毒匕)가 들려 있을 것이다.

"차앗!"

청량한 고함을 터뜨리며 해연약파를 시전했다.

암굴 입구를 박차고 날아서 두 다리는 모으고, 양팔을 좌우로 활짝 펼친 채 밑으로 떨어져 내렸다.

대해사수는 태양을 찌르는 형세로 일제히 도약했다.

역시 난파표풍검이다. 사일검(射日劍)과 비슷한 검세이나 목표에 근접하면 다섯 개의 검영(劍影)을 그려낼 게다. 이들은 확실히 대해사수다. 야호적처럼 옷을 입고 있지만 어깨에 문신이 없다.

빙사음은 오른손에 들린 검으로 해무십결 중 제칠결(第七訣) 월광참(月光斬)을 전개했다. 검을 둥그렇게 돌리며 밑에서부터 쏘아져 오는 검 네 개를 원 안으로 몰아넣었다. 동시에 왼손에 들린 검으로는 제사결 폭멸검을 시전했다.

폭멸검은 비무가 곤란한 검공이다. 눈 감고도 시전할 수 있을 만큼 수련했지만 실질적인 검의 감각은 깨닫기 어려웠다.

구마굉과의 싸움은 비록 패배로 끝나고 말았지만 큰 깨달음을 얻었다. 특히 폭멸검의 운용과 검의 감각을 배웠다는 점에서는 연무장에서 십 년 동안 수련한 것에 못지않은 성취를 주었다.

이래서들 실전 비무에 목을 매는지도.

촤라락!

대해사수의 검이 빠른 속도로 회전했다. 월광참과는 비교할 수 없는 작은 원이지만 속도는 훨씬 빠르다.

'완벽한 난파표풍!'

대해사수가 한 손에 검을 다섯 개씩이나 들고 공격하는 듯한 착각이 들었다. 다섯 개의 환영은 모두 실검이며, 자신이 그중 하나를 치는 순간에 다른 네 검이 몸을 난자할 것이다. 더군다나 상대는 네 명, 검은 모두 스무 개다.

'월광참! 축(縮)!'

크게 원을 그리던 월광참이 매서운 검풍을 뿜어냈다. 원의 크기는 점점 줄어들었다. 검 스무 개와 월광참이 부딪치는 것은 시간문제였다.

'폭멸!'

왼손이 네 명 중 구레나룻을 멋지게 기른 자의 검에 부딪쳐 갔다.

그가 그려낸 검영도 다섯, 하지만 폭멸검의 순간 타격은 다섯 검과 부딪칠 수 있다.

탕탕탕탕! 파악!

마지막 다섯 번째에서 왼손에 들린 검이 갈기갈기 찢어졌다. 그동안 오른손에서 전개한 월광참은 열다섯 개 난파표풍과 부딪쳤다.

타타탁!

세 개까지는 막아냈다. 월광참에는 세상을 가둘 만한 거력이 담겨 있다. 상대가 어쩔 수 없이 월광참의 원 안으로 빨려들게 만든다.

한데, 빙사음은 폭멸검을 시전하기 위해 진기를 분산시켰다. 아니, 폭멸검 쪽에 더욱 많은 진기를 내보냈다.

전신진기를 모두 쏟아 부어도 남해사수의 난파표풍검을 몰아넣기 힘든데 절반에도 미치지 못하는 진기임에야.

파파파팟!

거미줄에 걸린 거미는 꼼짝할 수 없다. 수십 개의 검에 전신이 노출되어서는 움직일 방도가 없다. 하지만 이런 점까지 계산했다. 미약한 월광참으로 이들을 옭아맬 수 있다고는 생각하지 않았다.

'비선추운(飛仙追雲)!'

생명을 하나의 신법에 맡겼다. 해연약파…… 공중에 떠 있는 상태에서 약간의 충격을 반탄력으로 이용해 다른 곳으로 이동시키는 신법, 비선추운.

충격은 폭멸검이 터지는 정도면 남아 넘친다.

파앗! 파파파곽!

비선추운을 펼친 빙사음은 실 끊어진 연처럼 뚝 떨어져 내렸다.

허공에 핏줄기가 확 퍼졌다. 사방에서 터진 핏줄기는 혈우(血雨)가 되어 쏟아져 내렸다.

구레나룻을 기른 사내가 뿜어낸 피, 빙사음이 뿜어낸 피.

빙사음은 날카로운 암석에 부딪치기 일보 직전에 신형을 회전시켜 힘들게 착지했다. 그 옆으로 구레나룻을 기른 사내가 묵직하게 떨어져 내렸다.

사내의 몰골은 차마 쳐다보기도 힘들 만큼 처참했다. 폭멸검에 당한 상처도 상처려니와 암석에 부딪치며 머리가 으깨져서 더욱 보기 힘들었다.

쉭! 쉭쉭!

대해사수 중 세 명이 빙사음을 에워싸며 내려섰다.

그들의 표정은 침착했다. 냉담했다. 평소 친구라 부르던 자가 죽었는데도 일점의 동요도 없었다.

"후욱!"

빙사음은 폐기를 토해내고 신선한 공기를 들이켰다.

검을 잡은 손이 부들부들 떨린다. 비선추운이면 충분히 따돌릴 수 있다고 믿었는데, 크고 작은 상처를 십여 군데가 넘게 받았다.

'하나 또 배웠네. 완벽하지 못한 초식은 죽음을 자초한다는 것.'

일어서기도 힘들다. 수족처럼 놀리던 검이 천 근이나 된 듯 무겁게 느껴진다.

그래도 일어섰다. 남해검문의 금지옥엽, 남해옥봉이 가만히 앉아서 검을 받을 수는 없다.

세 사내는 가볍게 일검만 처내도 죽일 수 있는 상황인데, 움직이지 않았다.

'그렇군. 그놈…… 내 마무리는 그놈이 지으려는 거야. 철저하게 야비한 자.'

전에도 이런 식이었다. 알지도 못하는 자들에게 느닷없이 급습을 받았다. 무공도 범상치 않아서 정말 힘든 싸움이었다. 가히 혈투(血鬪)라 부를 수 있을 만큼 피와 죽음이 쌓였다.

드디어 마지막 순간, 탈진하여 더 이상 검을 들 힘도 없을 때 그놈이 나타났다.

여자깨나 울렸을 법한 반지르르한 얼굴에 하얗게 드러나는 이.

미장부도 역겨울 수 있다는 것을 그때 처음 알았다.

삼박혈검과 추명파파(追命婆婆)가 제때 도착하지 않았다면 검상(劍傷) 정도로는 끝나지 않았을 게다.

그놈이다. 그놈이 마지막 일검을 날리기 위해 오고 있다.

불행히도 예측은 맞았다.

암석을 밟으며 유유히 걸어오고 있는 자, 그자!

적만 온 것은 아니다. 빙사음은 암굴 입구에 나타난 두 사람을 보고 눈을 치켜떴다.

'장로님? 저 사람은!'

삼박혈검과 금하명의 등장은 천군만마였다.

그때, 다른 일도 벌어졌다.

펑!

하늘에서 폭죽이 터졌다. 푸른 연기가 뭉실 피어나며 푸른 하늘을 더욱 푸르게 만들었다.

빙사음을 둘러싸고 있던 대해사수는 연기를 보는 순간 흠칫했다. 하지만 사전에 약조가 되어 있는지 기민하게 움직였다.

쉭! 쉭쉭! 첨벙!

그들은 일제히 바다로 뛰어들어 망망대해로 헤엄쳐 갔다.

'또 살았어.'

살았다는 안도감은 팽팽하게 당겨졌던 긴장감을 일시에 풀어놓았다.

빙사음은 서 있을 힘도 없어서 털썩 주저앉고 말았다.

먼바다에 해적선이 점점이 떠 있다. 섬을 에워싸고 있는 것으로 보아 배란 배는 모두 동원된 것 같다.

'저걸 왜 이제야 봤지.'

남해사수 때문에 바다로 눈을 돌리지 못했다. 비합전서구가 들어 있는 새장을 잃었다는 당혹감에 먼 곳을 보지 못했다.

그녀는 금하명이 아직도 섬을 떠나지 못한 이유를 알았다.

배가 없으니 무슨 수로 떠나겠는가.

한 척만, 한 척만 남겨놨더라도 금하명은 떠나고 없었을 것이다. 그러면 귀제갈의 계획대로 남해검문도는 모조리 죽음을 맞았을 것이다. 그의 계획대로 바다로 날아오른 전서구는 모두 떨어졌을 게다.

'귀제갈이 나무에서 떨어졌네.'

"호호호……!"

웃을 수 있는 상황이 아닌데도 웃음이 새어 나왔다. 어떻게 웃지 않고 배기겠는가. 완벽하다는 계획이 오히려 허점을 만들어놨으니.

삼박혈검이 황급히 다가와 상처를 보살폈다.

"끝났다. 이제 마음을 편하게 먹어."

"아직요. 저자에게 받을 빚이 있어요."

빙사음은 잠시 움찔했으나 태연히 걸어오고 있는 대해문 소주를 노려보았다.

"지금 네 몸으로는 무리다. 저놈은 대해문주의 진전을 고스란히 이어받았어. 정상적인 몸이라도 무린데 지금은……."

미공자가 걸어와 정중히 포권지례를 취했다.

"하하하! 소저, 오랜만이오. 삼박혈검 장로님도 오랜만입니다."

"낄낄! 뱃속에 능구렁이가 서너 마리는 들어 있는 놈에게 인사받는 맛도 나쁘진 않군."

미공자는 듣기 거북한 말을 들었어도 낯빛조차 바꾸지 않았다.

"싸우는 소리가 들려서 와봤는데…… 이런! 부상이 심한 것 같소."

"호호호! 잊지 마. 언젠가 꼭 내 손에 죽을 거야."

"아! 그 말은 남해에서나 합시다. 그곳에서야 서로 으르렁거리는 입장이니 무엇을 못할까마는…… 보다시피 난 유람 중이오. 이곳에서만은 골치 아픈 이야길랑 하지 맙시다."

"호호호! 아니, 앞으로 골치깨나 아플 거야. 저놈이 대해사수 중 한 명이지?"

빙사음은 죽은 자를 가리켰다.

"이제 남해검문은 만홍도에 머물 이유가 없어. 우린 돌아가, 저 시신을 가지고. 대해문에서 어떤 변명을 할지 궁금하군."

명백한 증거다. 설혹 만홍도에서 서로 만나더라도 유람 중이라고 하면 그만이지만, 대해문 문도가 야호적 복색을 하고 남해옥봉을 습격했다면 야호적과 불가분의 관계에 있다는 것을 증명하고도 남는다.

남해에 돌아가서 대해사수의 얼굴을 아는 자만 수배하면 된다.

대해문은 명문정파의 기치를 건 문파로 해적질을 했다는 오명에서 벗어날 수 없다. 모르긴 몰라도 남해십이문(南海十二門)에서 이름을 내려야 할 것이다.

"소저가 잘못 안 것 같소. 대해문에는 저런 자가 없소. 하하! 내 소주란 이름을 걸고 약속하겠소. 참! 그리고 날 너무 핍박하지 마시오. 유람 중이라 손을 쓰기 싫지만, 쓰게 되면 살수가 될 거요."

미공자는 태연했다.

남해옥봉이 대해사수를 죽이고, 야호적 복색을 입혔다면 그만이다. 역으로 남해검문이 야호적과 관련이 있다고 덮어씌우는 게다.

남해옥봉이 하고자 하는 일은 큰 도박이다. 알고나 있을까? 자칫하면 남해검문이 오히려 현판을 내릴 수도 있다는 것을. 어느 쪽의 주장이 더 설득력이 있느냐에 따라서 결과가 달라질 게다. 그리고 그 정도는 이미 준비해 두었다.

남아당자강(男兒當自强) 283

귀제갈은 연신 재고를 요청했다. 어쩔 수 없이 강행할 처지가 되자 마지막으로 한 가지만 부탁했다.
　그것이 이것이다.
　몰살 계획은 실패했어도 태연할 수 있는 이유다. 또한 독사어나 대해사수에게 야호적의 복색을 입도록 한 이유이기도 하다. 혹시 일어날지도 모를 이런 일에 대비해서.
　"그렇게 자신하면 남해에서 보는 게 좋겠지. 낄낄! 좌우지간 잔머리 들하고 상대하면 비위가 좋아야 한다니까. 이거야 원 냄새가 나서. 퉤엣!"
　삼박혈검이 가래침을 내뱉었다.
　미공자는 살광(殺光)을 떠올렸으나 이내 감춰 버렸다.
　그가 등을 돌려 금하명의 어깨에 손을 얹었다.
　"친구, 무공이 뛰어나던데 별호나 알려주지? 누군가는 알아야 할 것 아냐."
　금하명은 연사곤으로 손을 쳐냈다.
　"일파의 소주라면 스스로 강해져야지 이게 뭐야? 수하들을 시켜서 피떡을 만들어놓고 살짝 나타나서 생색이나 내려고? 남해검문도 마음에 들지 않지만 대해문은 더욱 마음에 안 들어. 그리고 난 무공으로 말하지 않는 자와는 친구가 될 생각이 없어."
　"그 말…… 기억해 두지."
　살광이 번뜩였다.
　"말귀를 못 알아듣네. 어쩌면 좋나. 대해문 앞날도 캄캄하군. 기억 같은 건 얼마든지 해도 좋은데, 나 같으면 그런 것 할 시간 있으면 검을 뽑겠다."

미공자의 안색이 파랗게 질렸다. 눈에서는 끊임없이 살광이 새어 나왔다. 하지만 검을 뽑지는 않았다.

"하하하! 하하하하!"

그가 하늘이 떠나가라 웃어젖혔다.

❷

음양쌍검과 음유탄검은 같은 류의 무공을 익혔다.

그들은 세상에 모습을 보이지 않는 그림자이며, 살공도 어둠 속에서만 펼쳤다. 그들에게 강자와 약자의 구분은 죽는 자와 죽이는 자로 나눠질 뿐, 어떤 무공을 어느 정도로 수련했느냐는 들어 있지 않았다.

음양쌍검은 미지의 살기를 감지한 순간 몸을 더욱 깊이 묻었다.

미지의 살기도 숨을 죽였다.

이런 싸움은 어느 쪽의 정력(定力)이 강한가로 결정된다.

약한 쪽이 먼저 움직이게 되어 있으며, 움직일 경우에 죽을 가망성은 배로 늘어난다.

하늘에서 푸른 폭죽이 터졌다.

남해검문에는 폭죽 신호가 없으니 대해문의 폭죽일 가능성이 높다.

과연 미지의 살기가 꿈틀거렸다.

병법(兵法)에서는 공격할 때보다 후퇴할 때가 더 위험하다고 한다.

이런 싸움도 마찬가지다. 후퇴를 하려면 먼저 몸을 움직여야 한다. 순간적으로 상대에게 노출되는 것은 피할 수 없다. 그때 상대가 어떤 공격을 가해 올 것이며, 어떤 대응을 하느냐에 따라서 삶과 죽음이 갈린다.

'수풀 속!'

음양쌍검은 미지의 살기가 숨어 있는 위치를 잡아냈다.

스르륵……!

음살검(陰殺劍)은 거미가 기어가듯 일말의 기척도 흘리지 않고 나무를 기어 내려왔다.

양광검(陽光劍)은 꼼짝하지 않았다.

미지의 살기가 다시 꿈틀거린다.

몸을 빼낼 기회를 잡으려고 약간의 위험을 감수하는 모습이 눈에 선하다.

스윽!

음살검이 먼저 선공을 취했다. 뱀이 수풀을 헤쳐 가듯, 몸을 땅에 바짝 밀착시킨 채 빠른 속도로 다가갔다.

미지의 살기도 종적을 잡아냈을 게다.

이제는 누가 어떤 식으로 공격을 하느냐만 남아 있을 뿐이다.

품에서 작은 흑구(黑球)를 꺼내 수풀 속으로 던졌다.

파앗!

흑구는 땅에 닿자마자 산산이 조각나며 뿌연 가루를 흩날렸다.

음살검은 잠시 숨을 멈췄다.

수풀 속 움직임이 정지했다. 하지만 안심하기는 이르다. 아니, 더욱 경계심이 고조된다. 겨우 미혼독(迷魂毒)에 중독될 자였다면 이토록 오랫동안 대치 상태를 이끌 수도 없었을 게다.

'움직였다. 어디로……?'

싸움은 원점으로 돌아왔다.

이번에는 상대에게 유리하다. 미지의 살기는 음살검이 있는 위치를 알아냈지만, 음살검은 미지의 살기가 어디로 사라졌는지 파악하지 못했다.

'일 다경, 이 다경…… 반 각, 한 시진…….'

시간은 쉬임없이 흘렀다. 또한 시간은 남해검문 편이 아니었다. 기습을 시작한 쪽은 대해문이니, 시간은 그쪽 편이다.

싸우는 것보다도 빨리 움직여서 비합전서를 날리는 것이 중요하다.

'이렇게 되면 방법은 하나!'

음살검은 양손에 비수를 움켜쥐고 벌떡 몸을 일으켰다. 그리고 쏜살같이 수풀 속으로 뛰어들었다.

수풀 속에는 미혼산이 점점이 뿌려져 있을 뿐, 적은 없었다.

땅에 손을 대 온기를 감지했다.

싸늘하게 식었다. 역시 적은 한 시진 전에 몸을 빼냈다. 또한 육신을 밝은 곳이 환히 드러냈는데도 공격을 가해오지 않는다.

'떠났군.'

음살검은 허리를 쭉 폈다.

"대해문에 이런 놈은 딱 한 놈이야. 음유탄강. 심상치 않은 자가 들어왔어."

양광검이 몸을 숨긴 채 말했다. 그도 음살검의 행동을 보고 미지의 살기가 떠났다는 것을 감지한 것이다.

"좋은 적이야. 다음에 보면 꼭 승부를 내봐야겠어."

음살검이 대답했다.

"끌끌! 어디서 무엇을 하다 이제 왔노."

음양쌍검이 비합전서가 숨겨져 있는 모옥에 도착했을 때는 삼박혈검이 벌써 와서 기다리고 있었다.

모옥이라고는 하지만 산중에서 폭우를 만났을 때 잠시 몸을 피하는 오두막 정도에 불과했다.

음양쌍검은 은신한 곳에서 모습을 드러내지 않았다. 삼박혈검도 그들이 돌아왔다는 것만 확인했을 뿐, 다른 말은 묻지 않았다.

"기가 막힌 놈들. 여기도 알아챘어. 도대체 썩을 놈들 이목은 어디가 끝이야!"

"불쌍해요. 묻어주기라도 할래요."

노노가 새장 속에서 목이 부러져 죽은 비둘기를 꺼내 땅에 묻었다.

귀제갈이 주도한 공격은 신속하고 정확했다.

빙사음이 잡아당긴 밧줄은 중간에서 끊어졌다.

밧줄 연락을 받고 전서구를 날렸어야 할 약초꾼도 싸늘한 시신으로 발견되었다.

노노는 구사일생으로 살아남았다.

기실 노노는 살아 움직이는 미끼였다. 그녀는 몸을 숨기지 않았다. 야호적이 돌아다니는 마을로 가지도 않았지만, 거처에서는 마음껏 돌아다녔다.

그녀가 위치한 곳에서는 약초꾼의 집이 환히 내려다보였다.

약초꾼은 말이 약초꾼이지 약초를 캐러 다닌 적은 없었다. 그는 노노의 시야 밖으로는 결코 벗어나지 않았다.

약초꾼이 전서를 날리면 노노도 날린다. 약초꾼이 변고를 당해도 전서를 날린다.

이중, 삼중으로 연결된 연락망이다.

그런데 약초꾼이 갑자기 시야에서 사라졌다.

노노는 퍼뜩 불길한 예감을 느꼈다. 약초꾼이 시야에서 사라진 지는 밥 한 그릇 정도 먹을 시간. 그 시간이면 벌써?

전서구를 날리기는 늦었다. 날린다고 해도 표창 한 개면 가차없이 떨어져 내린다. 그럴 바에는……

노노는 숨었다. 비합전서구를 날리지 못할 바에는 자신이라도 살아서 섬을 빠져나가야 한다고 생각했다. 불가능에 가까울 만큼 어렵다는 사실은 알지만 전서구도 잃고 목숨도 잃을 수는 없다고 판단했다.

그것이 노노의 목숨을 살렸다.

귀제갈이 계산하지 못한 부분이다.

또 하나, 귀제갈은 음유탄강과 음양쌍검의 싸움을 너무 간과했다.

그들의 싸움이 그토록 길게 끌어지리라고는 생각지 못한 듯하다.

겉으로 드러난 적이 없는 음양쌍검이기에 능력을 제대로 파악하지 못한 게다.

완벽한 듯했지만 귀제갈은 세 가지나 실수를 범했다.

표면상 가장 큰 실수는 금하명이라는 존재를 간과했다는 것이겠지만, 실제로는 노노와 음양쌍검을 가볍게 여긴 게 더 큰 실수다.

계획이 성공하여 모두 죽었다고 믿었는데, 노노가 살아 나간다면 끝이다.

빙사음은 몸을 일으키다가 아미를 찡그렸다.

상처가 쑤셨다. 구마굉에게 입은 상처도 큰데, 대해사수에게까지 큰 상처를 입었으니 상당한 기간 동안 치료를 해야 한다.

"본 문으로 돌아갈 준비를 해요. 무슨 일이 있더라도 저 관은 지켜야 해요. 대해문은 저 관을 탈취하려고 수단 방법 가리지 않을 거예요.

정신 똑바로 차리지 않으면 안 돼요."

"낄낄! 걱정 마라. 우리에게 싸움 귀신이 있는 한 저 관은 안전해."

삼박혈검이 자신있게 말했다.

"그게…… 무슨 말씀이세요? 금 공자가 본 문까지 따라간다는 말씀이세요?"

"히히! 왜 아니겠냐. 약간 약을 쳤지."

"예?"

"남해십이문에는 절정고수들이 득실거란다고 꼬셨지. 무공에 미친 놈은 그게 쥐약이야. 아니나 다를까, 약을 덥석 받아먹지 뭐냐. 우리야 좋지 뭐. 본 문까지 편안하게 갈 수 있으니까."

"안 돼요!"

빙사음이 새파랗게 질려서 말했다.

"금 공자는 귀사칠검을 수련했어요. 본 문에 가면 죽어요!"

"어? 이거 일이 이상하게 돌아가네? 원래 죽일 생각 아니었냐? 무공으로 안 된다면 독으로라도 죽인다며?"

"그는…… 그는……."

"낄낄! 마인이 아니면 색마가 될 놈이야. 싹이 노라니 빨리 제거하는 게 좋아. 나중에 큰 놈이 되면 아주아주 피곤해져요."

빙사음은 고개를 떨궜다.

삼박혈검의 말은 타당하다. 귀사칠검의 마성을 버텨낼 인간은 없다. 그는 마인이 될 것이고, 나중에 비참하게 죽는 것보다 지금 죽이는 편이 나을지도 모른다.

하지만 그는…… 마성을 드러내지 않는데, 색욕도 자제하는데.

"혹시…… 너 그놈이 마음에 든 것 아니냐?"

빙사음은 움찔했다.

"말도 안 되는……."

"그래, 그럴 거야. 그런 놈이 아니더라도 꽁무니를 쫓아다니는 놈들이 어디 한둘인가? 죽이는 걸 망설이는 것 같아서 혹시나 했지."

빙사음은 혼란스러웠다.

한 가지 분명한 것은 금하명이 남해검문에 들어가서는 안 된다는 것이다. 아버지를 비롯해 장로들이 그를 놔두지 않을 게다.

과거, 귀사칠검에 장로들 절반이 죽었다. 자칫했으면 남해십이문에서 이름을 지워야 할 뻔했다.

귀사칠검이라면 자다가도 깨어날 사람들이다, 아버님과 장로님들은.

'안 돼, 들어가게 해서는.'

삼박혈검이 눈을 가느다랗게 좁히며 술을 들이켰다.

"놈과 이야기를 해봤다. 놈이 묻더군, 무림 강자에 대해서. 누가 강하냐고. 낄낄! 누가 천하제일이냐는 말도 했지? 우스운 놈이야. 무림에 대해서는 거의 백지야. 그런 놈이 어떻게 무공은 수련해 가지고."

'낭인……'

"자신의 무공을 증명해 보이고 싶어서 안달하는 놈이지. 무공 외에는 아무 생각도 없는 놈이야."

'그런 것 같았어. 그래 보여.'

"놈의 행로를 추정해 보는 건 간단해. 복건으로 들어가서 호광(湖廣), 하남(河南)으로 빠질 거야. 제법 매운 놈들이 많고, 명문대파(名門大派)도 많으니까. 저놈은 뼈가 부서져라 싸울 것이고, 귀사칠검도 드러나겠지."

무림의 소문은 하룻밤에 천 리를 간다. 귀사칠검이 나타났다는 소문이 돌면 며칠 사이로 남해검문의 귀에까지 들어올 게다. 그럼 어떻게 될까? 남해검문 장로들 중 서너 명은 금하명을 잡기 위해 나설 것이다. 죽여도 괜찮은 적으로 지목되어서.

"휴우! 문제는 귀사칠검을 남해검문만 알고 있지 않다는 거야. 소림사도 무당파도, 개방도…… 귀사칠검이 치를 떨 만큼 마성 강한 무공이란 걸 알고 있어. 한마디로 저놈, 이대로 중원에 들어가면 끽! 손쓸 틈도 없이 가는 거야."

금하명은 새로운 무학 세계를 보여주었다.

무공이 강하다는 건 인정한다. 하지만 천하제일(天下第一)이라든가 무적(無敵)이라는 말과는 거리가 있다. 그의 무공은 쾌공 일변으로 올바른 적수를 만나면 크게 낭패당할 수 있다.

남해에서만도 십이문(十二門)의 문주를 비롯하여 많은 사람들이 쾌공을 깰 수 있을 것으로 보인다. 실제로 자신만 해도 화후(火候)가 부족해서 그렇지 해무십결이 부족하다는 생각은 갖지 않는다.

금하명은 귀사칠검 비급을 수련한 후에 갑작스럽게 강해졌다.

분명히 귀사칠검의 영향이다. 어떤 식으로 마성에서 벗어났는지는 모르지만 언젠가는 크게 터질 화약임이 틀림없다.

남해검문은 그 점을 누구보다 잘 알고 있으니 현재 성정(性情)이야 어떻든 제압하고 볼 것이다. 소림사나 무당파도 마찬가지다. 일단 제압하고, 다시는 무공을 펼칠 수 없게끔 기해혈을 파괴할 게다.

빙사음은 괜히 귀사칠검을 내줬다고 후회했다.

"그럼 장로님은……?"

"결자해지(結者解之). 네가 비급을 줘서 일어난 일이니 어떻게든 남해검문에서 해결해야지. 죽이든 살리든. 적어도 남해검문 이름으로 마성에서 벗어났다는 사실만이라도 인정해 줘야 해. 그것도 쉽지 않은 일이지만."

쉽지 않은 일이 아니다. 불가능한 일이다. 남해검문에서는 절대 인정하지 않을 것이다.

"그런데 너…… 정말 저놈에게 관심없냐?"

삼박혈검이 짓궂게 물어왔다.

❸

만홍도에 기묘한 기류가 흘렀다.

새들이 울지 않았다. 개는 짖지 않았다. 살아 있는 사람들은 숨을 죽였다. 만홍도에서 자라는 풀은 붉었다. 만홍도에 흐르는 물도 붉었다. 섬 전체가 붉은색이다.

목불인견(目不忍見)이 따로 없었다. 지옥의 한 면을 잘라온다면 바로 만홍도였다.

나찰수라서 죽었다. 야호적이라서 죽었다.

모두 죽었고, 지금도 죽어가고 있다.

대해문의 습격이 시작된 후 하루가 지났을 때, 살아서 움직이는 젊은이는 없었다. 남은 사람은 힘없는 노약자들뿐이었다. 노인, 여자, 어린아이.

처처에 쌓인 게 시신이었다. 가족들의 애달픈 통곡 소리가 밤이 되어도 끊이지를 않았다. 자식을, 남편을 나찰수나 야호적으로 둔 아녀자들은 밤이 깊어도 시신을 뒤적거리며 돌아다녔다.

야호적이라는 해적들이 생긴 이래, 섬은 두 편으로 갈라졌었다.

야호적의 가족들은 야호적이 아닌 사람들을 무시하고 멸시했었다. 마음에 들지 않으면 매질도 서슴지 않았다. 마음에 드는 물건이 있으면 빼앗아왔다. 예쁜 처자가 있으면 강제로 겁탈했다.

힘이 우선하는 세상이었다.

그런데 지금은 상황이 완전히 뒤바뀌었다.

야호적과 나찰수가 한날한시에 몰살해 버린 것이다.

엄밀히 말하면 나찰수의 몰살이 하루 빨랐다.

나찰수가 몰살되고 하룻밤이 지났을 때, 야호적 중 살아남은 사람은 한 명도 없었다.

살인과 방화는 지금도 지속되고 있다.

이제는 강자들의 싸움이 아니라 약자들의 싸움이다. 야호적을 가족으로 둔 사람들과 나찰수를 가족으로 둔 사람들 간의 싸움이다. 어린아이, 여자, 노인 할 것 없이 서로들 죽이지 않으면 죽는다는 듯 미쳐서 날뛰었다.

섬 전체가 미쳤다.

'대해문…… 정말 마음에 들지 않아.'

처음으로 코끝에 전해지는 피 냄새가 역겨웠다.

피 냄새를 숙명으로 안고 살아가야 하는 무인이라 여겼는데, 무림 행보를 몇 걸음 걷지도 않아서 피가 지겨워졌다.

무인은 무인끼리 어울려 살아야 한다. 무인이 범인을 건드렸을 경우, 만홍도와 같은 지옥이 형성된다.

해적선을 탈취하기 위해 염서로 돌아온 금하명은 놀라운 현장을 목도했다.

　죽어 있는 사람들.

　남해검문은 힘을 잃었다. 야호적을 죽일 만한 사람들이 없다. 야호적을 죽인 사람들은 대해문이다. 대해문이 만홍도를 버리면서 야호적을 말끔하게 청소한 것이다.

　하기는 남해검문의 촉각에 걸려들었으니 더 이상 해적들을 유지시킨다는 건 무리일 게다. 대해문이라면 야호적 정도는 얼마든지 새로 만들 수도 있다. 다른 섬에 가서 다시 시작하면 된다.

　그동안 대해문이 남해검문과 신경전을 벌여가면서까지 만홍도를 지키려 했던 것은 만홍도가 대외 교역의 주요 항로에 위치해 있기 때문이었다.

　외국에서 들어오는 배는 만홍도를 거쳐야만 복건이나 광동으로 들어갈 수 있다. 반대로 복건이나 광동에서 외국으로 나가는 배도 마찬가지다.

　다른 곳에 있는 해적들이 일 년 동안 벌어들일 것을 야호적은 한 달이면 벌어들인다.

　그러한 이득만 없었다면 남해검문의 촉각에 걸려드는 즉시 손을 털고 물러났을 것이다. 지금도 손을 털고 가기는 아까울 게다. 유지시킬 수만 있다면 유지시키는 쪽으로 가닥을 잡았을 텐데.

　빙사음이 대해사수의 시신을 가지고 돌아가면 만홍도에 대한 조사가 대대적으로 이루어질 게 자명하다.

　어떤 의미로든 야호적은 남겨봤자 골칫거리로 작용할 터, 깨끗이 정리하기로 작심한 게다.

　아무리 그래도 인간이다. 인간이 인간을 이렇게 죽일 권리는 없다.

싸움이 이렇게 번진 데는 자신의 역할도 컸다. 제대로 된 사정도 알지 못한 채 싸움을 시작한 결과다. 해적이라면 무조건 나쁜 놈이라는 생각에 죽여도 죄책감이 없을 줄 알았다. 아니, 해적은 죽여야 한다고 생각했다.

'두 번 다시 이런 싸움에 끼지 않아. 내가 추구하는 것은 무(武). 협(俠)이 아니야. 무야! 협행(俠行)을 한다면 당연히 병기를 들어야겠지만, 난 무도행이야. 눈감을 때는 눈감을 줄 알아야 해.'

천만에!

마음은 즉시 반박했다. 무와 협은 따로 떼어놓을 수 없다. 무공을 수련하는 궁극적인 목적이 무엇인가. 작게는 심신수양(心身修養)이요, 크게는 제세활민(濟世活民)이다.

아버지는 심신수양을 건너 제세활민을 이루었다.

자신이 수련한 무공으로 자신의 눈길이 미치는 범위까지는…… 그 안에 사는 사람들이 평안한 삶을 살 수 있도록 도와주었다.

악을 보면 병기를 들어야 한다.

그러면 해적을 죽이는 것은 좋은 것인가, 나쁜 것인가.

해적들이 죽었는데, 왜 이토록 마음이 아프단 말인가. 미쳐서 날뛰는 섬사람들을 보며 애잔한 마음이 드는 것은 왜일까?

금하명은 배를 타지 않았다. 혼자서는 해적선같이 큰 범선을 움직이지도 못할뿐더러, 지금은 타고 싶지도 않았다.

'그림을 그리는 것과 그림으로 사람을 즐겁게 해주는 것. 무공을 수련하는 것과 무공으로 제세활민을 하는 것. 둘 다 손대다가는 어느 쪽 하나도 제대로 되지 않겠지만 할 수 있는 데까지는…….'

쉬익! 따악!

곤을 뻗어 노인의 팔목을 쳤다.

거무칙칙한 부엌칼로 막 어린아이를 죽이려는 순간이었다.

"그만 해요."

노인은 금하명의 기도에 움찔거렸다. 하지만 그가 야호적과 싸웠던 사람이라는 걸 알아보고는 다시 기가 살았다.

"이놈 아비가 비호대인가 뭔가 하는 놈이었어요. 얼마나 많은 사람을 때려죽인 줄 아쇼!"

"그만 하라니까!"

소리를 버럭 내질렀다.

노인은 잠시 주춤거리더니 꽁지가 빠져라 달아났다.

혼자서는 섬사람들을 어쩌지 못한다. 하지만 눈에 보이는 대로라도 말릴 것은 말려야 한다.

금하명은 부지런히 돌아다녔다.

싸우는 사람들을 말리고, 칼부림하는 자들을 제어했다.

싸움을 그치지 않을 수도 있다. 말리기는 했지만 자리를 뜨는 즉시 다시 싸울지도 모른다. 하나, 해보는 데까지는 해봐야 하지 않는가.

숨이 붙어 있는 자는 금창약을 발라주었다.

'약이 너무 모자라.'

급한 대로 지혈을 시키고, 옷을 찢어 감싸주었다.

살아 있는 사람은 누구든 가리지 않았다. 신음하는 사람은 어떤 복색을 했건 치료해 주었다.

나찰수와 야호적은 한 명도 구하지 못했다.

그들은 너무도 정확하게 사혈이 베이거나 치명적인 일격을 당해서 살아 있는 사람이 없었다.
 마을 하나를 돌아보는 데 하룻밤이 지났다.
 섬 전체를 돌아보기에는 역부족이다. 지금 이 시간에도 칼부림이 일어나고 있으련만 말릴 방도가 없다.
 "으으음……!"
 노인이 신음을 터뜨렸다.
 자식이 야호적이었다는 죄로 등에 칼을 두 번이나 맞은 노인이다.
 무인 같으면 생명에는 지장이 없겠지만, 노인의 허약한 체력으로는 버티지 못할 것 같다.
 혈도(穴道)를 두드려 기혈(氣穴)을 타통시켜 주었다.
 "고맙소……."
 노인이 희미하게 말했다.

 "저놈이 아직도 귀사칠검에 조종당하는 것 같냐?"
 "……."
 빙사음은 아무 말도 하지 못했다.
 만홍도에서 일어나는 살겁은 그 누구도 예상치 못한 일이었다. 남해검문도 야호적을 죽이는 데만 급급했지, 그 이후에 일어날 변화에 대해서는 생각조차 하지 못했다.
 나찰수와 야호적이라는 무력이 사라진 세상은 말 그대로 난장판이었다. 더욱 무서운 점은 일단 터져 버린 난장판은 무인의 힘으로도 억제시키지 못한다는 점에 있었다.
 전염병에라도 걸린 것처럼 걷잡을 수 없이 번져 가는 살육의 몸짓은 무인들마저도 치가 떨리게 했다.

법과 질서가 무너진 세계.

그 속에서 금하명이 좌충우돌했다. 한편으로는 칼부림을 막고, 다른 한편으로는 부상당한 사람을 치료하고. 보다 못해 음양쌍검, 노노, 삼박혈검이 모두 나섰다. 운신조차 힘든 빙사음까지 나서서 칼부림을 막았다.

날이 밝은 후에 느낀 것은 지난밤에 도대체 무엇을 했는지 모르겠다는 것이다. 이런 일이 어떻게 해서 일어났는지 모르겠다.

"저놈은 천성적으로 마에 길들여질 놈이 아니야. 낄낄! 남해에 도착하면 저놈 목숨 부지시키려고 발품깨나 팔게 생겼다."

삼박혈검이 길게 드러누우며 말했다.

'반야수미심결만 얻을 수 있다면……'

빙사음의 눈길도 우울했다.

바다는 잔잔했다. 해풍은 부드럽게 불어주었다.

만홍도의 광기를 잠재우는 데는 꼬박 칠 주야가 걸렸다. 하지만 결코 무의미한 기간은 아니었다. 짧은 기간이지만 금하명에게는 아버지를 진실로 이해하는 나날이 되어주었다.

축재를 했다면 막대한 부를 쌓았을 아버지.

전염병이 돌면 의원도 아니면서 만사를 제쳐 놓고 달려가시던 아버지. 홍수가 나거나 가뭄이 들면 집에 먹을거리도 남겨놓지 않고 모조리 구휼에 쏟아 붓던 아버지.

이제는 조금이나마 이해할 것 같다.

"이제 절반 왔어요. 이삼 일이면 남해에 도착할 거예요."

빙사음이 옆에 와 앉았다.

"훌륭했어요."

"……."

"괜히 하는 말이 아녜요. 만홍도 사람들은 공자님의 진심을 읽었어요. 그래서……."

"그만. 금칠은 귀가 간지러워서."

금하명은 돌아누웠다.

햇볕이 따스하게 내리쬔다. 뱃전에 드러누운 것은 이번이 두 번째다. 한 번은 봉자명 사형과 함께 강을 따라 내려오면서. 당시는 무공을 수련해야 한다는 일념뿐이었다. 이번에도 같다. 이제 막 발길을 떼어 놓은 무도(武道). 어디가 끝인지는 모르지만 가는 데까지 가는 거다.

남해로 가는 목적은 오직 하나다.

남해에는 남해십이문이 있다. 중원에서는 그들을 통칭하여 해남파(海南派)라고 한다. 남해십이문의 원류(原流)가 같기 때문이다.

무림의 최고봉인 구파일방(九派一幇) 중에 하나.

배울 게 많으리라.

"본 문에 가기 전에 묻고 싶은 게 있어요."

"……."

"귀사칠검…… 완벽하게 수련한 거예요?"

"……."

"다른 뜻으로 물어본 건 아니고요. 솔직히 마공이라고는 하지만 며칠 만에 무공이 급신장했다는 게 믿어지지 않아서요. 호기심이 생기네요. 그런 무공이라면 저도 익혀볼까 하고."

"눈이 있는 건가, 없는 건가. 사람이 미치는 것을 봤으면서도 그런 소리가 나오나?"

"푸훗! 고마워요, 대답해 줘서. 아직도 무공을 전개하면 흉성(凶性)이 일어나요? 많이 제어된 것 같은데 방법 좀 일러줄래요? 이해가 안 가는 부분이 이거예요. 남해검문에서도 몇몇 사람이 귀사칠검을 수련했지만 모두 자진하고 말았어요. 본인 스스로 흉성을 이겨낼 수 없었던 거죠. 공자님 무공은 그분들에 비하면……."

"내가 원래 나쁜 놈이었나 보지."

"전 귀사칠검을 가지고 나오면서 아주 나쁜 생각을 했어요. 나찰수 중에 한 명을 골라서 전수시킬 생각이었죠. 구마괭과 비호대만 제거하면 야호적은 무너지니까요. 그 방법이 최선이라고 생각했어요."

금하명은 돌아누운 채 말이 없었다.

"하지만 시행하지 못했어요. 차마 그럴 수 없었죠. 천검공자가 들어온 후에는 어쩔 수 없었어요. 구마괭과 천검공자는 누구든 죽일 수 있는 사람들이고, 우린 대항할 힘이 부족했으니까요. 다시 한 번 사과드려요. 미안해요."

"나 아는 어떤 사람이 그러던데, 지난 일은 생각해 봐야 필요없다고 합디다. 잊을 건 빨리 잊는 게 좋지."

"색욕은 어때요? 견뎌낼 수 있어요?"

"……."

금하명은 대답할 말이 없었다.

흉성은 천우신기로 가라앉힐 수 있다. 하지만 색욕만은 어쩌지 못하고 있다. 솔직히 말하면 빙사음이 옆에 앉아 있는 것도 괴롭다. 여인은 왜 이토록 풋풋한 향기를 풍긴단 말인가.

현재까지는 자제가 가능하다. 뭐라고 할까? 호색한이 치마 두른 여자만 보면 군침을 흘리는 정도라고 할까? 아니다. 그 정도는 넘는다.

밥은 먹지 않아도 여자를 품지 않으면 견디지 못하는 색골(色骨) 정도라고 해야 한다.

정말 힘들다.

그렇기에 파천신공에서 흉성을 제거한 부분을 말해 줄 수 없다. 색욕이 완전히 가시지 않는 한, 불완전한 파해(破解)로 남을 것이기에.

"본 문에 들어가면 색욕은 티도 내지 마세요. 본 문에서 알고 있는 건 흉성뿐이에요. 여자를 밝히는 건 본성(本性) 정도로 해두는 것도 괜찮고요. 흉성을 제거한 귀사칠검. 그래야 저도 어떻게 해볼 수 있어요. 차후에 무림행을 편하게 하고 싶으시다면 제 말을 들어주세요."

"나도 부탁 하나 합시다."

"네, 해보세요."

"우리 서로 모르는 걸로 합시다. 날 한 번 구해줬고, 나도 도와줬으니 서로 비긴 것으로 하고. 난 남해에 가는 것이지 남해검문에 가는 게 아니니까. 또 모르지, 언젠가 남해검문에 들를지도."

'그게 마음대로 되었으면 좋겠네요.'

빙사음의 얼굴은 한시도 펴지지 않았다. 그러니까 귀사칠검을 왜 주었나 하고 후회할 때부터.

삼박혈검이 낄낄거리며 다가왔다.

"이놈아, 누워만 있지 말고 일어나 한잔하자. 이렇게 좋은 날 술 한 잔 없어서야 쓰겠냐."

금하명은 술 귀신이라도 된 듯 냉큼 일어났다.

삼박혈검과 금하명은 주거니 받거니 하면서 술을 마시기 시작했다.

삼박혈검의 입에서는 남해 초절정고수들의 이름이 줄줄 흘러나왔다. 그들이 사용하는 무공이며, 병기며, 성격이며…… 광동무림의 모든 것이라고도 할 수 있는 말이다.

  빙사음은 이제야 확고하게 마음을 정리할 수 있었다.

  '죽게 내버려 두지 않을 거예요. 아버님이 실망하시더라도 당신을 살릴게요.'

  귀사칠검을 건네주던 날, 불현듯 치밀었던 불안감의 정체는 이것이었다.

  금하명과 뗄 수 없는 관계가 되리라는 것. 숙명적으로 얽힐 운명이라는 것…….

『사자후』 3권에 계속…